À propos de l'autrice

Michelle Willingham, l'une des autrices phares de la collection, a réussi le pari de réunir ses deux passions d'enfance, l'Histoire et l'écriture. Depuis 2009, elle a publié plus d'une vingtaine de romans dans « Les Historiques », et ce pour notre plus grand plaisir !

Séduite par un Highlander

MICHELLE WILLINGHAM

Séduite par un Highlander

Traduction française de

MARIE-FRANCE BALAZS-KNOPP

HARLEQUIN

Titre original :
SEDUCED BY HER HIGHLAND WARRIOR

Ce roman a déjà été publié en 2018.

HARPERCOLLINS FRANCE
83-85, boulevard Vincent-Auriol, 75646 PARIS CEDEX 13
Service Lectrices — Tél. : 01 45 82 47 47 - www.harlequin.fr
ISBN 978-2-2804-8823-5

Composé et édité par HarperCollins France.
Imprimé en mars 2023 par CPI Black Print (Barcelone)
en utilisant 100% d'électricité renouvelable.
Dépôt légal : avril 2023.

FSC www.fsc.org
MIXTE
Papier issu de sources responsables
FSC® C159065

Pour limiter l'empreinte environnementale de ses livres, HarperCollins France s'engage à n'utiliser que du papier fabriqué à partir de bois provenant de forêts gérées durablement et de manière responsable.

Chapitre 1

Glen Arrin, Écosse, 1305

Lance au poing, les soldats chargèrent, pointant leurs armes vers l'épouse et les filles d'Alex MacKinloch.

Malgré le sang qui coulait goutte à goutte de son avant-bras blessé, Alex n'arrêta pas sa course. Un rugissement primitif s'échappa de sa gorge, tandis qu'il brandissait son épée et se taillait un chemin vers les femmes. Ses poumons le brûlaient, l'émotion du combat brouillait sa perception de la réalité. Au loin, il distinguait la chevelure flamboyante de son épouse Laren, qui venait juste de traverser une douve remplie d'eau, portant leur plus jeune fille dans les bras. La jeune femme peinait visiblement à avancer et, dans son effort pour fuir la forteresse, elle ne voyait pas les douzaines de soldats qui se rapprochaient d'elle.

Il faut que je les rejoigne, songea Alex. *Sinon, c'en est fait d'elles.*

C'était là une issue qu'il ne voulait pas avoir à affronter. La seule pensée de sa Laren tombant transpercée par la lame d'un soldat le pénétrait d'une indicible horreur. Alors, malgré la douleur lancinante qui lui cisaillait le bras, Alex continua à se battre, se frayant un passage vers elle à coups d'épée. Les soldats lui cachaient la scène et il ne discerna plus rien jusqu'au moment où il vit s'abattre une preste volée de flèches.

La pulsation dans ses propres veines l'assourdit un instant, puis il comprit que les flèches avaient été tirées par son jeune frère Callum, chargé de la protection des femmes et des enfants. Des flammes de plus en plus hautes jaillissaient de la bâtisse en bois dont la silhouette se dressait au-dessus de leurs têtes, telle une sentinelle agonisante.

La forteresse était sur le point de s'écrouler. Alex accéléra l'allure, courant de toute la vitesse dont ses jambes étaient capables. Non loin de lui, Ross, son compagnon de clan, émit un cri :

— Sainte Marie, mère de Dieu !

Alex se ruait en avant, quand il entendit le craquement du bois qui cédait.

— Callum, saute ! hurla derrière elle une voix masculine.

Les jupes trempées, Laren MacKinloch fuyait en trébuchant à travers la forêt, tandis que la forteresse en proie aux flammes s'effondrait avec fracas. Jetant un coup d'œil entre les arbres, elle contempla, horrifiée, ce qui avait été son foyer.

Disparu à présent.

Et Alex, son mari ?

Elle confia ses filles à Vanora, la femme de Ross.

— Emmenez Mairin et Adaira, voulez-vous ? Je vous rejoins dans un moment.

— Vous ne pouvez pas retourner sur vos pas, objecta la matrone. Ce n'est pas encore terminé.

— Je ne quitterai pas le couvert des arbres, lui promit Laren.

Le voir, seulement le voir, songea-t-elle. *Il faut que je sache s'il est sain et sauf.*

Sans attendre la réponse de Vanora, elle retourna vers l'orée de la forêt et s'appuya au tronc d'un mince bouleau pour observer la scène. Le froid descendait sur la vallée et le souffle de Laren formait une buée blanche dans l'air du soir.

Lorsqu'elle vit les soldats anglais prendre les hommes du clan en tenailles, son cœur se glaça.

Non, Seigneur. Non !

Elle n'entendait rien de ce qui se disait, mais la sévère détermination qui se lisait sur le visage d'Alex ne pouvait signifier qu'une chose : le pire était encore à venir.

Tout en épiant depuis sa cachette, Laren eut soudain l'impression de remonter le temps. Les années s'effaçaient. Alex n'était plus un chef tout-puissant mais l'homme qu'elle avait aimé. Laren sentit son cœur se briser et des larmes mouillèrent ses joues. Ils s'étaient tellement éloignés l'un de l'autre ces deux dernières années ! Et à présent, elle ne savait même pas si elle le reverrait vivant. Si seulement on lui accordait un dernier moment avec lui, elle aurait tant de choses à lui dire ! Des choses enfermées dans son cœur depuis bien trop longtemps…

Elle pressa sa paume contre le tronc du bouleau. Bien qu'Alex ne puisse pas la voir, elle gardait son regard fixé sur lui, comme pour graver son visage dans sa mémoire et l'y conserver pour toujours.

Soudain, une douleur fulgurante lui déchira le flanc droit. Laren sentit ses genoux fléchir sous elle et ne put retenir un cri en découvrant la flèche enfoncée dans sa chair. Stupéfaite, elle lutta contre la panique. La blessure semblait peu profonde, la pointe n'ayant fait qu'érafler obliquement sa peau le long des côtes, mais Laren réalisa ainsi à quel point elle se trouvait proche de la bataille.

S'obligeant à empoigner l'extrémité empennée de la flèche, elle arracha le trait de la blessure. Du sang jaillit de son flanc et elle pressa sa cape sombre sur la plaie pour endiguer le flot, luttant contre le vertige qui s'emparait d'elle.

Il faut que tu retournes vers tes filles, il le faut.

Laren avait beau craindre pour la vie d'Alex, elle ne pouvait pas rester là, c'était trop dangereux. Il fallait que l'un d'eux survive, pour prendre soin de leurs filles.

Cela la déchirait de devoir choisir entre son mari et ses enfants, mais elle se contraignit à partir. Si les Anglais remportaient la victoire, ils se mettraient à la recherche des survivants et Dieu sait ce qu'il adviendrait. Ses filles avaient besoin d'elle, elle devait les protéger.

À grand-peine, elle remonta le versant de la colline. Chaque pas déclenchait un nouvel élancement le long de ses côtes, mais elle ignora la blessure dissimulée sous sa cape. Il serait toujours temps de soigner cela plus tard.

Lorsqu'elle retrouva ses filles, l'aînée lui enlaça la taille en pleurant. Respectivement âgées de quatre et deux ans, Mairin et Adaira n'étaient pas assez grandes pour comprendre ce qui se passait. Retenant sa respiration, Laren éloigna les mains de Mairin de sa blessure, tout en la rassurant par de douces paroles.

— Où est papa ? s'enquit la fillette. Est-ce qu'il est sauvé ?

Laren sentit sa gorge se serrer. Des larmes lui piquèrent les yeux.

— Je ne sais pas, ma chérie. Nous allons l'attendre ici, loin des soldats.

— J'ai peur, maman.

Laren effleura d'un baiser le front de sa fille.

Moi aussi, si tu savais…

La terre tremblait sous les sabots des chevaux. Des douzaines et des douzaines de cavaliers apparaissaient de tous côtés, encerclant les troupes anglaises. Robert Fitzroy, baron de Harkirk, observait, furieux, le déferlement des Écossais, renforcés par les effectifs français. Il crispa la main sur la garde de son épée. Dieu, qu'il aurait aimé teindre sa lame de leur sang !

Les MacKinloch étaient pourtant censés périr ce jour-là. N'avait-il pas brûlé leur forteresse jusqu'aux fondations et massacré les membres de leur clan ? Il avait déjà prévu d'installer ici un avant-poste afin de sécuriser d'autres terres pour le roi Edward, mais sa victoire était en train de s'envoler en fumée.

— Faites retraite ! ordonna-t-il.

Dociles, ses soldats obéirent. C'était la voix de la raison. Même si cela blessait sa fierté, Robert n'aurait pas survécu à une demi-douzaine de batailles s'il avait risqué sa vie par des décisions insensées.

Tandis qu'il suivait ses troupes qui se retiraient vers les montagnes, Robert jeta un coup d'œil en arrière. Ce n'était pas fini. Oh non !

La prochaine fois qu'il verrait la tête d'un MacKinloch, elle serait fichée à sa porte au bout d'un piquet, il s'en fit le serment.

Il leur fallut un quart d'heure pour atteindre le versant du mont. Ensuite, Alex aida son frère Bram à se hisser jusqu'au sommet, en compagnie de Nairna, la femme de celui-ci. Nairna arborait une expression inquiète, car même si Alex et son frère s'étaient tirés de la bataille avec de légères blessures, on décelait encore dans le regard de Bram la folie meurtrière du combat. Mais

Alex ne partageait pas l'anxiété de sa belle-sœur, certain qu'une fois au logis, Bram se remettrait complètement.

Lorsqu'ils atteignirent enfin la clairière où les survivants avaient trouvé refuge, Alex exhala un soupir de soulagement à la vue de Laren. Sa première impulsion fut de courir vers elle. Il avait besoin de tenir sa femme dans ses bras, de respirer l'odeur de sa peau, de caresser sa douce chevelure rousse.

Laren fit un pas vers lui puis s'arrêta brusquement, le visage blafard. Une main pressée sur sa hanche, elle tourna son attention vers ses filles. De toute évidence, le regard des hommes du clan, qui observaient la scène, la gênait dans ses effusions.

Alex ne comprenait pas. Certes, ils ne communiquaient guère depuis deux ans, mais était-ce trop demander que d'attendre de sa femme un semblant d'affection ? Pourquoi ne le prenait-elle pas dans ses bras ? La souffrance qu'Alex lisait dans les yeux de Laren le déconcertait, car il n'en saisissait pas la raison. Ne se réjouissait-elle donc pas de le voir vivant ?

Répondant à l'appel de Mairin et Adaira, Laren se pencha vers elles pour leur parler à voix basse, comme pour les empêcher de courir vers lui. Alex vit Adaira s'accrocher à la jambe de sa mère et enfouir le visage dans ses jupes.

L'instant parut s'éterniser. Refoulant ses émotions dans un sursaut d'orgueil, Alex lança un regard à sa femme, dans l'espoir qu'elle parcourrait au moins la moitié de la distance qui les séparait. Mais elle se contenta de lui adresser un signe de tête avant de s'éloigner avec ses filles, fuyant le face-à- face avec lui.

Quelque chose n'allait pas. Elle s'était fermée, coupée de lui, et Alex ignorait pourquoi. Serrant les poings, il regagna la maison de son frère et se força à s'occuper de Bram.

Nairna avait aidé son mari à s'asseoir sur le lit.

— Est-ce que cela va aller, toute seule avec lui ? s'inquiéta Alex.

— Oui, je pense.

La jeune femme versa de l'eau dans une cuvette et y trempa un linge pour nettoyer les blessures de Bram. Après avoir tordu le chiffon, elle lança à Alex un coup d'œil appuyé.

— Retournez auprès de Laren. Elle a besoin de vous.

Avant de les laisser tranquilles, Alex observa la façon dont Nairna prenait soin de son époux. Le profond amour qu'on lisait dans ses yeux et la façon dont Bram la regardait en retour éveillèrent en lui un douloureux sentiment d'envie. Il brûlait de retrouver ce lien fort avec Laren, de briser ce mur invisible qui s'était élevé entre eux.

L'indifférence de son épouse le blessait profondément dans sa fierté. Laren était la femme qu'il avait juré de protéger. Quelques années plus tôt, elle se serait jetée dans ses bras sans se soucier de ce que les autres pouvaient en penser. Elle se serait accrochée à son cou, en lui avouant dans un chuchotement à quel point elle s'était inquiétée pour lui.

Mais à présent, elle gardait ses distances, presque comme s'ils étaient des étrangers l'un pour l'autre.

La frustration d'Alex croissait, tandis qu'il allait d'un survivant à l'autre, s'enquérant du confort de ses compagnons. Pendant tout ce temps, Laren ne fit pas mine une seule fois de s'avancer vers lui. Très pâle, elle se tenait à l'écart, comme si elle craignait de prendre les devants.

Au diable ! finit-il par songer, exaspéré. Que sa

femme veuille encore de lui ou non, ils avaient tous deux échappé de peu à la mort et il voulait la tenir contre lui. Il avait besoin de la prendre dans ses bras, même si elle était trop timide pour répondre à son étreinte.

Se frayant un chemin dans la foule, il se dirigea droit vers elle et, sans prononcer un mot, l'attira contre sa poitrine. Laren laissa échapper un léger cri avant de poser les mains sur ses épaules. Alex ne dit mot, gardant pour lui les pensées qui se bousculaient dans sa tête. Adaira et Mairin vinrent s'agripper à ses jambes, mais en cet instant, c'était de Laren qu'il avait besoin.

Il avait vaguement conscience qu'elle ne l'enlaçait pas vraiment en retour. Ses mains étaient posées sur lui, mais il ne décelait aucune chaleur dans ce geste. Laren ne répondait pas à son étreinte. Les bras autour de sa taille, Alex s'écarta un peu pour la regarder et son cœur se serra.

Il avait eu tort de croire que s'il faisait le premier pas, elle l'accueillerait ardemment en retour et que ces deux années d'éloignement ne compteraient plus, puisqu'ils étaient vivants. Mais Laren détournait les yeux, comme si elle n'osait pas parler.

Sans un mot, Alex laissa retomber ses bras. Les fillettes bavardaient, posant de multiples questions. Quand pourraient-ils rentrer à la maison ? Et où allaient-ils dormir ? Mais il était bien incapable de leur fournir des réponses.

Son ami Ross s'approcha de lui.

— Voulez-vous conduire votre famille chez nous pour cette nuit ?

Située du côté opposé de la citadelle, la demeure de Ross avait pour cette raison été épargnée par le feu.

Sans quitter Laren des yeux, Alex acquiesça.

— Volontiers, si cela ne vous cause pas de tracas.

— Pas le moins du monde, le rassura Ross. Vanora va s'occuper des enfants, elle adore cela.

Le regard assombri, il contempla la fumée qui s'élevait de la vallée en dessous d'eux.

— Et vous aurez besoin d'habiter quelque part en attendant de pouvoir reconstruire le manoir.

— Je vais emmener tout de suite les petites là-bas, intervint Laren d'un ton calme. Si vous pensez qu'il n'y a plus de danger à y retourner..., ajouta-t-elle à l'intention d'Alex.

Sa voix trembla sur ces mots. Mais quand Alex hocha la tête, elle prit ses filles par la main et les entraîna loin de la foule.

Ross s'adressa de nouveau à lui, mais Alex n'entendit pas un traître mot de ce qu'il lui disait.

Pourquoi Laren se comportait-elle aussi bizarrement ? Machinalement, il baissa les yeux vers ses mains et déglutit, horrifié. Du sang maculait le creux de ses paumes, là où elles s'étaient posées sur sa femme.

Le sang de Laren.

Le visage mouillé de larmes mais la tête haute, Laren tenait fermement la menotte d'Adaira, tandis que Mairin trottait devant elle. De son autre main, elle se comprimait le flanc, en tâchant de ne pas respirer trop à fond. Quand Alex l'avait enlacée, il avait appuyé sur la plaie sans le savoir et elle avait failli s'évanouir de douleur. Sa blessure, cuisante, la tenaillait, mais elle refusait de s'apitoyer sur elle-même.

Elle n'en avait pas parlé à ses filles. Les petites étaient déjà suffisamment effrayées après la bataille et les faire encore pleurer était bien la dernière chose qu'elle souhaitât. Mieux valait rassembler son courage pour ne pas s'effondrer devant les enfants. Laren n'aurait jamais cru qu'une blessure légère puisse se révéler aussi douloureuse.

À présent que les soldats ennemis avaient battu en retraite, elle pouvait retourner à Glen Arrin et y trouver un endroit discret pour se soigner. Sa paume de nouveau poisseuse lui apprit que la plaie avait recommencé à saigner. Des étoiles dansaient devant ses yeux.

Tu aurais dû le dire à Alex, lui reprocha sa voix intérieure. Un élancement de regret lui poignit le cœur à cette pensée. Lorsque Alex l'avait prise dans ses bras, elle avait été si tentée de s'accrocher à lui et de sangloter en lui racontant ses misères ! Mais une femme hystérique le maculant de sang devant tout le monde était bien la dernière chose dont il avait besoin en ce moment. Il fallait qu'il se montre fort devant son clan, qu'il incarne le chef dont ils avaient tous besoin dans la tourmente. Il serait bien temps de se confier à lui plus tard, quand ils se retrouveraient seuls.

Laren prit une profonde inspiration et essuya ses larmes. Pour le moment, l'urgence était d'amener ses filles chez Ross, où elles pourraient trouver un abri.

Mairin revint marcher à côté d'elle.

— Pourquoi pleurez-vous, maman ? Vous êtes triste ?

— Seulement fatiguée, mentit Laren.

Il fallait qu'elle tienne bon. Alex ne pouvait pas les aider. Il devait s'affairer à trouver des refuges pour les autres membres du clan et sans doute ne les rejoindrait-il que bien plus tard dans la soirée.

— Pa ! cria soudain Mairin, lâchant la main de sa mère.

Surprise, Laren se retourna et vit Alex se diriger vers elles à grandes enjambées. Il semblait si furieux que Laren sentit son cœur sombrer dans sa poitrine.

D'un geste instinctif, elle replaça une main sur son flanc pour compresser sa blessure.

— Pourquoi ne m'avez-vous rien dit ? cria Alex dès qu'il se retrouva près d'elle.

Levant les mains, il lui montra ses paumes rougies de sang.

— Ce n'est rien, le rassura Laren. Je vais aller mieux dans un instant.

Et se tournant vers les filles :

— Mairin, je voudrais parler avec ton père. Emmène Adaira en bas et attends-nous.

Impressionnée par l'expression de son père, la fillette pâlit et, sans discuter, s'éloigna avec sa sœur.

— Que s'est-il passé ?

— Oh ! c'était juste une flèche. Elle a percé la peau ici, expliqua Laren en désignant son flanc. Mais ce n'est qu'une plaie superficielle. Vanora va m'aider à la nettoyer.

— Et vous espériez peut-être me cacher cela ?

La voix d'Alex vibrait de reproche, mais Laren y perçut aussi une note de peur. De toute évidence, il s'inquiétait pour elle.

— Vous aviez déjà trop de soucis et je ne voulais pas vous ennuyer, surtout pour une blessure légère.

— Bon sang, vous avez été transpercée par une flèche, Laren ! Comment avez-vous pu penser que je ne m'en soucierais pas ?

Jamais Laren n'avait vu son mari aussi furieux. Elle détourna la tête, ne sachant comment apaiser sa colère.

— Les filles ont déjà été assez éprouvées aujourd'hui. Il est inutile d'ajouter à leurs angoisses.

— Et vous ? chuchota Alex d'un ton âpre. Vous n'avez pas été éprouvée, peut-être ?

Il tendit la main pour lui caresser le visage. Laren

recula d'un geste instinctif. S'il la touchait, là, maintenant, elle s'effondrerait complètement. Elle pouvait résister à sa colère, mais pas à sa tendresse.

— Cela va aller, affirma-t-elle.

Elle tourna les talons, puis jeta un regard en arrière. Sur le visage d'Alex, l'incrédulité se mêlait à présent à la frustration. Il lui emboîta le pas, et quand ils eurent rejoint les filles au pied du versant, il se pencha pour soulever Mairin dans ses bras. Il la serra contre lui et la contempla un instant avant de se baisser vers Adaira, qu'il hissa sur son autre bras.

Il adorait ses filles et aurait donné sa vie pour elles, Laren n'en doutait pas. Devant Mairin et Adaira, il s'adoucit aussitôt, leur montrant le visage d'un père attentionné qui se souciait bien plus que de leur bien-être physique. Et les petites lui rendaient son amour.

— Vous allez bien ? Vous n'êtes pas blessées, n'est-ce pas ?

Il les examina toutes deux avant de tourner les yeux vers Laren, qui soutint son regard.

— Elles vont très bien, le rassura-t-elle.

Il avait réprimé sa colère devant ses filles, mais Laren la sentait là, toujours présente sous son calme apparent.

Au bout d'un moment, Adaira se mit à gigoter et tendit les bras vers elle. Laren voulut la reprendre, mais Alex secoua la tête, resserrant son étreinte autour de sa fille.

— Reste avec papa, ma chérie.

Laren lui en fut reconnaissante. Avec sa blessure, elle aurait eu du mal à porter l'enfant jusque chez Ross.

— Avez-vous mangé ? s'inquiéta Alex.

Fouillant dans sa besace, il en sortit un morceau de viande séchée.

Les fillettes acceptèrent chacune un petit bout de gibier, qu'elles se mirent aussitôt à grignoter. Alex en offrit aussi à Laren, mais elle refusa. La seule pensée de la nourriture la rendait nauséeuse.

Alex reposa Mairin à terre et la prit par la main, tandis qu'ils se dirigeaient tous quatre vers l'extrémité de la forteresse.

La vue de Glen Arrin fut un crève-cœur pour Laren. Le manoir n'était plus qu'une masse informe de bois calciné et de tisons. Une fumée noire s'élevait du bâtiment détruit. À part les vêtements qu'elle portait sur elle, tout ce que Laren possédait se trouvait dans la bâtisse réduite en cendres. Les tapisseries qu'elle avait tissées, les robes des petites. Le lit qu'Alex avait confectionné pour eux lorsqu'ils s'étaient mariés.

Les larmes jaillirent de nouveau de ses yeux, en dépit de ses efforts pour les refouler.

— Qu'allons-nous faire ? demanda-t-elle à son mari, sachant que sa peine égalait la sienne.

Réprimant visiblement son émotion, Alex serra les mâchoires à la vue des ruines.

— Enterrer les morts. Et tout recommencer.

Il les conduisit à la maison de Ross, s'assurant qu'elle n'avait pas été endommagée avant de laisser les fillettes pénétrer dans la petite demeure au toit de chaume. Lui-même demeura à l'extérieur avec elle, et Laren ne put déchiffrer ses sentiments dans ses yeux. Sans un mot, il s'avança vers elle et écarta les pans de sa cape. Le sang avait traversé la robe de laine qu'elle portait dessous, imbibant l'étoffe.

— Ne bougez pas, intima Alex. Vanora ! appela-t-il en se hâtant vers la matrone, qui achevait de descendre le versant de la colline. Laren a été blessée. Nous avons besoin de votre aide.

La femme se précipita vers Laren, tandis qu'Alex écartait de nouveau la cape. Gênée, Laren sentit ses joues s'empourprer. Elle comptait requérir l'assistance de Vanora, de toute façon, mais Alex se comportait comme si cette blessure mettait sa vie en danger !

— Oh ! ma chère, que vous est-il arrivé ? s'exclama Vanora, s'affairant aussitôt autour d'elle.

Alex recula pour la laisser examiner la plaie.

— Ce n'est pas aussi grave que cela en a l'air, affirma Laren, tandis que Vanora se précipitait dans la chaumière pour aller chercher une aiguille et du linge.

À en juger par le regard fulgurant dont il la gratifia, Alex n'en croyait pas un seul mot. Il la rendait nerveuse à rester là près d'elle, la dominant de toute sa taille.

— Vous devriez aller vous occuper des autres, suggéra-t-elle. Le clan va avoir besoin de vos instructions et de vos conseils.

Son mari ignora ses paroles, le regard fixé sur son flanc.

— Il n'est pas question que je vous laisse alors que vous êtes blessée.

— S'il vous plaît, Alex, ce n'est rien, vraiment, insista Laren dans un chuchotement. Il n'y a pas de quoi s'inquiéter, je vous assure.

Elle réprimait sa douleur à grand-peine, ne voulant pas dévoiler sa faiblesse devant lui.

— Le clan a besoin de vous, répéta-t-elle en désespoir de cause.

— Et pas vous ?

Laren perçut dans ces mots une amertume qu'elle ne comprenait pas. Elle tenta un pas vers son mari et le vit se raidir.

— D'accord, fit-il sèchement. Si vous voulez que je m'en aille, je m'en vais.

Entre eux, la distance et la froideur semblaient se creuser. Vanora attendait sur le seuil de la chaumière, mais Laren n'avait pas envie d'entrer tout de suite. Elle voulait calmer Alex, lui faire comprendre qu'elle n'essayait pas de le repousser.

Il s'éloignait déjà à grands pas, mais elle s'élança pour le rattraper.

— Je suis navrée de ce qui est arrivé à Glen Arrin, balbutia-t-elle.

C'étaient là des paroles maladroites, qui n'exprimaient en rien ce qu'elle ressentait.

Alex fit volte-face et revint vers elle, toujours aussi furieux.

— Pour l'heure, je me moque bien de Glen Arrin ! explosa-t-il. *Vous* avez été blessée et vous avez essayé de me le cacher !

Laren recula d'un pas. Que répondre ? Alex la saisit par les épaules, l'attirant vers lui pour l'obliger à lui faire face. Elle ne voulait pas subir le choc de sa colère, pas en cet instant, quand la souffrance physique la submergeait. Mais lorsqu'elle se risqua enfin à le regarder en face, elle ne lut qu'inquiétude et crainte dans les yeux de son mari.

— Vous auriez pu mourir aujourd'hui. Et vous vous imaginez que je me soucie d'un tas de bois calciné et de cendres ?

Il se passa une main dans les cheveux, luttant visiblement pour réprimer sa colère.

Laren se tut, incapable d'articuler un mot. Sous la fureur apparente se dissimulait un homme qui tenait à elle. Cette constatation lui coupa le souffle, car c'était une découverte pour elle. Au fil des années, leur mariage s'était délité au point qu'elle ne voyait plus que rarement son époux pendant la journée et même la nuit. Être ensemble n'était plus une nécessité profonde, c'était devenu une simple habitude.

— Cela va aller, chuchota-t-elle.

Alex l'enveloppa d'un regard dubitatif.

— Vous êtes sûre ?

Laren demeura silencieuse, les joues humides de larmes, ne sachant que dire ni que faire. Ce fut alors qu'elle remarqua la tache rouge qui imbibait la manche d'Alex. À en juger par l'expression durcie de son visage, il devait souffrir lui aussi, bien qu'il n'en ait rien dit. Aucun d'eux ne voulait admettre sa blessure devant l'autre, songea Laren avec ironie.

— Et vous ? Souhaitez-vous que j'examine votre bras ?

— Non. Occupez-vous des filles.

Et pas de moi. Laren comprit le sous-entendu et son cœur se serra davantage. Jadis, Alex l'aurait laissée examiner sa plaie, et même si elle n'était pas la plus expérimentée des guérisseuses, il se serait soumis à ses soins. Mais plus maintenant, semblait-il.

Elle se rapprocha de lui. Ce qu'elle voulait lui dire, c'était qu'elle resterait à son côté, que cela comptait encore beaucoup pour elle.

— Alex…

Il lui rendit son regard, et dans ses yeux, Laren lut l'ampleur de son désespoir. Elle comprit qu'il ne reviendrait au logis que tard dans la nuit, quand elle dormirait déjà. Elle aurait voulu l'enlacer, poser la tête sur sa poitrine. Mais il était le laird, le chef. D'autres devoirs plus importants l'appelaient.

Laren soupira. Une boule se forma dans sa gorge lorsqu'elle vit son époux baisser la tête et tourner les talons.

La partie la plus égoïste d'elle-même aurait préféré qu'il choisisse de rester.

Alex traversa la forteresse, envahi par un terrible sentiment d'impuissance. Des relents de fumée imprégnaient l'air, le faisant tousser. Mais tout en rejoignant ses frères, il ne pouvait cesser de penser à Laren.

L'incompréhension et la colère luttaient en lui, mêlées à une frayeur rétrospective. La flèche aurait pu transpercer un organe vital, provoquant une hémorragie mortelle. Cette pensée l'ébranlait profondément. Même s'il s'était éloigné de sa femme, il ne voulait pas la perdre.

Un peu plus tôt, quand elle l'avait renvoyé, il avait eu l'impression de recevoir un coup en pleine poitrine. Laren n'avait pas voulu qu'il reste ni qu'il lui prête assistance. Pourquoi ?

La voix de son jeune frère Dougal le tira soudain de ses réflexions.

— Alex, tu vas bien ? J'ai pensé que tu aurais besoin d'aide.

Âgé de quatorze ans seulement, Dougal avait assisté à des rapts de troupeaux ou des bagarres de clans, mais jamais à une bataille de cette envergure. Alex lut une maturité nouvelle dans les yeux de son frère, et une tristesse qui reflétait la sienne.

Il hocha la tête, heureux de la diversion.

— Nous devrions enterrer les morts à présent.

Quelques minutes plus tard, ils furent rejoints par Callum, leur autre frère, revenu récemment à Glen Arrin après avoir été longtemps prisonnier de guerre. Depuis sa libération, Callum, traumatisé, n'avait pas prononcé un seul mot.

Alex se pencha et souleva l'un des corps gisant sur le sol. Callum et Dougal l'aidèrent et tous trois commencèrent la triste tâche de rassembler les morts. Ces visages d'amis et de compagnons de clan semblaient adresser à Alex de silencieux reproches. Il regrettait de n'avoir pas fait davantage pour protéger son clan. Mais il ne montra pas son chagrin à ses cadets et garda un visage impassible.

Muni d'un flambeau et d'une pelle, il sortit de la forteresse, choisit un endroit où le sol était meuble et cala la torche dans un tas de pierres. Il ajusta ensuite le bandage de fortune sur son bras afin que la blessure ne saigne pas pendant qu'il travaillait.

Bien que la nuit fût tombée, ses frères et lui se mirent à creuser une tombe. Ce travail éreintant ne rebutait pas Alex. C'était ce qu'il lui fallait à ce moment-là pour le distraire du terrible sentiment de désastre qui l'envahissait. Il était le laird, le chef des MacKinloch. Tous attendaient de lui des décisions, afin de savoir quoi faire ensuite.

Tu n'étais pas destiné à ce rôle, persifla en lui une voix insidieuse.

Son père, Tavin, avait d'abord choisi Bram pour successeur. En tant que cadet, Alex était toujours demeuré à l'écart, écoutant de toutes ses oreilles l'enseignement dispensé à son aîné, sans oser penser un instant qu'il aurait à s'en servir un jour.

Les premières années, il avait commis mille erreurs. Mais il en avait tiré les leçons, et jamais il n'avait révélé ses frustrations à personne, ni à ses compagnons de clan, ni à Laren. Il était plus facile de prétendre que tout allait bien, car ils avaient besoin d'un chef fort et sûr de lui. Les hommes avaient fini par lui faire confiance, sachant qu'ils pouvaient lui soumettre leurs problèmes et qu'il proposerait les solutions dont ils avaient besoin.

Il trouverait un moyen de reconstruire tout ce qui avait été perdu, il s'en fit le serment.

Pendant une heure, il travailla aux côtés de Callum et de Dougal. Avoir ses frères près de lui le réconfortait, lui redonnant un peu d'assurance. Même si leur vie venait de s'effondrer et si leur manoir était réduit en cendres, au moins ils restaient ensemble.

Une fois que la fosse fut creusée, ils enterrèrent les morts et prononcèrent une prière pour le repos de leur âme.

— Savez-vous où vous allez dormir ce soir ? demanda Alex à ses frères.

Callum inclina la tête, désignant une autre des maisons que le feu avait épargnées. Dougal confirma, en ajoutant :

— Bram nous a offert l'hospitalité, mais Nairna et lui…

Le jeune homme s'interrompit, les oreilles cramoisies. Alex devina que ses deux frères ne souhaitaient pas partager le logis de deux époux qui tentaient ardemment de fonder une nouvelle famille.

— Walter n'est pas marié, lui, et il nous a proposé de demeurer chez lui, acheva Dougal.

Puisque tous avaient trouvé un endroit où s'abriter, Alex ramassa sa torche.

— Allez dormir tant que vous le pouvez, ordonna-t-il. Nous reprendrons demain matin.

Ils revinrent à pied vers la forteresse et Alex leva les yeux vers le ciel dégagé. Des étoiles scintillaient sur le velours sombre. Il restait encore quelques heures avant l'aube. Une légère odeur de tourbe flottait dans l'air nocturne, un parfum familier qui réconforta Alex, tandis qu'il regagnait la maison de Ross. Lorsqu'il ouvrit la porte, il vit son ami et Vanora endormis à l'autre bout de la salle. Laren était allongée sur une paillasse, leurs deux filles dans les bras. Elle semblait avoir le flanc bandé et il ne pouvait voir son visage.

Alex se coucha sur le côté et contempla sa femme assoupie. Ses cheveux roux étaient répandus sur son épaule et elle dormait dans la robe qu'elle avait portée toute la journée. Elle n'avait ôté que sa cape, qu'elle avait déployée sur les fillettes en guise de couverture. Même dans le sommeil, elle gardait et protégeait ses filles. Elle s'était toujours montrée une bonne mère pour elles.

Alex saisit doucement une mèche de ses cheveux, enroulant la boucle soyeuse autour de sa main. Laren tressaillit et s'agita.

— Ce n'est que moi, chuchota-t-il.

Il lâcha la mèche, serrant son poing vide. Laren se laissa rouler sur le dos, et à la faible lueur de la lune, il vit briller des larmes sur ses joues. Une tension palpable émanait de son corps et Alex comprit qu'elle luttait contre la douleur.

— Comment vous sentez-vous ?

— Je vais très bien.

Elle parlait bas, pour ne pas réveiller les enfants. Puis elle se retourna sur le côté gauche et Alex, mieux que jamais, comprit que leur union n'était plus ce qu'elle avait été.

C'était comme si la flèche l'avait atteint lui aussi en l'amenant à prendre conscience de la réalité — sa femme ne lui faisait plus confiance. Si elle ne pouvait pas lui révéler une simple blessure, quels autres secrets lui cachait-elle ?

Depuis quelques mois, elle disparaissait tous les jours pendant des heures, sans jamais lui dire où elle allait ni ce qu'elle faisait. Il était vrai aussi qu'il ne le lui avait jamais demandé. La forteresse et ses habitants l'accaparaient au point qu'il en avait oublié son épouse. Au début, il s'était persuadé qu'il la laissait simplement libre d'aller et venir à sa guise, ne voulant pas l'accabler de questions.

Peut-être, au tréfonds de lui-même, n'avait-il pas voulu savoir, craignant de découvrir qu'elle s'absentait ainsi pour éviter sa présence.

Les yeux levés, Alex contemplait le plafond, sachant qu'il ne trouverait pas le sommeil cette nuit-là. Une simple flèche avait suffi pour faire voler en éclats ses illusions. Leur mariage n'était plus une véritable union, il n'en restait que l'ombre.

Dans la pénombre, Alex se retourna pour contempler à nouveau sa femme, tandis qu'elle essayait de se rendormir. Il ne pouvait pas imaginer la vie sans elle.

Le problème, c'était qu'il ignorait comment la reconquérir.

Chapitre 2

Aux premières lueurs de l'aube, Laren ouvrit les yeux et rencontra le regard d'Alex fixé sur elle. Il avait les paupières rouges et les yeux cernés, comme s'il n'avait pas du tout dormi de la nuit.

— Comment vous sentez-vous ce matin ? lui demanda-t-il.

— Fatiguée, admit Laren, tout en se redressant avec précaution pour ne pas tirer sur les points de suture.

Sa blessure lui causait à présent une douleur sourde mais continue, bien pire que la veille.

— Montrez-moi la plaie, ordonna Alex.

Il avait parlé doucement pour ne pas éveiller leurs filles, mais Laren n'en décela pas moins la note de colère qui vibrait dans sa voix.

Elle déchira la couture que Vanora et elle avaient confectionnée sur le bandage la veille au soir et écarta le linge maculé de sang dans lequel elle avait dormi. Alex examina la blessure et avança la main, puis suspendit son geste comme s'il craignait de la toucher.

— Vous allez rester dans la maison avec les filles aujourd'hui. Je ne veux pas vous voir près des ruines, pas quand vous êtes blessée.

Laren eut l'impression d'être redevenue une petite fille qui ose argumenter face à son père.

— Ce n'est pas une plaie mortelle, Alex.

Elle couvrit de nouveau la plaie avant d'ajouter :

— Il y a beaucoup à faire, et les filles et moi allons vous aider dans la mesure de nos moyens.

À cet instant, Vanora s'avança vers eux, accompagnée de Ross. Alex se tourna vers la matrone.

— Assurez-vous que Laren se repose et ne déchire pas ses points, voulez-vous ?

Il parlait d'elle comme si elle ne se trouvait pas assise en face de lui ! Refoulant sa frustration et son ressentiment, Laren garda le silence. La flèche l'avait lacérée en deux endroits, mais la blessure n'était pas très profonde et les points la maintenaient.

Mais à quoi bon discuter avec Alex quand il n'était pas d'humeur à écouter ?

Quelques instants plus tard, Alex quittait la maison sans même prendre le temps de manger, concentré qu'il était sur le travail qu'il allait devoir accomplir. Ross lui emboîta le pas et les deux hommes s'éloignèrent pour aller évaluer les dégâts.

Après leur départ, Vanora s'approcha de Laren.

— Je vous ai confectionné un cataplasme. Nous allons l'appliquer sur la blessure et elle devrait cicatriser d'ici à quelques jours.

— Il n'est pas question que je reste ici quand il y a tant à faire, protesta Laren.

Les membres de leur clan allaient passer la journée entière à réparer ce qui pouvait l'être. Elle ne voulait pas qu'ils puissent lui reprocher son absence en de tels moments.

— Je suis d'accord avec vous, approuva Vanora.

Il est inutile de rester assise à la maison avec tout le travail qui attend là-bas.

Après avoir dénudé la blessure de Laren, elle appliqua dessus le tampon d'herbes.

La petite Mairin prit un air soucieux à la vue du bandage.

— Maman, cela fait mal ?

— Pas vraiment, la rassura Laren, déposant un baiser sur son front. Vanora a des galettes d'avoine pour vous deux si vous avez faim.

Alléchée par cette perspective, la fillette s'éloigna en gambadant.

— Elle me rappelle ma fille Nessa quand elle était petite, soupira Vanora. Elle me manque, depuis qu'elle est restée à Locharr.

Puis elle lança un coup d'œil compatissant vers Laren.

— Mais je me réjouis qu'elle ne se soit pas trouvée là au moment de l'attaque, ajouta-t-elle en embrassant chaleureusement la petite Adaira.

L'enfant trottina ensuite vers Laren et lui tendit ses petites lèvres.

— Bisou, maman.

Bien qu'elle n'eût pas tout à fait deux ans, Adaira manifestait alternativement deux tendances — s'accrocher aux jambes de Laren ou n'en faire qu'à sa tête.

Laren se pencha et pressa ses lèvres sur celles du bébé, sensible au réconfort de cette innocente tendresse.

— Va manger avec ta sœur, ma chérie, intima-t-elle.

Et s'adressant à Mairin :

— Donne-lui un gâteau, veux-tu ?

— Vous ne devriez pas laisser Alex vous parler ainsi, fit Vanora, baissant soudain la voix. Chef ou pas, vous devriez lui tenir tête.

Oui, c'était aisé à dire pour une étrangère, songea Laren.

— Cela ne donnerait rien de bon, argua-t-elle. Quand il a pris une décision, il n'écoute plus rien.

— Une dispute de temps en temps, cela ne fait pas de mal entre mari et femme, affirma Vanora.

Et d'ajouter avec un regard malicieux :

— Les mots durs entraînent parfois des réconciliations.

Laren rougit, sachant bien ce que la matrone voulait dire par là. Mais elle n'aimait pas les joutes verbales et elle doutait que cela menât à quoi que ce soit. Il y avait déjà longtemps qu'Alex ne l'avait pas touchée. Depuis de nombreux mois, il rentrait se coucher très tard, s'endormait presque immédiatement et se levait à l'aube. L'époque où il s'attardait près d'elle le matin pour lui voler un baiser ou lui faire l'amour appartenait aux neiges d'antan.

Laren ne l'en blâmait pas. Cela faisait partie de son rôle de laird de partir tout le jour et elle comprenait les obligations auxquelles il devait faire face. Seulement, parfois… elle se sentait bien seule.

Si Alex lui avait montré le moindre désir d'être en sa compagnie et de parler avec elle ainsi qu'il le faisait jadis, peut-être lui aurait-elle confié le secret qu'elle cachait jalousement depuis près de trois ans — celui qui l'avait sauvée du désespoir quand elle avait perdu leur bébé.

Voyant que son mari ne pouvait lui offrir aucun réconfort, Laren était allée trouver le père Nolan, le prêtre. Pour l'occuper, celui-ci lui avait enseigné l'art de la verrerie. Par le souffle et le feu, elle avait trouvé la rédemption et la beauté. Quoi de plus miraculeux que ce mélange de sable, de minéraux et de chaleur qui donnait naissance au verre coloré ? L'art lui avait redonné l'espoir et l'avait aidée à survivre pendant ces mois cauchemardesques où elle dormait et mangeait à peine, le cœur déchiré par son terrible deuil.

En un an, elle était devenue l'élève du prêtre et elle avait retrouvé dans cette activité la partie d'elle-même qu'elle avait perdue. Désormais, elle ne pouvait pas plus y renoncer qu'elle ne pouvait s'empêcher de respirer. Mais elle s'y était adonnée si longtemps en secret qu'elle craignait d'en parler à quiconque. Seuls étaient au courant son apprenti Ramsay, Nairna et Lady Marguerite. Laren ignorait ce qu'Alex en penserait et craignait qu'il n'en perçoive pas l'importance.

Tu dois surmonter ta timidité et essayer de vendre tes œuvres, s'admonesta-t-elle.

Si elle parvenait à trouver un acheteur, les pièces d'argent qu'elle récolterait ainsi leur permettraient de reconstituer le stock de nourriture et autres provisions qu'ils avaient perdus dans l'incendie. C'était son meilleur espoir d'aider les siens.

Mais la dernière fois qu'elle avait tenté d'écouler ses vitraux, cela s'était soldé par un désastre. Nairna et elle avaient confié le verre à Dougal, sans lui dire d'où il provenait, et il s'était fait escroquer par un marchand. Des semaines de travail avaient été irrémédiablement perdues et Laren en ressentait encore la déception.

Vanora fit cuire d'autres galettes d'avoine pour les filles, tandis que Laren allait se réchauffer les mains près du feu. Le bois de bouleau s'éteignait, mêlant ses braises aux cendres de la nuit. Laren tisonna les bûches, ravivant les flammes. Puis elle se força à manger avec les filles, bien qu'elle n'eût pas particulièrement faim.

Tout en contemplant les tisons incandescents, elle pensa à l'intense chaleur que nécessitait la fabrication du verre. Ses pensées se mirent à vagabonder, elle s'imagina passant la journée parmi le sable et les minéraux. Il lui fallait d'autres cendres et…

Des cendres ! Il y en avait des quantités à présent, non ? Si elle les ramassait, ces matériaux lui permettraient de fabriquer davantage de verre.

Alex n'aimera pas cela, songea-t-elle. *Il t'a ordonné de ne pas t'en mêler.*

Laren écarta cette pensée. Sans doute Alex ne remarquerait-il même pas sa présence. Les petites l'aideraient à remplir les seaux. Elles prendraient cela pour un jeu, surtout si elle les défiait d'en apporter le plus grand nombre possible à la caverne.

— Avez-vous fini de manger, les filles ?

Mairin hocha la tête et prit Adaira par la main.

— Parfait.

Laren s'assura que les fillettes étaient assez chaudement vêtues et tira la capuche sur la tête d'Adaira.

— Nous allons aider votre père. Vous allez prendre des baquets de bois et participer au nettoyage.

— Et que direz-vous à votre mari quand il s'apercevra que vous lui avez désobéi ? intervint Vanora.

Laren lui sourit et haussa légèrement les épaules.

— Ce n'est pas vous qui parliez des vertus d'une bonne querelle, il y a un instant ?

Vanora éclata de rire et sortit avec elles. Laren s'empara d'un seau en bois.

— Puis-je vous emprunter ceci ? Je le ramènerai plus tard.

La matrone hocha la tête.

— Je viens avec vous, déclara-t-elle.

Elles se dirigeaient vers les décombres calcinés du manoir, quand Laren entendit s'élever un peu plus loin des bruits de bagarre. Faisant signe à Vanora de rester en arrière avec les filles, elle s'avança pour voir de quoi il retournait.

— Voleur ! criait un gamin. Tu crois que tu vas t'échapper avec ton butin ?

À coups de poing, il frappait une silhouette recroquevillée sur le sol, pendant qu'un autre adolescent assenait des coups de pied à la victime, qui saignait dans la poussière.

Laren se précipita et tira l'un des jeunes agresseurs par le dos de sa tunique.

— Laissez-le ! ordonna-t-elle.

Elle étouffa un cri horrifié en découvrant le visage du garçon cloué à terre. C'était Ramsay, son apprenti. Âgé de onze ans, le gamin aux cheveux filasse saignait du nez à la suite du pugilat. Mais il portait aussi d'autres ecchymoses, plus anciennes, qui avaient dû lui être infligées par son père. Il tenait dans sa main sale une croûte de pain.

— Que s'est-il passé ? questionna Laren. Pourquoi vous battez-vous pour un morceau de pain ?

— Nos greniers à grains ont brûlé, expliqua le premier garçon. Nous l'avons surpris en train de voler notre père.

Laren les foudroya du regard.

— Croyez-vous que votre chef acceptera qu'une seule famille meure de faim ? Qu'il vous refusera de la nourriture ?

— Ramsay aurait dû aller mendier ailleurs.

Laren secoua la tête et lui jeta un regard écœuré.

— Retournez chez vous et laissez-le tranquille.

Lorsque les deux adolescents eurent disparu, elle s'agenouilla près de l'apprenti et lui essuya le visage.

— Peux-tu t'asseoir ?

Ramsay parvint à hocher la tête, malgré la grimace

de douleur qui lui tordait la bouche. Il tenait encore le croûton dans son poing serré.

— As-tu volé cela ? s'enquit calmement Laren.

Le garçonnet rougit de honte et son silence constitua une réponse suffisante.

— Tu aurais dû venir me voir, lui reprocha-t-elle gentiment.

Ramsay ne répondit pas, gardant la tête basse et Laren comprit que s'il ne s'était pas adressé à elle, c'était par fierté.

— Va à la caverne et allume les fours, ordonna-t-elle. Je t'apporterai de la nourriture là-bas.

Cet ordre parut ranimer l'enfant, qui plongea son regard gris dans le sien. Pendant l'année écoulée, Ramsay avait été un apprenti efficace en l'aidant à faire fonctionner les fours. Pour le gamin, c'était une façon d'échapper aux mauvais traitements de son père. Et Laren ne pouvait fabriquer son verre sans lui.

— Voulez-vous que je commence une fusion quand les fours seront assez chauds ? interrogea Ramsay à voix basse.

— Pas encore. Je te rejoindrai plus tard et je choisirai ce qu'il faut fondre.

Avec un peu de chance, elle aurait à ce moment-là les cendres dont elle avait besoin.

Elle aida Ramsay à se relever, notant au passage qu'il aurait bientôt besoin de vêtements plus chauds. Les dernières hardes qu'elle lui avait données avaient disparu, sans doute accaparées ou vendues par son père.

En regardant Ramsay se hâter vers la caverne, Laren eut l'impression de se revoir elle-même quand elle était enfant. Elle savait ce que c'était que d'avoir faim et froid et d'être trop fière pour accepter l'aumône.

Jamais plus, se jura-t-elle. Elle ne laisserait aucun

de ceux qu'elle aimait sans nourriture ou vêtements. Ni ses enfants à elle, ni des garçons comme Ramsay, qui n'avaient personne d'autre pour veiller sur eux.

Dans le travail du verre, Ramsay s'était révélé un apprenti prometteur et son inlassable souci de précision avait été fort utile à Laren. Il buvait littéralement tout ce qu'elle lui apprenait.

En regagnant l'endroit où elle avait laissé Vanora et les filles, Laren constata que la matrone avait entraîné les petites dans la foule qui s'affairait alentour. Plusieurs jeunes gens munis de haches se dirigeaient vers la forêt pour y couper du bois. D'autres chargeaient les poutres calcinées dans des chariots.

Laren demeura un peu à l'écart, là où Bram et son épouse Nairna répartissaient les gens en groupes de travail. Nairna se comportait en vrai commandant, donnant des ordres avec un sens inné de l'autorité. Elle allait et venait avec assurance, comme si elle savait exactement ce qu'elle avait à faire, affrontant les MacKinloch et leur distribuant des directives sans la moindre crainte.

— C'est vous qui devriez vous charger de cela. Pas Nairna, observa Vanora, lorsque Laren l'eut rejointe. C'est vous la femme du chef !

Laren rougit sous la réprimande. Mais que pouvait-elle faire ? Se trouver confrontée aux gens la terrifiait. Elle avait l'impression de voir se refléter toutes ses insuffisances dans leur regard.

— Ils ne vous respectent pas, continua Vanora. Vous les fuyez sans même essayer.

La matrone lui prit la main et l'entraîna.

— Je ne veux pas vous blesser, *a charaid*[1], mais si

1. « Mon amie » en gaélique.

vous voulez aider, il faut arrêter de vous montrer si timide et endosser le rôle qui vous revient de droit.

Vanora avait certes raison, mais Laren ne pouvait rien changer à ses craintes, pas plus qu'au battement affolé de son cœur dans sa poitrine. Un frisson la parcourut, tandis que son estomac se nouait. Elle aurait voulu ressembler à Nairna au lieu de rester coite, la langue collée au palais, sans savoir quoi dire.

Tandis que la foule se dispersait, Laren aperçut Alex et ses frères. Elle remarqua le bandage autour de l'avant-bras de son mari. Il n'en continuait pas moins à soulever les poutres tombées, sans se soucier de sa blessure. Ses muscles saillaient sous l'effort et Laren se souvint de ce qu'elle éprouvait jadis à caresser sa peau nue, si ferme et si douce à la fois. Elle connaissait si bien son corps, le contraste entre son dos musclé et sa large poitrine. Une tristesse l'étreignit car cela faisait si longtemps qu'ils ne s'étaient pas touchés de façon intime. La veille au soir, quand Alex avait appris qu'elle était blessée, il s'était montré simplement furieux et Laren s'était sentie froissée, car pas une fois il ne lui avait dit qu'il se réjouissait de la savoir saine et sauve. Sa colère était palpable. Ce qui provoquait ainsi l'ire de son mari, c'était le fait qu'elle eût été blessée, bien sûr, mais on aurait presque dit qu'il lui en voulait d'avoir été atteinte par une flèche ! Et avant de partir ce matin-là, il avait exigé qu'elle reste à la maison, comme si elle était incapable de faire quoi que ce soit pour aider.

Mais je peux faire quelque chose, songea Laren.

Dès à présent, elle allait commencer à fabriquer davantage de verre et ensuite elle essaierait de le vendre. D'une façon ou d'une autre.

— Maman, nous n'allons pas aider papa ? s'enquit Mairin, impatiente.

— Si, mais vous allez rester ici toutes les deux.

Bien entendu, Laren ne pouvait pas se rendre ouvertement au manoir brûlé avec ses filles et se mettre à pelleter les cendres. Alex les verrait et se mettrait en colère. Pour cela, elle avait besoin de l'aide de Nairna.

— Cela ne vous ennuie pas de surveiller les filles un instant ? demanda-t-elle à Vanora.

La matrone ayant accepté, Laren contourna la foule pour se diriger vers Nairna, évitant Alex. L'épouse de Bram saurait comment récupérer la cendre sans éveiller la suspicion de quiconque.

— J'ai besoin de votre aide, lui confia Laren lorsqu'elle l'eut rejointe. Je voudrais les cendres qui sont là-bas, si vous pouvez me les laisser.

Sa belle-sœur et elle échangèrent un regard entendu. Nairna savait, au sujet du verre.

— J'ai surtout besoin de cendre de bouleau, poursuivit Laren. Il m'en faut pour… le travail que je fais. Mes filles peuvent aider à la ramasser.

Une lueur pétilla dans le regard vert de Nairna. Elle réfléchissait.

— Vous aurez besoin de plus de bras que cela. Je vais y envoyer Dougal et d'autres hommes. Ils chargeront les cendres sur un chariot. De toute façon, il leur faut nettoyer l'endroit avant d'y construire le nouveau manoir. Laissez-moi faire.

Laren lui exprima ses remerciements avant de retourner vers ses filles. Elle avait presque atteint le portail, quand une main la saisit par le bras.

— Que faites-vous ici ? interrogea Alex, qui n'en croyait pas ses yeux.

Comment pouvait-elle se trouver là, blessée comme

elle l'était ? Elle semblait si exsangue qu'Alex la poussa vers un petit tas de pierres, l'obligeant à s'asseoir.

— Vous avez besoin de repos !

Il avait beau se plonger avec ardeur dans le travail physique de la reconstruction, il ne pouvait s'empêcher, depuis qu'il avait quitté Laren, d'imaginer la flèche perçant sa chair. Cette vision l'obsédait. Il se sentait si coupable de n'avoir pas su protéger sa femme !

Laren se releva.

— Je voulais aider, murmura-t-elle.

Alex fronça les sourcils. Des remarques acerbes lui montaient aux lèvres, mais il se força à adoucir ses propos.

— Je ne veux pas que vous vous fassiez mal. Il y a des parties du manoir encore debout et nous devons les abattre. Contentez-vous de tenir les enfants à l'écart.

— Mais Nairna vous aide bien, elle, objecta Laren. Et aussi Vanora et les autres femmes.

— Elles n'ont pas été blessées, rétorqua Alex.

Il voulait qu'elle s'éloigne de cette structure instable, et surtout, qu'elle se repose et se soigne. Elle en avait grand besoin.

— Faites ce que je vous dis, Laren. Vous n'êtes d'aucune utilité ici.

Laren le dévisagea avant de s'éloigner, une expression blessée sur le visage. Il n'avait pas eu l'intention de se montrer aussi dur, mais de toute évidence, il l'avait offensée. Il retourna vers le bâtiment dévasté et commença à faire tomber les planches. Des échardes se plantèrent dans ses mains sans qu'il y prenne garde. Qu'importaient ces désagréments…

Tandis qu'il cassait le bois brûlé, une voix susurrait en lui : *Elle ne t'a pas parlé de sa blessure parce qu'elle ne te fait pas confiance.*

Il empoigna une autre planche et poussa de tout le poids de son corps, comptant sur la colère et l'effort physique pour disperser ces pensées intempestives. Pendant près de trois ans, il avait travaillé d'innombrables heures afin d'assurer à tous les membres du clan la nourriture et un lieu pour dormir. Une tâche indispensable, s'était-il dit alors, qui relevait de ses obligations de chef. Laren l'avait compris comme lui.

Les mains d'Alex s'immobilisèrent sur le bois et quelques gouttes de sang perlèrent entre ses doigts.

Elle était plus heureuse quand tu n'étais pas le laird, poursuivit la voix inexorable. *Elle n'a jamais désiré cette vie-là. C'est toi qui la lui as imposée.*

C'était vrai, mais il avait espéré que Laren changerait lorsqu'elle aurait pris conscience de ses responsabilités. Cela prendrait du temps, avait-il pensé, mais il était persuadé qu'à la longue, elle deviendrait la dame de Glen Arrin, celle que tous attendaient.

Au lieu de cela, elle s'était retirée. Loin de cette vie… Loin de lui.

« Vous n'êtes d'aucune utilité ici. »

Les mots cruels s'enfonçaient en elle, tandis qu'elle s'éloignait à grands pas. Pour Alex, elle représentait une gêne, quelqu'un qui devait rester à l'écart pendant qu'il s'activait à la reconstruction avec ses hommes. Sans doute cherchait-il seulement à la protéger, mais croyait-il vraiment qu'elle pouvait rester assise à l'intérieur de la chaumière à contempler les murs pendant que tout le monde travaillait ? Elle s'en sentait incapable.

Laren trouva Vanora chez elle et s'arrêta dans la maison le temps d'y prendre ses filles, ainsi qu'un peu de nourriture pour le repas de mi-journée. Puis elle suivit la rive avec Mairin et Adaira. Sa fille aînée courait devant, piétinant avec allégresse les fragments de glace en bordure du loch.

La grotte était cachée à l'autre extrémité de la rive, creusée dans le versant d'une large montagne. Le plafond comprenait assez de crevasses pour la ventilation, et la caverne était située assez loin du manoir pour que nul ne s'aventure dans les parages. La proximité de la rive permettait à Laren de se procurer facilement les vastes quantités de sable dont elle avait besoin.

Le père Nolan avait construit les fours à l'intérieur de la cavité et l'air y était constamment chaud et sec, parfait pour la fabrication du verre. Laren lui était reconnaissante d'avoir bâti tous ces immenses fours, car elle n'aurait jamais été capable de le faire elle-même.

En approchant de l'entrée familière, elle constata que Ramsay avait allumé les feux, ainsi qu'elle l'en avait prié. Une chaleur épaisse imprégnait l'air, mais il faudrait plusieurs heures avant que la température ne soit assez élevée pour la fabrication du verre.

Laren fit avaler aux filles un léger repas de viande et de pommes séchées. Ensuite, elle étendit sa cape sur le sol et coucha dessus Adaira, frottant les épaules de l'enfant jusqu'à ce qu'elle s'assoupisse. Il ne fallut guère de temps pour que Mairin se mette aussi à bâiller et se blottisse près de sa sœur. La chaleur des fours eut tôt fait de les endormir toutes deux sur le sable moelleux, juste à l'entrée de la caverne.

Laren resta à portée de vue, les surveillant du coin de l'œil pendant qu'elle dressait la liste de ses provisions. Le père Nolan lui avait laissé ses outils et son stock de plomb et de minéraux, mais il viendrait un moment où elle devrait en racheter.

— Il nous faut plus de chaux, observa Ramsay.

Laren nota qu'il s'était lavé le visage. Elle lui tendit le sac de nourriture qu'elle avait apporté.

— Mange tout, lui ordonna-t-elle, ne prélevant qu'un gâteau d'avoine pour elle-même.

Le gamin marmonna des remerciements et fouilla dans le sac, s'attaquant à la nourriture comme s'il craignait de la voir disparaître. Laren l'observait, tout en faisant mine de s'intéresser aux panneaux de verre qu'elle avait déjà fabriqués. La maigreur du garçonnet l'inquiétait, mais encore plus les meurtrissures sur son visage. Le père de Ramsay oubliait le plus souvent de le nourrir, trop occupé à boire de l'ale ou à user de ses poings contre son fils. Laren ne comprenait pas pourquoi le jeune apprenti s'obstinait à rester avec son père, alors qu'elle lui avait proposé qu'Alex et elle l'adoptent. Ramsay avait refusé, s'entêtant à demeurer chez lui.

— J'ai besoin de toi pour surveiller le four toute la journée, lui dit-elle. Je vais faire beaucoup de verre et nous ne pouvons pas laisser le feu s'éteindre.

C'était un mensonge, mais du moins cela retiendrait-il le garçon ici, loin de la maison de son père, au moins jusqu'à la nuit.

Sa blessure au côté la faisait souffrir et elle dut s'asseoir un moment, luttant contre le vertige. Cela guérirait. Dès qu'elle travaillerait à son verre, elle oublierait la douleur.

— J'ai préparé un creuset, c'est prêt pour la fonte, déclara Ramsay. Il ne manque plus que les couleurs.

Laren lui sourit.

— Tu es vraiment l'apprenti rêvé, Ramsay.

Le gamin s'empourpra.

— Je vais aller vous ramasser du bois, marmonna-t-il.

Puis il retourna au travail, gêné par le compliment.

Laren promena les doigts sur l'une de ses créations,

un morceau de verre bleu vif. Pourrait-elle vraiment tirer un profit matériel de son travail ? Un doute s'insinua en elle.

Et si ce travail n'était pas assez bon ?

Ses couleurs pouvaient apparaître trop sombres, pas assez transparentes pour laisser passer la lumière. Même si le cobalt avait créé un bleu ravissant, l'argent, lui, n'avait pas atteint la nuance de vert que Laren désirait. Il était impossible de refaire deux fois la même pièce, car les cendres variaient selon le bois utilisé.

— As-tu allumé le four de recuit ? demanda-t-elle à Ramsay.

— Oui, je viens de le faire.

Le four de recuit devait rester à une température plus basse que le four de fusion, car le verre devait refroidir de façon très contrôlée. Laren avait appris à ses dépens la nécessité du processus de refroidissement quand plusieurs pièces s'étaient brisées, au moment où elle avait voulu les couper, pour avoir refroidi trop vite.

Elle se leva et prit le creuset d'argile que Ramsay avait préparé, ajoutant un peu de fer au mélange pour obtenir un verre rouge. Il était trop tôt pour le mettre à chauffer et elle le posa en attendant près du four.

La température élevée ne la dérangeait pas, elle y était accoutumée. Elle se détendit dans cette atmosphère brûlante, tout en examinant le morceau de verre strié de vert qu'elle avait cuit quelques jours plus tôt. Depuis l'endroit où elle se tenait, derrière le feu, elle pouvait surveiller Mairin et Adaira encore profondément endormies.

Dans son esprit, elle imagina le jardin d'Éden. Elle utiliserait ce verre de couleur verte pour former les feuilles de l'arbre de la connaissance, faisant de lui l'élément central de la scène. Le lendemain, si elle parvenait à obtenir la bonne nuance de rouge, elle formerait la pomme de la tentation.

Après avoir chauffé à blanc un outil de découpe, Laren incisa le verre pour lui donner la forme qu'elle désirait. Elle avait perdu toute notion du temps. En travaillant, elle s'absorbait dans la création de ses tableaux, regardant les scènes qu'elle avait imaginées prendre forme sous ses doigts pour se transformer en réalité.

Après avoir découpé plusieurs feuilles dans le verre achevé, elle vit Nairna et Dougal apparaître à l'entrée de la grotte. Ses filles s'étaient réveillées et Nairna tenait Adaira dans ses bras.

Le visage de son jeune beau-frère était maculé de suie et le rude travail auquel il s'était livré l'avait fait transpirer. Il fixa sur elle un regard empreint de curiosité.

— C'est vous qui avez fait cela ? s'enquit-il en désignant la plaque de verre. Avec du sable, juste à l'instant ?

— Non, il y a quelques jours, corrigea Laren. Il faut plusieurs jours pour fabriquer du verre, parfois plus longtemps. Cela dépend des couleurs qu'on désire.

Elle enfila ses gants, gênée d'exposer les cicatrices brunes sur ses mains, même si apparemment personne n'avait rien remarqué. Ramsay s'était retiré à l'arrière de la caverne, essayant de se montrer discret.

Laren ressentait de nouveau des élancements dans son flanc et elle inspira plusieurs fois pour chasser la douleur. Ce soir-là, elle parlerait à Vanora et lui demanderait de lui concocter une infusion pour dormir. Mais pour l'heure, elle dissimula sa souffrance, taquinant Dougal :

— Eh bien, m'avez-vous apporté de la cendre de bouleau ou faut-il que je racle celle que vous avez sur la figure ?

Le jeune homme rougit et pointa le doigt vers l'extérieur.

— J'en ai ramené un plein chariot.

— Vous pouvez le déverser juste à l'entrée, si cela n'est pas trop dur pour vous.

En fin de compte, ils s'y mirent tous, déchargeant la cendre à la pelle. Mairin et Adaira essayèrent d'aider, mais s'arrêtèrent bientôt car les avoir dans les jambes ne faisait que compliquer le travail.

Lorsque la charrette fut enfin vide, Laren regarda où en était la fusion et ajusta les feux. Elle attisa la flamme avec un soufflet et Ramsay se posta près du foyer, promettant d'entretenir le feu.

— Cela devrait être prêt vers minuit, conjectura-t-il. J'ajouterai alors le contenu du creuset.

— Parfait. Je reviendrai demain matin à la première heure pour vérifier la fusion.

— Je ne laisserai pas le feu s'éteindre, promit à nouveau le gamin.

Il tiendrait parole, Laren n'en doutait pas. Il était habitué à dormir pendant la journée. Pas une seule fois elle n'avait perdu une fusion confiée à ses soins.

Réprimant son envie de lui ébouriffer les cheveux, Laren lui adressa un hochement de tête. Ramsay ne supportait pas les effusions, et les rares fois où elle lui avait tapoté l'épaule, elle l'avait senti se raidir. En plongeant dans son regard sombre, elle vit l'image du fils qu'elle aurait pu avoir.

Un élancement lui cisailla de nouveau le flanc et elle se mordit la lèvre, luttant contre la douleur.

Nairna lui jeta un regard intrigué.

— Vous allez bien ?

Laren la rassura d'un signe de tête.

— Il faut que j'emmène les filles à présent, déclara-t-elle. Il se fait tard.

Elle arrangea les habits des fillettes et les prit toutes deux par la main avant de se mettre en route. Nairna marchait à son côté.

— Vous devriez mettre votre mari au courant pour le verre, conseilla doucement cette dernière, lorsqu'elles eurent fait quelques pas.

Laren laissa les fillettes courir devant pour rattraper Dougal, qu'elles supplièrent de les laisser monter dans le chariot. Lorsqu'elles furent hors de portée d'oreille, Laren s'arrêta, une main sur le flanc.

— Je le lui dirai, Nairna. Mais pas maintenant.

La seule perspective de révéler ses talents encore maladroits de verrière l'effrayait. C'était comme exposer la partie la plus profonde de son être.

Sa belle-sœur lui posa une main sur l'épaule.

— Cela lui permettrait de comprendre pourquoi vous vous absentez de si longues heures chaque jour. Et plus tard, vous essaierez d'en parler au reste du clan.

Laren secoua la tête.

— Je sais ce que les autres femmes disent de moi. Elles pensent que je suis faible et indigne d'être l'épouse d'un laird.

Nairna sourit.

— Je ne crois pas cela. Vous êtes calme et timide, voilà tout.

Laren effleura machinalement le bas de son surcot, se rappelant les vêtements en loques qu'elle portait quelques années plus tôt.

— Non, c'est plus que cela, répondit-elle. Mon père était un mendiant. Il était incapable de prendre soin de nous. Parfois, il avait des accès de mélancolie et ne sortait pas de son lit pendant des semaines.

D'un geste frileux, elle resserra sa cape autour d'elle avant d'ajouter :

— Nous avions à peine de quoi manger et tout le monde le savait. Mes sœurs et moi portions les vieilles nippes des autres.

À en juger par son air surpris, c'était une découverte pour Nairna. Personne n'avait dû lui parler de cela.

— Les gens du clan savent d'où je viens, poursuivit Laren. Ils savent aussi que je ne suis pas apte à les diriger.

Elle secoua la tête tant l'idée de jouer les grandes dames lui semblait incongrue. Puis elle tourna de nouveau les yeux vers Nairna.

— Je suis peut-être l'épouse du chef à présent, mais je reste un embarras.

Elle hâta le pas, longeant la pierre blanche posée sur le versant de la montagne.

— Le travail du verre, cela fait partie de moi, Nairna. Tant que j'ai cela, je peux supporter leurs critiques. Elles me traversent sans m'atteindre, car je sais ce que je suis capable de créer.

Laren prit une inspiration. Cette confession la déchirait, mais elle n'en continua pas moins :

— Savoir qu'il existe quelque chose que je sais faire me console d'être incapable de diriger les gens ou d'être l'épouse dont Alex a besoin.

Nairna tenta de lui offrir des paroles de réconfort, mais Laren n'écoutait pas. Elle venait d'apercevoir Alex, là-bas, qui les attendait près de la forteresse. Sur son visage tendu, elle lut l'inquiétude et un soupçon de soulagement. Il étreignit les filles, soulevant Adaira dans ses bras. Mais tandis qu'il parlait aux petites, Laren surprit le regard qu'il coulait vers elle.

Presque comme s'il se réjouissait de la revoir…

Mars 1300

Le léger son d'un caillou heurtant le bois du cottage maternel tira Laren de son sommeil. Un frémissement d'excitation lui parcourut le corps. Alex était là, ainsi qu'il l'avait promis !

Ses sœurs étaient endormies près d'elle, mais aucune ne se réveilla lorsqu'elle se leva de la paillasse qu'elles partageaient. Laren sortit sur la pointe des pieds, jetant un coup d'œil derrière elle pour s'assurer que sa mère ne l'observait pas.

La lune argentée brillait dans le ciel et elle vit Alex émerger de l'ombre, le visage et les cheveux mouillés, comme s'il s'était lavé dans le ruisseau avant de venir. Il laissa tomber le gravier qu'il tenait dans sa paume et tendit la main vers elle. Laren la saisit sans un mot et se laissa entraîner dans la forêt.

Il ne faisait pas aussi sombre qu'elle l'avait cru, mais elle se rapprocha d'Alex, tandis qu'ils s'enfonçaient plus profondément dans les bois. L'air printanier était frais et imprégné d'une humidité annonciatrice de pluie. De la mousse vert sombre recouvrait les arbres. Laren s'avançait avec précaution, attentive à ne pas poser les pieds n'importe où. Un plaisir d'anticipation grandissait en elle avec l'attrait de l'interdit, à la pensée qu'elle se trouvait seule avec cet homme.

Lorsqu'ils atteignirent la clairière, le petit cercle de pierres levées se dressa devant eux. Anciens et usés, les mégalithes participaient à l'enchantement de ces instants. C'était leur endroit secret, le lieu où la réalité s'effaçait et où Laren pouvait oublier qu'il était le fils d'un chef et elle la fille d'un petit fermier misérable.

Ici, ils pouvaient être ensemble sans que personne n'interfère. Jamais Alex ne l'avait traitée comme quelqu'un d'inférieur, et en cet instant, il la contemplait avec un mélange de désir et de regret.

— Je vais devoir partir demain, lui annonça-t-il en l'attirant dans ses bras. Mon oncle Donnell veut que j'aille rendre visite au clan Campbell.

Laren lut la tristesse et la frustration dans ses yeux. Elle savait qu'il vivait avec son oncle, qui était devenu le laird après la mort du père d'Alex. Peu d'affection les liait, car Donnell raillait constamment son neveu, assurant qu'Alex n'aurait jamais le talent qu'il fallait pour devenir un chef comme son père.

— Quand reviendrez-vous ? chuchota-t-elle.

— Je ne sais pas.

Alex lui enserra le visage, appuyant son front sur le sien.

— Mon oncle veut que j'épouse la fille de leur chef. Mais vous n'avez pas à vous inquiéter. J'ai déjà choisi ma fiancée.

Il lui passa la main dans les cheveux, caressant ses longues boucles, et Laren vit croître le désir dans son regard. Elle sentit son cœur se serrer, car si elle avait pu, elle serait restée avec lui pour toujours. Elle aimait Alex MacKinloch de toute son âme. Mais elle craignait qu'ils n'aient pas d'avenir ensemble. Elle était si pauvre ! Qu'est-ce qui lui disait qu'après avoir vu cette femme, il n'oublierait pas tout ce qu'il y avait eu entre eux ?

Pour l'instant, elle avait bien l'intention de savourer chacun de ces instants volés. La bouche d'Alex s'empara de la sienne et elle lui rendit son baiser avec toute la ferveur qu'elle ressentait dans son cœur. La langue d'Alex s'enlaça à la sienne avec une ardeur désespérée dont Laren ne comprenait pas la cause. Elle sentait contre elle son membre durci de désir. Alex la saisit par les hanches pour l'attirer plus près, laissant courir sur elle ses lèvres affamées.

Le pouls de Laren s'emballa, elle ne pouvait plus respirer. Cette nuit était peut-être la dernière qu'ils passeraient ensemble. Une fois qu'Alex aurait quitté Glen Arrin, elle le perdrait peut-être à jamais.

Il la coucha sur l'herbe moelleuse et Laren perçut le moment où il reprit le contrôle de lui-même. Bien que son souffle fût aussi haché que le sien, il se laissa rouler sur le côté et se mit à l'observer.

— Je veux que vous deveniez ma femme, Laren.

Laren essaya de ne pas laisser ses sentiments influer sur ce qu'elle devait répondre. Fermant les yeux, elle chercha les mots justes.

— Pas avant votre retour, chuchota-t-elle.

Elle voulait croire qu'Alex l'aimerait assez pour cela, mais elle ne souhaitait pas non plus qu'il en éprouve plus tard des regrets.

— Dites oui ! la pressa-t-il.

Laren se souleva pour l'embrasser, cherchant une diversion dans le désir physique qui les consumait tous deux. Quand Alex la tenait dans ses bras, il lui était tellement plus facile de ne pas redouter de le perdre !

— Vous êtes le seul homme que j'aie jamais désiré, chuchota-t-elle tout contre ses lèvres.

Alex s'empara de nouveau de sa bouche, tout en lui caressant les épaules, puis sa paume se referma sur un sein. Il la laissa là, attendant sa réaction. Laren sentit son mamelon se durcir, fiévreuse réponse au contact de cette main, tandis qu'un flot de chaleur jaillissait entre ses cuisses. Si elle le laissait faire, il deviendrait son amant cette nuit-là même, elle le comprit.

Du bout du pouce, il caressa la pointe du sein et Laren serra les jambes, luttant contre la sensation brûlante qui menaçait de la submerger. La tentation et la raison s'affrontaient en elle.

Elle immobilisa la main d'Alex entre les siennes.

— À votre retour, murmura-t-elle.

La raison l'avait emporté. Impossible de lui donner ainsi sa virginité, quand il pouvait être contraint d'en épouser une autre !

Alex se redressa sans protester, l'attirant de nouveau contre lui.

— Je vous ai apporté un cadeau, déclara-t-il en pressant dans sa main une petite bourse. Gardez-le en souvenir de moi !

Laren ouvrit l'aumônière et en tira une poignée de gouttelettes en verre, scintillant mélange de vert, de bleu vif, de rouge et de blanc translucide.

— C'est magnifique, dit-elle dans un souffle.

— C'est le père Nolan qui les a façonnées. Elles me font penser aux trésors que j'aimerais vous offrir, si je pouvais.

Le verre froid tiédissait sous les doigts de Laren, qui saisit l'un des cabochons pour l'examiner de plus près, curieuse de savoir comment ils étaient faits. Elle savait que le prêtre utilisait le sable et le feu, mais personne n'osait le déranger pendant qu'il travaillait à sa magie.

Alex l'embrassa de nouveau en la serrant passionnément contre lui.

Aussi fort que fût son désir pour lui, elle avait peur de ce que l'avenir leur réservait.

Et surtout, surtout, elle craignait tellement de le perdre...

Chapitre 3

Éreinté, tous les muscles douloureux, Alex ne souhaitait rien tant que trouver un endroit où s'étendre et dormir les quinze jours à venir. Mais c'était impossible, bien sûr.

Ils avaient eu beau travailler sans relâche depuis l'aurore, ils n'avaient guère fait plus que déblayer les décombres. Les habitants de Glen Arrin ne se sentaient plus en sécurité. Maintenant que leur forteresse avait été détruite, ils se retrouvaient vulnérables, leurs faiblesses exposées au regard de n'importe quel ennemi qui s'aventurerait dans les parages.

Alex ferma les yeux, sachant bien qu'ils auraient tôt ou tard à affronter de nouveau le combat et la violence. Robert Fitzroy, baron de Harkirk, avait battu en retraite après la dernière bataille, mais Alex ne se faisait pas d'illusions. Le baron anglais attendait simplement son heure.

Et bien plus qu'une attaque directe, le silence rendait Alex nerveux. Harkirk allait frapper de nouveau, il le sentait dans son corps. Restait seulement à savoir quand l'offensive se déclencherait…

Le destin du clan pesait lourdement sur ses épaules et Alex n'ignorait pas les doutes de ses compagnons. Dans la journée, il avait entendu des murmures autour de lui. On remettait en cause sa position de chef. Mais c'était *son* clan ! Il ferait tout ce qui était nécessaire pour assurer la protection de chacun, même s'ils en étaient réduits au plus complet dénuement.

C'était son peuple. Sa famille.

Bram s'approcha de lui, le visage assombri, visiblement réticent à lui délivrer de mauvaises nouvelles.

— Je viens d'apprendre que plusieurs de nos hommes auraient l'intention de partir. Ils possèdent de la famille dans d'autres clans.

Alex ajusta le bandage sur son bras.

— Je ne laisserai pas cela arriver, déclara-t-il, sachant bien que si quelques-uns s'en allaient, d'autres suivraient immanquablement.

— Comment pourrais-tu les arrêter ?

— Nous n'en arriverons pas là, répéta Alex, en parcourant les décombres à côté de son frère. Ce soir, je leur parlerai.

Il passa devant plusieurs membres du clan occupés à rassembler ce qui restait de leurs possessions et remarqua l'expression d'accablement et de désespoir qui se peignait sur leur visage. Il ne serait pas facile de les convaincre, il en était conscient. Mais sa position de chef impliquait qu'il était de sa responsabilité de prendre soin d'eux.

L'un des hommes, Brodie, tenait par la main son fils de trois ans. Le visage contracté par l'effort, l'enfant s'employait à ramasser une pierre presque aussi grosse que lui. Brodie entoura son fils de ses bras et l'aida à hisser la pierre sur le mur.

Alex cligna des yeux à ce spectacle, refoulant l'émotion qui lui étreignait le cœur. Presque trois ans, déjà ! Leur fils aurait aujourd'hui le même âge que cet enfant. Il pouvait presque l'imaginer, là, devant lui, et quand

Brodie se redressa, tenant le petit par sa menotte, Alex sentit à quel point sa propre main était vide.

C'est du passé, se reprit-il. *Tu as deux filles. Réjouis-toi de ce que tu possèdes.*

Il vit au loin revenir Dougal, qui conduisait le chariot avec Mairin et Adaira à côté de lui. Nairna et Laren suivaient non loin derrière. La démarche de Laren trahissait son épuisement. Décidément, il ne comprenait pas. Pourquoi le défiait-elle ainsi en contrevenant à ses ordres ?

Alex hâta le pas pour rejoindre sa femme. Quand il arriva près d'elle, il vit son visage se fermer. De nouveau, il la sentait sur la défensive. Elle devait souffrir, à en juger par la façon dont elle se tenait le flanc. Pourquoi réagissait-elle ainsi, en s'obstinant à rester à l'écart des autres ?

Alex désigna les deux fillettes, qui assommaient le pauvre Dougal de leur bavardage.

— Vous avez emmené les filles en promenade ?

— Oui. Vous m'aviez bien demandé de les éloigner de la forteresse, non ?

— C'est un malentendu. Je voulais simplement que vous vous reposiez et les gardiez près de vous.

Il soupçonnait Laren d'avoir fort bien compris ce qu'il souhaitait. Simplement, elle avait choisi de passer outre. Mais où diable était-elle allée ? Son absence avait duré des heures. Il gelait et une mince couche de glace recouvrait le loch. Laren n'aurait pas exposé les petites à un tel froid. Alex examina ses filles, qui ne semblaient pas le moins du monde abattues. Leurs joues roses luisaient, un grand sourire illuminait leur visage.

— Où les avez-vous emmenées ?

Laren parut surprise, comme si elle ne s'attendait pas à cet interrogatoire.

— Nous avons juste marché, sans but particulier.

Alex se rapprocha d'elle, incrédule.

— Pendant plusieurs heures ?

— Eh bien, je...

— Ne me mentez pas !

Il lui toucha la nuque et sentit sa peau humide et chaude sous ses doigts. Une odeur de fumée imprégnait ses cheveux.

— Vous êtes entrée quelque part, n'est-ce pas ?

Laren rougit, mais n'essaya pas de nier.

— Oui. Dans la grotte du père Nolan.

Elle se dégagea en reculant d'un pas et Alex laissa retomber sa main. Il pouvait lire la peur dans ses yeux et devina qu'elle ne disait pas tout.

— Pour y faire quoi ? s'étonna-t-il.

La caverne était abandonnée depuis la mort du vieux prêtre, plusieurs années plus tôt.

— Je... Je vous le dirai plus tard, balbutia Laren. Pas ici.

Elle baissait les yeux et Alex perçut l'anxiété dans sa voix. Cela le déconcertait de la voir aussi troublée, presque comme si elle était coupable. Que lui cachait-elle donc ?

— Envoyez les petites chez Vanora et Ross, voulez-vous ? Je veux vous parler seul à seul.

Laren rougit de nouveau, paraissant vraiment mal à l'aise.

— Il faut que je prépare à manger pour les filles. Elles ont besoin d'un repas avant d'aller au lit.

C'était là une piètre excuse, songea d'abord Alex. Puis il avisa les mains gantées de Laren et y distingua des traces de sang.

— Vous saignez de nouveau, constata-t-il, furieux qu'elle refuse de prendre du repos et de se soigner.

— Oh ! Cela va s'arrêter. Je vais me reposer et cela ira mieux.

Le ton d'Alex s'adoucit.

— Laissez Vanora s'occuper des filles et permettez-moi de prendre soin de vous.

Sans attendre les inévitables objections de son épouse, Alex la quitta pour aller parler à Vanora. La femme de Ross lui jeta un regard aigu, mais accepta de s'occuper des enfants.

Le ciel s'assombrissait. Alex ordonna à Dougal de lui préparer un cheval et quelques provisions à emporter pour le repas du soir. Pendant ce temps, Laren ne quittait pas ses filles des yeux. Son déplaisir était évident depuis qu'elle avait compris qu'Alex ne lui laissait pas le choix, mais il n'en tint aucun compte. Il fallait qu'il discute avec elle, là, tout de suite, pour découvrir ce qu'elle lui cachait.

Plus il y réfléchissait, plus il se rendait compte qu'elle ne s'était jamais confiée à lui. Ces deux dernières années, elle s'était tenue à l'écart, gardant jalousement ses secrets.

Ce soir-là, il voulait enfin savoir de quoi il retournait.

Il aida Laren à se mettre en selle, emportant une torche avec lui tandis qu'il guidait l'animal dans la forêt. Le soleil doré filtrait entre les chênes et les sapins, ourlant les feuilles de lumière. Aucun d'eux ne prononça un mot pendant la demi-heure que dura le trajet. Lorsque enfin Alex arrêta le cheval, il jeta un œil vers Laren pour guetter sa réaction : en effet, il l'avait conduite au cercle de pierres.

— Pourquoi m'avez-vous amenée ici ?

— Vous le savez très bien.

Il voulait que sa femme se souvienne de leur passé, voilà la raison ! Ce cercle, c'était le lieu où ils étaient tombés amoureux l'un de l'autre. N'était-ce pas l'endroit idéal pour tout recommencer ?

Une fois qu'elle eut mis pied à terre, Laren s'avança, posant la main sur l'un des mégalithes.

— Cela fait bien longtemps que nous n'étions pas venus ici…

Alex hocha la tête. Jadis, il l'amenait là à chaque Beltaine et ils y célébraient la fête dans les bras l'un de l'autre, en souvenir de leur nuit de noces. Mais après la naissance des enfants, il leur était devenu plus difficile de s'éclipser. Laren éprouvait des réticences à quitter Mairin, et au fil du temps, ils avaient oublié leur cercle.

Lorsque Alex se retourna, il constata que Laren s'était assise, ses mains gantées posées sur son giron, tandis que le soleil couchant sombrait derrière l'horizon.

— Vous n'avez pas besoin de porter cela, observa-t-il en désignant les gants.

— Je me sens mieux ainsi, c'est plus confortable pour moi.

Alex n'insista pas, supposant qu'elle avait froid aux mains en ce début d'hiver. L'esprit torturé de questions, il dressa leur tente en s'efforçant de contenir sa frustration. Mais plus Laren se cantonnait dans son silence, plus il se demandait comment entamer la discussion.

Ils se trouvaient seuls à présent, sans personne pour les observer ou chuchoter à leur sujet, mais Laren ne levait même pas les yeux vers lui. Sa blessure la tourmentait, présuma-t-il. Il avait lui-même mal au bras, mais il était plus habitué qu'elle à s'activer en dépit de la douleur.

Dans la lumière déclinante du soleil, les cheveux de la jeune femme flamboyaient, pareils à des flammes rousses. Alex la contemplait, fasciné. Laren lui semblait aussi belle ce soir-là que le jour où il l'avait épousée. Son corps était toujours aussi mince, sa peau crémeuse et satinée.

— Vous rappelez-vous la dernière fois que nous sommes venus ici ? hasarda-t-il enfin.

Laren s'était redressée. Une main pressée sur son flanc, elle s'appuya contre l'une des pierres levées.

— C'était avant la naissance de Mairin, je crois.

Et d'ajouter non sans nostalgie dans la voix :

— Nous étions bien jeunes alors !

Alex se rapprocha d'elle, dans les dernières lueurs du soleil couchant. Tout à coup, Laren émit une toux qui ressemblait étrangement à un rire.

— Qu'y a-t-il ?

— Je me souviens. Vous m'avez demandé si je trouvais ces pierres… incitatrices.

Un sourire retroussa les lèvres d'Alex à la vue des monolithes à la forme indéniablement phallique.

— Et c'était le cas ?

— Parfois.

Il retrouvait sur son visage la douceur du passé, celle de la femme qu'il avait épousée. Adossée à la pierre, Laren avait la main toujours posée sur sa blessure. Alex tendit sa propre main vers elle pour repousser la mèche de cheveux qui lui balayait la joue. Son geste se prolongea en caresse et il lut la surprise et la confusion dans les yeux bleus.

— Il fut un temps, avant notre mariage, où nous venions ici juste pour être ensemble. À présent, vous passez le plus clair de votre temps loin de moi.

Laren ne nia pas et son silence incita Alex à poursuivre.

— Je veux savoir pourquoi, Laren.

Laren soupira.

— Je n'essaie pas de vous fuir, Alex.

Du moins n'était-ce pas la raison initiale, corrigea-t-elle en son for intérieur, même si son mari croyait sans doute que tel était le cas. Elle avait éprouvé le besoin de se réfugier dans le travail pour oublier le reste du monde. Et lorsqu'elle s'était découvert cette passion pour la fabrication du verre, elle s'y était livrée aussi souvent que possible.

— Vraiment ?

Laren secoua la tête pour toute réponse et ferma les yeux, rappelée au souvenir de sa blessure par un vif élancement. Un instant, le sol lui parut tanguer sous ses pieds et elle dut s'appuyer un peu plus contre la pierre. Alex ne manqua pas de remarquer ce brusque changement de position. Il posa une main sur la sienne. Cette légère pression sur son flanc arracha un tressaillement à Laren.

— Montrez-moi votre blessure, ordonna sèchement son mari.

Une note de colère vibrait dans sa voix. Laren tenta de l'apaiser.

— Vanora a posé un cataplasme dessus et cela va bientôt guérir.

Campé devant elle, Alex posa la main sur le fourreau de sa dague.

— Ôtez cette robe, si vous ne voulez pas que je m'en charge !

L'espace d'un instant, Laren imagina la lame du poignard tranchant la laine et vit l'étoffe coupée tomber à ses pieds, la laissant nue devant lui. Vision étrangement érotique, qui lui arracha un voluptueux frisson. Alex ne lui ferait jamais de mal, elle le savait, mais l'homme qui se tenait en cet instant debout devant elle respirait la colère et la frustration sexuelle.

Il la désirait. Laren le voyait à son regard soudain assombri, à la tension de ses larges épaules. Fallait-il lui montrer simplement la blessure à travers la couture déchirée de la robe ? Elle hésita un instant, puis un brusque accès de rébellion s'empara d'elle. Après tout, c'était lui qui avait voulu l'amener ici, loin des autres, pour passer la nuit seul avec elle. Toute la journée, Alex n'avait cessé de lui lancer des ordres et des injonctions, la traitant comme une enfant.

Mais elle n'était pas une enfant ! Elle était une femme, avec des pensées et des sentiments bien à elle. Une femme qu'il avait négligée, ne lui accordant qu'une attention épisodique. Et dans un recoin d'elle-même, Laren voulait qu'il sache ce qu'il avait manqué ces derniers mois.

Au lieu de dévoiler simplement la blessure, elle dénoua les lacets de sa longue robe. Puis elle jeta à Alex un bref regard avant de lui présenter le dos.

— Cela me fait mal de lever les bras au-dessus de la tête. Il va falloir que vous m'ôtiez ma robe vous-même.

Il ne répondit pas et Laren n'osa pas se retourner. Lentement, elle retira ses bras des manches et Alex se plaça derrière elle pour l'aider à relever le bliaud. Elle tressaillit quand ses grandes mains rugueuses lui effleurèrent le côté des seins. Un geste délibéré, de toute évidence. Cette pensée la fit délicieusement frémir. Lorsqu'il lui eut retiré sa robe, elle demeura vêtue de sa seule chemise. L'air froid exacerba sa sensibilité et ses mamelons se durcirent contre l'étoffe. Mais Alex ne la fit pas pivoter vers lui et se contenta de retirer le pansement pour examiner la blessure.

— Vous avez fait craquer les points.

— Je resserrerai le bandage, cela ira bien.

— Non, laissez-moi faire.

Il délaça la chemise et la fit lentement glisser jusqu'à la taille, découvrant ainsi la plaie. Exposée à l'air frais de la nuit, Laren frissonna mais n'essaya pas de couvrir ses seins nus.

Alex ôta le bandage humide et le cataplasme. Chaque fois que les mains de son mari lui effleuraient la peau, Laren sentait la chaleur fiévreuse qui émanait de ses paumes, ainsi que le léger tremblement de ses doigts.

Il déchira un morceau de sa propre tunique, opération que Laren observa avec une note de réprobation.

— Encore un vêtement qu'il me faudra ravauder !

— Aucune importance.

Avec douceur, Alex réajusta le cataplasme contre la blessure et enroula le nouveau bandage autour de la taille de Laren, le disposant de telle sorte qu'il la serre suffisamment sans lui faire mal. Ses doigts la frôlaient, efficaces et légers à la fois. Laren ne put s'empêcher de songer à tout le temps qui s'était écoulé depuis la dernière fois qu'il l'avait caressée.

Ou embrassée.

Il s'immobilisa enfin, les mains sur sa chemise. Lorsqu'elle comprit qu'il ne la toucherait plus, Laren renfila tant bien que mal son vêtement de dessous. Alex l'aida à relever l'étoffe pour couvrir sa poitrine, puis la laissa s'écarter.

— Cela devrait tenir jusqu'à demain matin.

— Merci, murmura Laren, dissimulant sa déception.

Une fois de plus, elle sentait se glisser entre eux la désapprobation tacite d'Alex, gâchant cet instant.

Les bras croisés sur la poitrine, elle ne put réprimer un frisson.

— Ne craignez rien, je ne vais pas vous importuner

davantage. Je ne suis tout de même pas assez fou pour vous faire l'amour quand vous souffrez.

Laren rougit, comme s'il avait pu lire dans ses pensées.

— Je sais.

Puis elle se rappela qu'elle n'avait pas eu une seule fois l'occasion d'examiner sa blessure à lui.

— Comment va votre bras ?

Alex releva sa manche, découvrant une balafre pourpre. Les bords de l'entaille se touchaient, mais lorsque Laren palpa la plaie du bout des doigts, elle sentit son mari se raidir.

— Vous n'auriez pas dû soulever des pierres toute la journée.

— Et vous, qu'avez-vous fait toute la journée ? riposta-t-il.

Laren, qui ne s'attendait pas à cette brusque entrée en matière, recula d'un pas. Puis elle se rappela le conseil de Nairna.

Fermant les yeux, elle chercha les mots adéquats pour lui parler du verre.

— J'ai mon propre travail, fit-elle enfin. Je... Je fais... des choses.

Elle attendit un instant, dans l'espoir qu'Alex lui poserait des questions sur ses activités, lui montrant ainsi son intérêt.

— Je sais que vous avez un réel talent pour tisser et broder des tapisseries, Laren. Mais en tant que dame de Glen Arrin et mon épouse, j'ai besoin de vous avoir à mon côté.

Laren ne prit pas la peine de corriger son erreur, mais elle avait perçu la note critique dans sa voix, la déception qu'il éprouvait à son encontre.

Comme elle demeurait silencieuse, il poursuivit :

— Je sais que vous vous sentez mal à l'aise devant

les gens, mais Nairna peut vous aider. Et quand nous aurons rebâti le manoir, vous pourrez toutes les deux gérer la maisonnée ensemble.

Laren ne put réprimer sa révolte.

— Ce n'est pas cela que je désire !

Les mots avaient jailli de sa bouche avant qu'elle n'ait eu le temps de les retenir.

— Nous ne pouvons pas revenir en arrière, rétorqua Alex d'un ton calme. Je suis le laird à présent. Je ne peux pas tourner le dos au clan MacKinloch.

Laren sentit son cœur se serrer sous l'effet d'une indicible tristesse. Il fallait à tout prix qu'elle lui fasse comprendre…

— Aussi ne vous demanderai-je jamais cela, Alex. Mais vous exigez de moi que je sois ce que je ne suis pas !

— Je vous prie seulement d'essayer, pour l'amour du ciel ! Vous cacher dans une caverne, je vous demande un peu ! Ce n'est pas le genre de vie que vous devriez mener.

Laren ne tenta pas de dissimuler ses larmes, cependant Alex ne pouvait pas imaginer à quel point il lui déchirait le cœur. Pour lui, être un chef, c'était seulement prendre des décisions et s'adresser aux foules. Il trouvait cela aussi naturel que de respirer, alors que pour elle, c'était un pur supplice.

— Nous étions heureux avant que vous ne deveniez le laird, murmura-t-elle. Vous rappelez-vous ? Notre vie nous satisfaisait.

Alex se passa la main dans les cheveux.

— Même si je vous donnais un château, ce ne serait pas assez pour vous reconquérir, n'est-ce pas ? Laren, je ne comprends pas ce que vous voulez. Je n'arrive pas à lire en vous.

Je veux que vous aimiez la femme que je suis,

songea-t-elle. *Pas celle que vous voudriez me voir devenir.*

Mais elle ne pouvait pas lui dire cela, il ne comprendrait pas.

Un long silence s'installa entre eux. Alex souleva le battant de leur tente.

— Je rencontrerai Robert de Bruce au printemps. Peut-être aidera-t-il notre clan à se relever de ses pertes si nous lui jurons fidélité.

— Notre liberté contre de l'argent ? Nous battre pour lui contre les Anglais ?

— Avons-nous le choix ?

Laren soutint son regard.

— Il y a toujours le choix, Alex. Attendez avant d'aller trouver Robert de Bruce. Je vais parler à Nairna et voir avec elle si nous pouvons vendre quelque chose. Cela nous aiderait à survivre.

— Nous n'avons plus rien, Laren. Tout a brûlé.

Laren ne discuta pas, craignant qu'Alex ne la questionne si elle affirmait le contraire. Le lendemain, elle demanderait à Nairna de l'accompagner à Inveriston, pour essayer de vendre son verre. Elle imagina un bâtiment de pierre orienté à l'est, avec le soleil se reflétant à travers *ses* vitres. Les vitraux colorés projetteraient des reflets irisés sur le sol, baignant les gens de leur lumière.

Cette image la ravit tellement qu'elle ne vit pas Alex pénétrer seul dans la tente. Et lorsqu'elle le rejoignit un peu plus tard, elle oublia la douleur de sa blessure, tant l'absorbait cette vision de verre et de lumière.

Ce n'est que le lendemain matin qu'elle s'aperçut que son époux avait dormi loin d'elle, à l'autre bout de la tente.

Mai 1300

L'intérieur du cottage était froid et sombre. Il se dressait à l'extrémité de Glen Arrin, loin des autres chaumières. Un léger parfum d'herbes séchées flottait encore dans l'air et Laren aperçut sur le sol le fuseau abandonné de Roz, sa mère. Elle effleura du bout des doigts les murs en bois, se rappelant les nuits où elle se blottissait sur la paillasse avec ses jeunes sœurs, en quête de chaleur.

Certains soirs, quand leur père avait réussi à attraper une truite dans le loch, ils s'étaient régalés ici tous ensemble, partageant le succulent poisson. Elle se souvenait aussi des histoires que racontait leur père, exagérant les péripéties de son expédition champêtre.

Les yeux clos, Laren tâcha de repousser la douleur. Son père n'avait jamais été un bon fermier ni un combattant, mais il avait fait de son mieux. Et il avait été un homme bon et gentil.

Une voix masculine retentit soudain sur le seuil.

— Laren ?

Elle se retourna. Alex se tenait debout dans l'embrasure de la porte. La respiration coupée, Laren dut réprimer l'envie folle de voler dans ses bras.

— Je pensais bien que je vous trouverais ici. Le père Nolan m'a appris que votre mère et vos sœurs étaient parties pour Sainte-Anne.

Laren hocha la tête. Roz et ses filles n'avaient pas eu le choix. C'était la mère d'Alex qui en avait décidé ainsi. Grizel MacKinloch s'était doutée que son fils courtisait Laren et elle avait fait son possible pour les séparer.

— Je ne devrais pas être ici, chuchota-t-elle. J'ai eu tort de revenir.

— Pourquoi donc ?

Alex lui enlaça la taille, l'attirant vers lui.

— Cela fait deux lunes que je ne vous ai pas vue et vous vous comportez comme si c'était deux ans !

— C'est vous l'héritier à présent.

Laren n'ignorait pas ce que cela signifiait, même si Alex refusait de l'admettre. Le futur laird avait besoin d'une épouse de même statut que lui, une femme apte à gouverner le clan.

— Je ne deviendrai pas le chef avant de nombreuses années. C'est un titre et rien de plus.

— Vous devez épouser une femme de condition. C'est ce qu'on attend de vous.

— J'épouserai la femme de mon choix et aucune autre, affirma Alex avec force.

Une note de colère vibrait dans sa voix. Laren s'étonna. Que s'était-il donc passé pendant les semaines où elle avait été absente de Glen Arrin ?

D'un geste tendre, Alex lui effleura le visage. Il ne la considérait pas comme une fille de peu et quelque chose en elle s'en émut, sachant que sa pauvreté ne signifiait rien pour lui. Mais comment aurait-il pu comprendre ? Jamais il n'avait su ce que c'était que d'avoir faim parce que votre père était trop fier pour quémander de la nourriture. Ici, Laren avait l'impression d'être traitée en moins que rien. Les autres membres du clan lui adressaient à peine la parole, faisant comme si sa famille n'existait pas. Si elle épousait Alex et qu'il devînt le chef, elle imaginait à quel point ils se sentiraient outragés. Pourquoi une mendiante mériterait-elle une telle position ?

Écartant les deux pans de sa cape, Alex l'attira contre lui et drapa l'étoffe de laine autour d'elle afin de la réchauffer à la chaleur de son corps. Laren aurait voulu se blottir sur sa poitrine, lui montrant ainsi à quel point il lui avait manqué.

Mais ce qui était en jeu, ce n'était pas seulement ses propres désirs. Elle se sentait responsable de sa famille. Elle avait vu sa mère heureuse parmi les nonnes. Roz aspirait visiblement à devenir un membre de cette communauté religieuse. Les sœurs de Laren étaient encore trop jeunes pour se marier mais Grizel avait promis de les doter, à condition que leur famille demeure à l'écart de Glen Arrin.

— Venez avec moi, la pressa Alex. À notre cercle de pierres…

Laren aurait voulu lui dire non. Aller là-bas avec lui accroîtrait la tentation de lui donner sa virginité et il serait bien plus dur ensuite de renoncer à lui.

Mais Alex l'embrassa soudain et la chaleur de sa bouche la grisa, lui faisant oublier ses inhibitions et ses peurs, jusqu'au moment où elle fut incapable de résister davantage.

Elle le suivit dans les bois, même si elle n'ignorait pas qu'elle le regretterait dès le lendemain. Mais son cœur appartenait à Alex, et si elle ne devait jamais le revoir, du moins aurait-elle vécu ces instants magiques avec lui.

Il partagea son manteau avec elle, la tenant enlacée pendant qu'ils marchaient. Mais lorsque Laren aperçut le cercle éclairé par les torches et le prêtre qui les attendait au milieu, elle comprit les intentions du jeune homme et s'arrêta net.

— Alex, nous ne pouvons pas ! protesta-t-elle à voix basse, de crainte que le père Nolan ne l'entendît. Vous ne pouvez pas m'épouser !

— Bien sûr que si, je le peux. Je ne vous laisserai

pas repartir d'ici avant que vous ne soyez devenue ma femme, je vous en fais le serment.

L'emprisonnant de ses bras puissants, Alex la conduisit vers l'un des mégalithes et, d'un geste silencieux, intima au prêtre d'attendre.

— De quoi avez-vous peur, Laren ?

Elle poussa un grand soupir, laissant son regard errer dans la profondeur sombre des bois.

— Un jour, vous serez le laird.

— D'ici à des années, peut-être.

Il lui saisit le menton pour tourner son visage vers lui.

— Avant cela, j'ai l'intention d'être simplement un mari. Et peut-être un père, qui sait ?

Laren ne sourit pas à sa remarque.

— Si je vous épouse, ma mère et mes sœurs en subiront les conséquences.

Elle lui expliqua alors que Grizel avait fait partir sa famille, offrant en échange des dots pour ses jeunes sœurs. Le visage d'Alex s'assombrit.

— Vous pensez peut-être que je vais laisser ma mère nuire à votre famille ?

Il laissa retomber ses mains, luttant pour ne pas laisser éclater sa colère.

— J'ai des biens en propre, Laren. Je peux les vendre et assurer l'entretien de vos proches.

Laren secoua la tête.

— Votre oncle ne le permettrait jamais. Ils vous rejetteraient tous.

Alex plongea son regard brun dans le sien et elle nota son changement d'expression.

— Vous m'avez affirmé un jour que j'étais le seul homme que vous désiriez. Est-ce vrai, Laren ?

— Pas si cela vous oblige à vous sacrifier pour moi, répondit Laren d'une voix tremblante. Je ne veux

surtout pas que vous viviez comme j'ai vécu dans mon enfance. Nous étions un embarras pour le clan, rien d'autre.

Elle posa le front contre la poitrine d'Alex, comme pour y puiser de la force.

— Je ne veux pas vous apporter la honte. Vous finiriez par m'en vouloir, car je ne pourrai jamais assumer le rôle de femme d'un chef.

— Vous m'aimez ?

La résolution de Laren faiblit à ces mots. Elle entendait battre le cœur d'Alex sous sa joue. Il la força à lever les yeux vers lui, et lorsqu'elle obtempéra, elle discerna autre chose sous l'expression stoïque du jeune homme. Aussi rationnel qu'il fût, son refus l'avait visiblement blessé.

— Je vous aimerai toujours, chuchota-t-elle. Même si vous en épousez une autre…

Alex lui prit la main, enlaçant ses doigts aux siens.

— Je sais qu'à l'intérieur de vous-même, vous ne souhaitez pas vivre comme vos parents.

Laren ne répondit rien car cela était vrai. Un désir farouche de se sortir de la pauvreté, d'aider sa famille, brûlait en elle avec une force qu'elle ne pouvait nier.

— Laissez-moi vous offrir la vie que vous auriez dû avoir, Laren. Tout ce que je demande en retour, c'est vous. Je vous le promets, je protégerai votre famille et j'accepterai les conséquences de mon choix, quelles qu'elles soient.

Avant qu'elle n'ait eu le temps de formuler une réponse, la bouche d'Alex s'empara de la sienne. Il l'embrassa comme si elle incarnait tout ce qu'il avait depuis toujours souhaité, et qu'elle fût aussi nécessaire à sa vie que l'air qu'il respirait. Laren sentait son désir, le besoin éperdu qu'il avait d'elle, et tandis qu'elle s'abandonnait dans ses bras, elle comprit à quel point elle le blesserait si elle le quittait. Même si c'était la seule chose raisonnable à faire…

Déchirée entre son désir égoïste de rester avec lui et les conséquences dévastatrices de ce choix, Laren laissa libre cours à ses sentiments et répondit avec passion au baiser d'Alex. Accrochée à lui, elle l'étreignit désespérément, essayant de lui montrer ainsi tout ce qu'il représentait pour elle.

À travers le sortilège qui les enveloppait, ils entendirent vaguement quelqu'un tousser. Alex s'écarta et Laren avisa alors le visage empourpré du père Nolan, qui se balançait d'un pied sur l'autre.

— Commençons-nous ? s'enquit le prêtre.

Alex fixa sur elle un regard intense.

— Si être l'héritier signifie vous perdre, alors je renonce à mes droits.

Laren sentit qu'il le pensait vraiment. Et bien qu'elle tremblât à la seule pensée de devenir l'épouse d'un chef, elle ne pouvait pas le laisser rejeter ce rôle. Après tout, il pouvait s'écouler une douzaine d'années avant qu'Alex n'ait à endosser ses fonctions.

Elle sentit faiblir ses doutes.

— Je ne vous laisserai pas faire cela, affirma-t-elle.

— M'acceptez-vous pour époux ? Me permettrez-vous de vous protéger et de construire un foyer pour nous deux ?

Laren lui pressa la main.

— Oui, je serai votre femme, promit-elle avec calme.

Et je jure que je ne vous ferai jamais honte, *compléta-t-elle en son for intérieur.* Je trouverai un moyen de me rendre digne de vous.

Le religieux leur joignit les mains et se mit à réciter une bénédiction en latin.

Le rituel achevé, le nouvel époux adressa un sourire à Laren, puis se tourna vers le prêtre.

— Vous pouvez partir, père Nolan. *À présent, je veux rester seul avec ma femme.*

Chapitre 4

— Amenez-la-moi !

Harkirk leva la main, sans quitter des yeux le chef écossais qui se tenait devant lui.

La chevelure sombre de Finian MacLachor était striée de gris, ses vêtements déchirés, et du sang perlait sur sa lèvre. L'Écossais tourna la tête, le regard fixé sur la porte.

Quelques instants plus tard, les soldats poussèrent dans la pièce une fillette d'une dizaine d'années. Elle sanglotait entre les deux hommes qui la maintenaient par les bras.

— Vous devriez mieux garder vos femmes, dit Harkirk au guerrier.

Il vit avec satisfaction le visage de son ennemi exprimer soudain une fureur paternelle.

— Relâchez-la ! éructa MacLachor.

— Pas encore.

Harkirk croisa les bras et fit signe à ses hommes de repartir avec la fillette. L'enfant hurla.

— Père, ne les laissez pas m'emmener ! S'il vous plaît !

Une lueur meurtrière brilla dans le regard de MacLachor. S'il avait eu une arme, il se serait sans nul doute rué sur lui, songea Harkirk. MacLachor ne répondit pas à la supplication de sa fille, mais son regard gris se fit plus acéré.

— Qu'est-ce que vous exigez ?

Harkirk s'assit sur le siège de bois sculpté, jouissant de l'angoisse de son ennemi. Il accepta la coupe de vin que lui tendait une servante et but une gorgée pour s'éclaircir la gorge. Bien qu'il détînt déjà un certain nombre d'Écossais dans sa forteresse, cela ne lui suffisait pas. Le clan MacKinloch venait de lui infliger humiliation et défaite et son allié, le comte de Cairnross, avait été assassiné par Bram MacKinloch.

— Je veux que vous me livriez le chef MacKinloch, répondit-il enfin. Et ses frères.

MacLachor grimaça.

— Parce qu'ils vous ont vaincu ?

Harkirk lança la coupe dans la salle, et le gobelet d'argent rebondit sur le sol dans un cliquetis de métal.

— Parce que vous ne voulez pas que votre fille meure, voilà pourquoi ! Et parce que je vais la livrer à mes hommes pour qu'ils en tirent leur plaisir. Si vous voulez la revoir intacte, apportez-moi la tête des MacKinloch.

Bien qu'il eût encore assez de troupes pour affronter de nouveau les MacKinloch, Harkirk ne voyait pas pourquoi il risquerait de faire perdre la vie à des soldats anglais ou de déclencher la colère de son roi. Le roi Edward n'était guère connu pour sa mansuétude. Il voulait soumettre les Écossais à sa loi, mais sa priorité était de mater les révoltes dans la région du nord-ouest.

Harkirk réprima sa colère, se contraignant à une patience qu'il était loin de ressentir vraiment. Il avait imaginé une façon d'assouvir sa vengeance en faisant couler le sang des Écossais plutôt que celui de ses hommes. Pour cela, il fallait unir les autres clans contre les MacKinloch et les laisser abattre eux-mêmes son ennemi. Le roi se moquait bien de voir les Écossais s'entre-tuer.

— Nous ne pourrons pas les vaincre, objecta le chef MacLachor. Les MacKinloch sont trop forts.

Harkirk traversa la pièce et saisit l'homme à la gorge, tandis que ses soldats le maintenaient par les bras.

— J'ai vu brûler leur forteresse. Tout ce qu'ils possédaient est en cendres. C'est le moment de frapper. Et vous allez le faire pour moi, si vous voulez que votre fille vive.

Un sourire distordit sa bouche tandis qu'il ajoutait :

— Vous ne pouvez pas toutes les protéger, hein ? Dommage que votre épouse soit morte. Mais vous avez une sœur, n'est-ce pas ?

Il relâcha son étreinte avant d'ordonner :

— Vous avez jusqu'à la fête de Sainte-Agatha pour m'apporter la première tête. Sinon, c'est votre fille que je tuerai.

Au petit matin, Alex ramena Laren à Glen Arrin. Dès qu'ils se furent séparés, la jeune femme prit la direction de la caverne, de l'autre côté du loch. Alex sentit la frustration s'emparer de lui. La veille, il avait espéré la convaincre de faire davantage d'efforts, de se montrer forte et de se tenir à son côté au lieu de l'abandonner. Mais il commençait à comprendre que Laren ne changerait pas.

Aussi longtemps qu'ils avaient vécu tous les deux avec la petite Mairin, Laren avait été une autre femme. Elle consacrait la plupart de son temps à son bébé, passànt ses heures libres à tisser. Elle avait toujours eu le sens des couleurs et Alex s'émerveillait devant les éclatantes tapisseries qu'elle créait. Mais surtout, il se rappelait la façon dont, à cette époque, elle interrompait son ouvrage pour voler dans ses bras dès qu'il apparaissait, l'accueillant chaque fois d'un chaleureux baiser. Il se nourrissait de cet amour, impatient de retrouver Laren à la fin de la journée.

Désormais, elle l'embrassait rarement, que ce soit pour l'accueillir ou lui dire au revoir. Et ces effusions lui manquaient.

Il regarda Laren disparaître sur la rive du loch, sa chevelure flamboyante ondoyant au vent au-dessus du col de son manteau. Il avait l'impression que sa douleur croissait à chaque pas qui l'éloignait un peu plus de lui.

Lorsque Laren eut disparu, Alex respira à fond et retourna à sa tâche, qui consistait à creuser les nouvelles fondations. Il avait agrandi l'espace intérieur par rapport à la construction précédente. De ce fait, la nouvelle structure aurait les dimensions d'un château normand, assez vaste pour abriter plusieurs familles.

Bram fut le premier à le remarquer.

— Cela ne va pas, frère. Il nous faudra trois fois plus de temps pour ériger les murs en bois.

Alex se redressa.

— Pas en bois. En pierre.

Et pointant le doigt vers les collines :

— Il nous faudra ramener les blocs en chariot depuis la carrière, mais le manoir durera plus longtemps et aura moins de chances de brûler.

— Tu perds la tête ? Nous n'avons pas assez d'hommes pour ériger un bâtiment de cette taille, protesta Bram.

— C'était ce que souhaitait notre père, lui rappela Alex.

Il se souvenait du temps où, enfant, il s'asseyait sur les genoux de son père et l'écoutait évoquer l'avenir. Un jour, disait Tavin, les MacKinloch seraient assez puissants pour posséder leur propre château. Alex le regardait avec admiration. Il aurait tant voulu que son père soit fier de lui ! Et bien qu'il ne soit sans doute pas le chef que Tavin aurait souhaité pour son clan, il pouvait au moins accomplir son vœu.

— Nous procéderons par étapes, en commençant par le mur d'enceinte.

D'un geste du menton, il désigna l'horizon.

— Lord Harkirk va attaquer de nouveau, aussi aurons-nous besoin de ce moyen de défense.

— Il faudrait douze murs pour le tenir à distance, observa Bram d'un ton morne.

Devant l'expression dubitative qu'affichait son frère, Alex comprit qu'il aurait fort à faire pour le convaincre.

En longeant les écuries, il constata que Dougal avait érigé un abri de fortune pour les chevaux, avec l'aide de Callum. Les deux jeunes gens les rejoignirent et Alex leur adressa ses compliments.

— Cela m'a l'air parfait.

Dougal accueillit ses félicitations d'un demi-sourire, qui s'évanouit promptement.

— Il vaut mieux que tu le saches, frère… Brodie va partir pour l'Est, à Perth. Il projette de s'installer aux Murrays dans la famille de sa femme.

Alex protesta.

— Il faut que tous les hommes restent si nous voulons reconstruire Glen Arrin !

Bram haussa les épaules.

— Tu vas devoir les persuader en ce cas.

Alex ne répondit pas. Il savait qu'il devait les inciter à rester tous ensemble, mais ses paroles auraient-elles le moindre pouvoir ? Trop d'entre eux avaient tout perdu dans la bataille.

— Va dire aux autres que je leur parlerai ce soir,

puis rassemble un groupe d'hommes et emmène-les aux carrières, ordonna-t-il à Bram.

Puis se tournant vers Dougal et Callum :

— Vous deux, préparez les chevaux et les chariots.

Il leur faudrait une bonne partie de l'année pour ériger un château, mais s'ils travaillaient dur pendant les prochaines semaines, ils pouvaient venir à bout des fondations et du mur extérieur avant la fin de l'hiver.

Callum ne proféra pas un mot, mais il se rapprocha d'Alex et posa la main sur son épaule, la pressant légèrement en un geste de soutien.

— Nous y arriverons, lui dit Alex. D'une façon ou d'une autre.

Tandis que ses frères s'éloignaient, il évalua les dommages. Seules cinq huttes avaient échappé aux flammes et ils avaient perdu quatorze hommes et adolescents dans la bataille — presque un tiers de leur clan. Le chagrin et la colère menaçaient de submerger Alex à cette pensée, aussi ferma-t-il la porte à ses émotions.

Bien qu'il ne fût pas destiné au départ à devenir le laird, il s'était juré de prouver à son père qu'il avait eu tort de ne pas lui accorder sa confiance. Il s'était promis de faire tout son possible pour Glen Arrin, plaçant les besoins de ses gens avant les siens.

Et pourtant, tout s'était écroulé.

Ils ne pouvaient pas vivre ainsi, avec leurs maisons réduites en cendres, leur orgueil bafoué. D'une manière ou d'une autre, il devait de nouveau rassembler les siens. S'ils pouvaient s'entraider, ils surmonteraient leurs pertes. Mais surtout, il leur fallait retrouver leur fierté.

La gorge d'Alex se serra tandis qu'il tournait les yeux vers le loch et l'endroit marqué d'une pierre blanche, au sommet de la colline. Il ne parvenait pas à oublier la mort de son fils, même après presque trois ans.

Il battit des paupières, s'obligeant à détourner le regard. Il savait ce que ressentaient en cet instant ses hommes endeuillés, après avoir perdu des membres de leur famille. Ce qu'il leur fallait, c'était du travail afin d'oublier leur souffrance et d'aller de l'avant.

C'était ce qu'il avait fait lui-même, car lorsqu'il s'arrêtait et se remettait à penser, la douleur l'envahissait.

Oui, la solution, c'était le travail. La seule qu'il ait trouvée, quand Laren lui avait fermé son cœur.

— Nous partirons pour Inveriston après-demain, décida Nairna. Je vais en parler à Bram et il arrangera cela.

— Mais je n'aurai pas le temps de finir le verre ! protesta Laren, que cette seule pensée effrayait.

Il fallait un jour et demi pour fabriquer une seule couleur, alors un panneau de verre entier !

Un sourire futé incurva les lèvres de Nairna.

— Oh ! je ne m'attends pas à ce que vous ayez fini. Ce qu'il faut, c'est obtenir une commande. Amenez l'une de vos plus petites pièces et un croquis du motif que vous souhaitez réaliser. Nous prendrons les mesures de la fenêtre et les gens paieront un tiers du prix d'avance, en plus du montant de vos matériaux.

Laren ne discuta plus. Elle n'avait jamais songé à une commande. Mais l'idée d'avoir assez de matériaux à sa disposition et l'opportunité de créer une fenêtre pour une église la ravissait. Les idées se bousculaient déjà dans sa tête.

— Et si l'on essaie de nouveau de nous escroquer ? s'inquiéta-t-elle, songeant à la fois où elles avaient envoyé Dougal vendre l'une de ses pièces.

— Dougal a vendu le verre à un marchand, pas à

un abbé, objecta Nairna. Et qu'est-ce qu'un gamin de quatorze ans y connaît ?

Elle se dirigea vers le fond de la grotte, où elle fureta parmi les œuvres de Laren.

— Nous prendrons celui-ci, décida-t-elle en s'emparant d'un vitrail qui représentait un coucher de soleil sur le loch.

Laren avait passé des jours entiers à essayer d'obtenir les plus belles nuances de jaune et d'orange pour cette scène, utilisant les lignes de plomb pour donner l'illusion du clapot. C'était l'une des premières pièces dont elle se soit sentie satisfaite, un puzzle de verre qui lui rappelait la simple beauté des choses alentour.

— Vous leur direz que cela représente le saint baptême, poursuivit Nairna.

Laren se récria.

— Mais c'est seulement un coucher de soleil sur le loch !

Nairna reposa précautionneusement le vitrail.

— Pas pour les moines. Le soleil représente la Résurrection, tandis que les saintes eaux nous lavent de nos péchés.

— Mais c'est tout de même le loch, s'obstina Laren.

Pourquoi mentir, quand le vitrail était déjà si beau dans ce qu'il évoquait réellement ?

Nairna lui enlaça les épaules et exhala un soupir.

— Vous voyez, Laren, c'est pour cela que vous avez besoin de moi. Nous leur dirons ce qu'ils ont envie d'entendre et ils nous paieront une coquette somme pour cela.

— Même si ce n'est pas la vérité ?

— Mais c'est la vérité, leur vérité à eux, même si ce n'est pas la vôtre.

Laren n'était pas encore convaincue, mais Nairna

avait plus d'expérience qu'elle et savait comment traiter avec les marchands et vendre des articles.

— D'accord, céda-t-elle en haussant les épaules.

— Laissez-moi le marchandage. Vous vous occuperez seulement de mesurer les fenêtres et de discuter avec eux des couleurs qu'ils désirent. Et quoi qu'il advienne, n'allez surtout pas leur dire que c'est juste un loch !

Laren sourit, tandis que la petite Adaira s'avançait en rampant pour venir se nicher dans son giron. La fillette enfouit le visage contre sa poitrine et Laren la serra tendrement. Elle vit passer une ombre de tristesse sur le visage de Nairna. Elle savait que sa belle-sœur aurait tant voulu un enfant à elle.

— Je me réjouis que vous soyez là, Nairna. Et j'espère que le verre nous rapportera un peu d'argent, même si ce n'est pas grand-chose.

— Ce ne sera pas une mince somme, promit Nairna, qui lui retira la petite Adaira pour la prendre elle-même dans ses bras.

Une joue pressée contre celle de l'enfant, elle lui chuchota des mots tendres.

— Comment va Bram ? s'enquit Laren un peu plus tard, comme elles longeaient la rive du loch.

Nairna fit passer l'enfant sur son autre hanche.

— Il n'a pas encore oublié toutes ces années passées en captivité. Et il est furieux que Lord Harkirk détienne encore certains de nos compatriotes. Il envisage d'essayer de les libérer.

Laren frissonna à la seule pensée des hommes repartant au combat. Elle ne voulait pas qu'Alex se mette en danger, pas si tôt après la récente bataille !

— Il faut que nos hommes restent ici.

Même si elle redoutait les épreuves à venir, elle pensait

qu'ils s'en sortiraient plus aisément s'ils demeuraient tous ensemble.

— Ils ne peuvent pas retourner se battre, Nairna, insista-t-elle. Pas avant que nous n'ayons reconstruit Glen Arrin. C'est cela le plus urgent !

Nairna lui pressa la main, échangeant ainsi avec elle une silencieuse promesse. Oui, à elles deux elles trouveraient un moyen de gagner de l'argent avec le verre. En priant pour que ce soit assez !

Les hommes déchargeaient les pierres des chariots. Laren les suivit du regard tandis qu'ils commençaient à ériger les fondations, pendant que d'autres construisaient le mur d'enceinte à l'extérieur du périmètre de la forteresse. Elle alla rejoindre le groupe de femmes, et toutes ensemble, elles se chargèrent des plus petits morceaux de granit, qu'elles disposèrent pour former un mur de pierre sèche. Elle avait mal au côté, mais ses filles ne demandaient qu'à participer à la tâche commune. Elles rassemblaient des cailloux qu'elles enfonçaient dans les crevasses, persuadées d'être d'une grande aide.

Laren s'essuya le front en jetant un coup d'œil du côté des hommes. Alex dirigeait le travail de construction. Comme ses frères et ses compagnons de clan, il était nu jusqu'à la taille. Le rude labeur les faisait tous transpirer et ils ne semblaient pas remarquer le froid.

— J'ai soif, maman, réclama Mairin.

— Je vais te chercher à boire.

Prenant les deux fillettes par la main, Laren les conduisit vers un baril rempli d'eau du loch, dans lequel elle plongea une coupe en bois. Elles partagèrent toutes trois la boisson et Laren remplit de nouveau le bol dans l'intention de l'apporter à Alex. Lorsqu'elle passa devant les femmes, elle remarqua que celles-ci l'observaient. Bien que l'attention qu'elles lui portaient la mît mal à l'aise, elle se tourna vers elles pour expliquer :

— Les hommes doivent avoir soif.

— Soif d'eau ? ricana Vanora. Ross voudra plutôt de l'hydromel ou de la bière.

Mais sur la suggestion de Laren, elle aussi alla remplir sa coupe, bientôt imitée par la plupart des autres femmes, qui s'avancèrent à la file vers les hommes. Laren se trouvait presque gênée de voir les autres suivre son exemple.

Tandis qu'elle s'approchait de son mari, elle sentait croître en elle un mélange d'incertitude et de regret. La veille au soir, Alex avait semblé vouloir repartir sur de bonnes bases, réparer les années perdues. Mais à peine avait-elle commencé à lui expliquer pourquoi elle passait tout ce temps à la caverne qu'il s'était braqué, lui reprochant sa sauvagerie et sa timidité.

Autrefois, il l'aimait assez pour passer au-dessus de tout cela. Mais à présent, Laren craignait qu'il ne regrette de l'avoir épousée. Pouvait-elle devenir la femme dont il avait besoin ? Rien n'était moins sûr.

Elle était encore à quelques pas d'Alex, quand elle tomba sur deux membres du clan si absorbés dans leur conversation qu'ils ne l'entendirent pas approcher.

— Il a perdu l'esprit, oui, disait Brodie MacKinloch. S'imaginer qu'il pourra reconstruire le manoir en pierre au lieu de bois ! Cela prendra des années et les Anglais nous tueront dans l'intervalle.

— Pour qui se prend-il ? répondit son acolyte. Pour un lord anglais ?

— Nous allons partir demain matin, reprit Brodie.

Et vous devriez faire de même, si vous ne voulez pas charrier des pierres pendant toute l'année qui vient !

Laren ne fit pas un geste, mais les femmes qui étaient derrière elle avaient également surpris les jérémiades de Brodie. En fait de château, les hommes du clan ne pouvaient concevoir autre chose que la forteresse détruite qu'ils avaient connue pendant tant d'années. Alex faisait de son mieux pour reconstruire, mais eux, tout ce qu'ils avaient à lui offrir, c'étaient leurs critiques.

Sans doute que rien de ce qu'elle pourrait dire ne les ferait changer d'avis, mais en passant près d'eux, elle leur jeta un regard sans aménité, afin qu'ils comprennent qu'elle avait entendu leurs récriminations.

En la voyant, Alex s'arrêta de travailler, les sourcils froncés.

— Qu'y a-t-il ? Un problème avec les filles ?

Laren chercha ses mots, ne sachant trop que dire.

— Je voulais seulement... voir si vous aviez besoin de quelque chose.

Elle souleva la coupe d'eau, qu'Alex lui prit des mains. Il but longuement, le regard détourné.

— Nairna m'a dit que vous aviez discuté ce matin pour trouver un moyen d'apporter un peu plus d'argent au clan.

— Oui ? fit Laren d'un ton calme, malgré l'angoisse qui lui étreignait la gorge.

Nairna avait-elle révélé son secret à Alex ?

— Elle m'a expliqué que vous aviez trouvé des vitraux du père Nolan dans la caverne et que vous vouliez les vendre aux moines d'Inveriston.

Laren eut l'impression que son cœur s'arrêtait de battre. Puis elle comprit que sa belle-sœur n'avait raconté que le minimum à Alex, juste assez pour qu'il autorise ce voyage.

Le regard perçant de son mari la gênait.

— Vous étiez au courant pour ces vitraux, n'est-ce pas ?

Laren hocha la tête.

— Nairna a raison, murmura-t-elle. Nous devrions essayer de les vendre.

Alex lui rendit la coupe.

— Quand vous avez envoyé Dougal au loin, il y a quelques semaines, était-ce pour vendre du verre ? Vous savez, quand il est revenu avec de fausses pièces d'argent ?

Laren baissa la tête, confuse, car Dougal, en plus de se faire escroquer, s'était perdu ce soir-là sur le chemin du retour.

— Nous aurions dû vous en informer, je sais.

— Dougal n'aura pas à y aller cette fois. Bram va conduire Nairna et elle s'occupera de la vente.

— Je veux les accompagner, laissa échapper Laren, qui s'attendait à se voir opposer un refus.

Le regard d'Alex se posa sur son flanc bandé. Pour le rassurer, elle s'empressa d'ajouter :

— Si je vais suffisamment bien.

— Pourquoi ? demanda-t-il.

Son visage s'était durci. Visiblement, il refoulait ses émotions. Ce n'était plus son mari mais le laird qui se tenait devant elle.

Laren décida de prendre le risque et retira son gant. Fixant Alex dans les yeux, elle tendit la main pour toucher la sienne.

— Parce que c'est important pour moi.

Ainsi qu'elle l'avait espéré, il ne baissa pas les yeux mais lui enlaça les doigts, caressant du pouce le contour de sa paume brûlée. Ce contact la bouleversa. Elle resta là, immobile, et l'espace d'un instant, ce fut comme s'il n'y avait plus cette foule de gens autour d'eux qui les regardaient.

— En ce cas, allez-y, dit Alex.

Le regard brun plongea dans le sien et Laren y lut un lancinant désir.

Elle remit son gant, craignant à demi qu'Alex ne change d'avis.

— Merci, chuchota-t-elle.

L'enchantement était rompu. Alex tendit la main vers le travail qu'ils avaient déjà accompli.

— Nous avons avancé pour les fondations. Mieux que je ne l'espérais. Et le mur extérieur devrait être achevé avant la fin de l'hiver.

Laren était intensément consciente de la présence de son mari à son côté. Jadis, il aurait sans doute passé un bras autour de sa taille, l'attirant contre lui pour la réchauffer sous un pan de sa cape.

Au lieu de cela, il gardait prudemment ses distances.

— Ce que nous sommes en train de construire sera plus solide que l'ancien bâtiment, déclara-t-il.

— Je l'espère.

Laren vit une ombre d'incertitude effleurer le visage d'Alex. Bien que nul ne puisse trouver à redire à ses efforts, il savait comme elle que les gens ne voulaient pas rebâtir la forteresse en pierre.

— Nous devons nous protéger des invasions, reprit-il. Je pense qu'il est temps d'envoyer Mairin et Adaira faire leur éducation ailleurs. Nous avons déjà attendu trop longtemps.

Laren sentit son cœur se glacer, même si elle avait toujours su que ce moment viendrait.

— Adaira est encore un bébé, plaida-t-elle.

— Voulez-vous qu'elles se trouvent là si Harkirk

attaque de nouveau ? riposta Alex. C'est trop grave pour que nous courions ce risque.

Il ajouta en serrant les poings :

— Je ne veux pas qu'il leur arrive du mal.

Laren savait qu'il avait raison, mais la seule idée de se séparer de ses filles la déchirait.

— Elles sont si jeunes…

— Nous pouvons les envoyer plus au nord, sur les îles Orkney. Mon cousin et les Sinclair les accueilleront volontiers. Là-bas, elles seront à l'abri des incursions anglaises. Cette guerre est loin d'être terminée.

Laren y voyait à peine, les yeux brouillés de larmes.

— Je préférerais attendre le printemps. Le voyage serait plus sûr pour elles.

— Et si nous sommes attaqués avant ?

— Je veux passer encore quelques mois avec elles. Les derniers…

— Vous devez prendre en considération ce qui est le mieux pour elles, Laren. Vous pensez avec votre cœur, pas avec votre tête.

— Et même si c'était le cas ? rétorqua Laren. Comment pourrais-je être impatiente de me séparer de mes filles ?

La seule pensée de se retrouver si seule lui retournait l'estomac.

— Parce que vous ne voulez pas qu'elles meurent, répliqua Alex d'une voix froide, sans la moindre trace de compassion.

Laren se tut, luttant pour refouler ses déchirants souvenirs. Cela faisait près de trois ans maintenant, mais elle n'avait jamais laissé libre cours à son chagrin. Elle avait enfermé dans son cœur la douleur d'avoir perdu son fils, s'obligeant à penser à ceux de ses enfants qui vivaient et avaient besoin d'elle.

— Au printemps, répéta-t-elle. Accordez-moi ce dernier hiver avec les petites.

Alex lui lâcha la main.

— Je ne vous promets rien. Au premier signe de danger, elles partiront.

Laren soupira. Elle devait se contenter de cela, supposa-t-elle.

— Très bien.

Et jetant un regard autour d'elle :

— Voulez-vous que je fasse préparer un repas pour les hommes ?

— Je crois que Nairna s'en est déjà occupée.

Laren lança un coup d'œil du côté de sa belle-sœur et constata qu'Alex avait raison. Quelques femmes s'affairaient à découper des quartiers de mouton, tandis que d'autres dressaient des foyers en plein air pour rôtir la viande.

— Je vais voir ce que je peux faire pour les aider, déclara Laren.

Elle s'éloignait déjà, quand Alex la rappela.

— Laren, pendant que je m'adresserai aux hommes ce soir, vous pourriez peut-être parler aux femmes. Écoutez-les exprimer leurs problèmes et dites-moi ensuite ce qu'elles pensent de tout cela.

— Je ne peux pas ! protesta-t-elle aussitôt.

— Je ne vous demande pas de leur adresser un discours, seulement de les écouter. Ce n'est pas trop difficile, je pense ?

Dans les yeux de son mari, Laren lut le fervent souhait de la voir surmonter enfin sa timidité pour devenir quelqu'un d'autre. Une femme sûre d'elle, qui ne se cachait pas loin des regards.

Elle ferma les yeux, priant pour avoir la force d'essayer.

Janvier 1303

Le minuscule corps, froid et rigide, reposait dans la tombe. Son fils, son David bien-aimé, était parti.

Laren était incapable de proférer un seul mot. Il n'avait vécu que quatre jours et il semblait impossible qu'il ait déjà rendu son dernier soupir.

N'avait-elle pas senti son doux visage pressé contre sa poitrine ? Ne l'avait-elle pas réconforté quand il pleurait, lui chuchotant des mots d'amour ?

À côté d'elle, son mari demeurait silencieux. La mort de leur fils constituait un mauvais présage, à présent qu'Alex était devenu le laird. Cela jetait une ombre sur eux et Laren avait l'impression que des centaines de lieues les séparaient l'un de l'autre.

Physiquement, elle se sentait encore faible après l'accouchement, mais elle était incapable de boire ou de manger quoi que ce soit. Le chagrin la consumait. Alex prononça quelques mots après que le père Nolan eut achevé de donner la bénédiction finale, mais elle n'entendit rien.

Elle s'éloigna de lui, cherchant la solitude. Elle n'aurait pas supporté la moindre parole de réconfort et ne méritait pas son étreinte.

Son errance la conduisit à l'autre bout du loch, loin de tout le monde. Même de Mairin.

Elle ne pouvait pas pleurer, ni crier, ni tempêter contre le destin qui lui avait arraché son bébé. Tout ce qu'elle pouvait faire, c'était marcher. Et lorsqu'elle entendit derrière elle résonner les pas d'Alex, elle ne se retourna pas.

Chapitre 5

Laren venait juste de confier les filles à Vanora pour le repas du soir lorsque Bram s'approcha d'elle.

— J'ai vu le vitrail avant que Nairna ne l'emballe, fit-il d'une voix grave, où perçait une note de sévérité. Vous allez me faire le plaisir d'en parler à Alex avant notre départ.

Il dut lire l'hésitation sur son visage, car il ajouta :

— Si vous ne le faites pas, je vais m'en charger, soyez-en sûre.

Laren ne s'attendait pas à une réaction aussi vive de la part de son beau-frère. Elle serra les poings pour réprimer le tremblement de ses mains.

— En quoi est-ce important que je lui en parle maintenant ou plus tard ? Pour l'instant, nous ne savons pas si les moines accorderont la moindre valeur à ce vitrail.

— De la valeur ? Il en a, c'est évident. Et je connais mon épouse ! Elle en obtiendra ce qu'elle veut.

D'un geste du menton, il désigna Nairna, qui s'entretenait avec un petit groupe de femmes.

— J'ai entendu les bavardages des autres, reprit-il. Ils croient stupidement que vous passez votre temps à fainéanter. Ils se sont formé de vous une fausse opinion.

— Je me moque de ce qu'ils pensent de moi.

— Mais cela retombe sur Alex ! S'ils savaient la vérité, ils vous respecteraient davantage tous les deux.

Bram tendit le bras vers elle et effleura sa main gantée.

— Vous avez jusqu'à demain matin pour lui parler. N'oubliez pas !

Laren lut la détermination sur son visage et comprit qu'il mettrait sa menace à exécution.

Tandis que Bram retournait vers le mur en construction, elle soupira longuement. Elle ne se sentait pas du tout prête à révéler cette histoire à Alex. Pas quand il luttait pour préserver l'unité de son clan, pour rassembler leurs efforts à tous afin de reconstruire.

Mais les mots de Bram s'enfonçaient dans sa chair telles des échardes.

Ils croient que vous passez votre temps à fainéanter.

Ce n'était pas vrai. Le verre qu'elle fabriquait n'était pas dénué de valeur, Laren le savait dans son cœur. D'une façon ou d'une autre, elle s'en servirait pour les aider tous.

Alex se tenait devant ses hommes, éclairé par les flammes des torches qui scintillaient dans la nuit. Jadis, ils étaient près de trois douzaines. Désormais, ils n'étaient même pas vingt. Sur leurs visages, Alex lisait le mécontentement et la frustration.

— J'ai pensé que nous devions nous réunir pour parler, commença-t-il. Certains d'entre vous semblent éprouver des doutes sur notre travail de reconstruction.

— C'est une perte d'énergie, cria Brodie MacKinloch. Nous n'avons pas suffisamment d'hommes pour bâtir un château. Et quel besoin en avons-nous ? Notre clan n'est pas assez important. À présent que les Français sont partis, les Anglais vont revenir et anéantir tout ce qu'il reste de nous, voilà tout.

— Si nous rebâtissons nos maisons en bois, ils les brûleront de nouveau, c'est sûr, rétorqua Alex. Ce serait une perte de temps pure et simple.

— Mais ce serait plus rapide.

Brodie se leva, dévisageant un à un ses compagnons de clan.

— Vous avez l'air de nous prendre pour l'un des clans les plus puissants du Nord. Mais regardez-nous ! Nous n'avons plus nulle part où vivre et presque pas de nourriture. Si nous voulons survivre à l'hiver, il va nous falloir partir.

Alex vit poindre l'approbation sur le visage de ses hommes. Il devait arrêter cela, et vite.

— Nous possédons assez pour passer l'hiver, si tout le monde partage.

Se redressant, il fit face à Brodie.

— Il y a des années de cela, Tavin avait fait le rêve de construire un grand château destiné à défendre les nôtres. Mais nous n'avons jamais cru cela possible.

— Parce que nous n'en avons pas les moyens ! argua Brodie.

Alex s'avança vers son interlocuteur, afin de le dominer de toute sa haute taille.

— Et vous allez laisser les Anglais nous battre, hein ? Vous allez vous sauver pour aller chez la famille de votre femme dans le Perth et vous cacher comme un lâche ?

Il éleva la voix pour ajouter, criant presque :

— Ils ont peut-être brûlé Glen Arrin jusqu'aux fondations, mais je ne les laisserai pas disperser mon clan. Ils n'arriveront pas à nous diviser !

Sa colère, qu'il ne restreignait plus, se transformait en rage.

— Nous allons leur prouver que nous sommes les plus forts. Et s'ils osent nous attaquer de nouveau, leur sang viendra abreuver notre sol.

— Alex, intervint son ami Ross, peut-être vaut-il mieux faire preuve de sens pratique que de rêver de châteaux et d'une forteresse au-dessus de nos moyens.

Alex pivota pour affronter l'homme mûr.

— Vous croyez que notre clan ne vaut pas qu'on se batte pour lui ?

— Cela fait maintenant des années que nous combattons les Anglais. Et ils ne cessent de revenir à l'assaut. Nous ne pouvons pas nous débarrasser d'eux.

— Tout ce qu'ils veulent, c'est que nous renoncions, répondit Alex d'un ton calme. Ils veulent que nous baissions la tête et pleurions sur nos pertes, persuadés que nous ne sommes pas assez forts.

Il fixa tour à tour chacun de ses hommes dans les yeux, laissant ses paroles s'imprimer en eux.

— Mais ils se trompent !

Et désignant d'un geste les collines et les monts qui s'élevaient dans le lointain :

— Nous possédons le bois de nos forêts. La pierre de nos montagnes. Et le travail de nos mains. Si nous ne restons pas unis, d'autres garnisons anglaises vont déferler sur l'Écosse. Nous avons vu cela avec nos alliés et nos ennemis.

Il soutint le regard inquiet de Ross, ajoutant :

— Si notre clan se divise, nous n'aurons plus rien. Ni amis, ni clan, ni liberté.

Un silence descendit sur l'assemblée.

— Si nous reproduisons nos erreurs passées, nous nous trouverons confrontés aux mêmes conséquences.

Alex désigna les fondations en pierre.

— Cela prendra du temps, c'est vrai. Nous n'aurons

pas fini avant le printemps, ni même le prochain hiver. Mais si nous construisons le château comme il devrait l'être, avec notre sueur et le meilleur de nos matériaux, il durera.

De nouveau, il se tourna vers ses hommes.

— Et il sera toujours là quand les Anglais auront quitté l'Écosse.

Le sens de ses paroles sembla s'enfoncer en eux car l'humeur des hommes changea soudain. Alex s'éloigna à grands pas, ayant fait tout son possible pour les convaincre. Il marchait dans le noir, espérant les avoir persuadés. Caen, le chien de Nairna, trottait derrière lui. Bien que l'animal fût sans doute seulement en quête de nourriture, c'était bon d'avoir au moins un partisan !

Parvenu devant la maison de Ross, Alex caressa les oreilles de Caen. L'affable chien lui lécha les doigts en bombant le dos, ravi de cette marque d'affection.

— Retourne avec Nairna ! lui ordonna Alex.

Caen exhala un soupir avant de continuer son chemin.

Dans la chaumière, Alex trouva Vanora en train d'entretenir le feu, pendant que les deux fillettes dormaient sur une paillasse.

— Où est Laren ?

Vanora secoua la tête.

— Elle a dit qu'elle avait oublié quelque chose pendant sa promenade tout à l'heure.

La matrone haussa les épaules.

— J'aurais dû aller la chercher, mais je ne pouvais pas quitter les petites. Elle a dû oublier l'heure.

— Cela fait combien de temps qu'elle est partie ?

— Environ une heure.

La peur s'empara d'Alex. Laren n'aurait jamais laissé les filles seules si longtemps, cela ne lui ressemblait pas du tout. Il vit passer devant lui la vision de Laren inconsciente, le flanc saignant de cette blessure qu'elle refusait de soigner correctement.

S'emparant d'une torche, il retourna à grands pas vers la forteresse, sans prendre le temps de dire à ses frères où il allait. Son intention était d'explorer les rives du loch, en priant pour ne pas la retrouver là, gisant au bord de l'eau.

Le ciel nocturne était couvert, sans le moindre clair de lune, et la torche d'Alex projetait des reflets scintillants à la surface du loch. Il se mit à courir sur le sable, fouillant le sol devant lui du regard. Son cœur cognait d'angoisse. Tandis qu'il scrutait ainsi les alentours, il sentit soudain un relent de fumée. Il savait que Dougal avait empilé des cendres non loin de là, mais l'odeur semblait plus forte, presque comme si un feu couvait quelque part.

Les sens en alerte, Alex vit soudain bouger quelque chose. Devant lui se déplaçait une silhouette sombre. Levant son flambeau, il distingua la lueur fauve des cheveux de Laren. *Merci, mon Dieu !*

Il respira plus aisément, tandis qu'elle avançait vers lui. Elle avait le regard las, comme si quelque pensée la troublait.

— Où étiez-vous ? Vanora ne savait pas où vous étiez allée et j'ai eu peur que vous ne soyez blessée.

— Je vais très bien, murmura Laren.

Elle voulut passer devant lui, mais il l'arrêta en saisissant sa main gantée.

— Vous aviez une raison pour venir ici seule. De quoi s'agit-il ?

Laren frissonna dans le noir.

— Je voulais juste m'assurer que le verre était prêt pour notre voyage. Je... Je voulais être certaine que nous emportions bien les meilleures pièces.

Une odeur de fumée de bois flottait autour d'elle et cette fois encore, Alex distingua un léger voile de sueur sur sa peau, comme si elle s'était tenue un long moment près d'un brasier.

Elle parut consciente de ses doutes.

— Alex, chuchota-t-elle, il y a quelque chose que je dois vous montrer.

Déconcerté par la gravité de la voix de sa femme, Alex ne savait que penser. Elle semblait nerveuse, on aurait presque dit qu'elle avait peur de lui.

Il la suivit le long de la rive, et avant qu'il n'en ait eu conscience, ils se retrouvèrent devant la petite pierre blanche posée sur la colline. Laren voulut continuer son chemin, mais Alex lui emprisonna la main.

— Attendez !

Il ne voulait pas passer devant la tombe de son fils sans réciter une prière silencieuse pour l'âme de David.

— Je me demandais si c'était pour cela que vous veniez par ici, murmura-t-il. Pour être avec lui…

Il vit Laren blêmir sous la lueur de sa torche. Elle paraissait si malheureuse !

— Je ne peux même pas regarder la pierre quand je longe le loch, avoua-t-elle. C'est trop douloureux de penser à lui.

Bien que la mort de David remontât à près de trois ans, il ne s'écoulait pas un seul jour sans qu'Alex imagine combien leur vie aurait été différente avec lui. C'était le fils qu'il avait tant désiré, le garçon qui aurait marché sur ses traces, comme il avait lui-même suivi celles de son père Tavin.

Laren ferma les paupières, mais ses yeux étaient secs. À y réfléchir, elle n'avait pas versé la moindre larme lorsqu'elle avait tenu le corps de l'enfant dans ses bras.

Elle avait enfoui sa souffrance au tréfonds d'elle-même, tout comme lui.

Il était vrai, songea Alex, que pas une seule fois il n'avait donné libre cours à ses émotions, car il se devait d'être fort pour sa famille. Et même s'il en était lourdement affecté, il ne pouvait pas étaler sa peine devant le clan. Il avait mieux valu laisser partir David en silence et ne montrer à personne à quel point sa mort l'avait bouleversé.

— On ne l'oubliera jamais, déclara-t-il enfin.

— Non, chuchota Laren.

La tête basse, elle croisa les bras sur sa poitrine. Malgré l'obscurité, Alex lisait sur son visage une infinie tristesse et il eut l'impression qu'elle s'éloignait de lui encore une fois, hantée par son chagrin. Il n'avait pas voulu lui causer de la peine en l'amenant ici. Tout ce qu'il souhaitait, c'était honorer la mémoire de son fils.

Il se remit en route.

— Venez. Vous vouliez me montrer quelque chose, je crois ?

Laren le rejoignit et ils franchirent l'aire sablée menant à l'entrée de la grotte du père Nolan. Alex vit une vive lumière briller à l'autre bout de la cavité, dont l'air était saturé d'une intense chaleur. Au premier coup d'œil, la caverne lui parut irréelle, un peu comme si elle avait été habitée par des fées. Une appréhension s'empara de lui, mais lorsqu'il se tourna vers Laren, il ne vit sur son visage qu'un masque impassible.

Elle s'arrêta sur le seuil et lui fit signe d'entrer. Alex obtempéra et aperçut un gamin, un peu plus jeune que Dougal, occupé à entretenir le feu. Ramsay, c'était là son nom, se rappela-t-il.

Le garçon se figea à la vue d'Alex et baissa les yeux vers le sol, visiblement nerveux.

— Tout va bien, le rassura Laren. Merci d'avoir alimenté le feu. Va te coucher à présent. Tu pourras revenir demain matin.

Fouillant dans le sac suspendu à sa taille, elle tendit à l'enfant un peu de viande séchée et un gâteau à l'avoine, qu'il accepta sans se faire prier.

— J'ai commencé la fusion du vert, marmonna-t-il.

Puis il fourra la nourriture dans sa bouche et s'éclipsa en hâte.

Alex n'avait pas la moindre idée de ce dont parlait le gamin. Une chaleur étouffante régnait à l'intérieur de la grotte. Il ôta sa cape et défit les lacets de sa tunique avant de s'approcher des fours. Des rangées de tuyaux étaient disposées dans l'une des cavités, et à l'intérieur d'une autre il distingua des creusets d'argile.

Parvenu devant le dernier, il se tourna vers sa femme. Laren le fixait de son regard bleu. Lentement, elle ôta ses gants et Alex découvrit sur ses mains et ses avant-bras des traces brunes et des boursouflures qu'il n'avait jamais remarquées jusque-là.

— Seigneur, que vous est-il arrivé ?

Il traversa la caverne pour examiner ces marques de plus près. À en juger par leur aspect, certaines cicatrices n'étaient pas récentes. Même ainsi, Alex avait presque peur de toucher la peau de son épouse, de crainte de lui faire mal.

— Quand vous êtes-vous brûlée ?

Il distinguait à présent de multiples taches, certaines plus anciennes que d'autres.

— Les brûlures, c'est quand j'ai empoigné un morceau de tuyau incandescent, à l'époque où je ne faisais pas assez attention avec le feu.

Alex la dévisagea.

— Êtes-vous en train de me dire que le verre que Nairna veut vendre... c'est le vôtre ?

Laren baissa la tête en guise d'acquiescement, puis la releva.

— Oui, chuchota-t-elle.

Alex la fixait toujours, ahuri. Il n'aurait pas été plus stupéfait si elle lui avait dit qu'elle fabriquait des diamants avec de l'herbe ! En tout cas, cela lui expliquait pourquoi elle disparaissait chaque jour pendant des heures. Et pourquoi ses cheveux sentaient souvent la fumée.

Sans compter les cicatrices sur ses mains...

Incapable de détourner les yeux de sa peau brûlée, il avait du mal à saisir la réalité qui se révélait à lui. C'était comme si la femme qu'il avait épousée s'était volatilisée, laissant place à une autre.

— Quand avez-vous appris à fabriquer du verre ?

— Cela va faire trois ans, répondit Laren d'une voix calme, dépourvue d'émotion. Juste après la mort de David.

Elle ajouta quelque chose sur son besoin éperdu de se plonger dans le travail, son incapacité à rester au manoir parce qu'il lui rappelait trop son bébé, mais Alex n'écoutait pas. Il ne pouvait penser qu'à une seule chose — elle s'était blessée. En jouant ainsi avec le feu, Laren s'était fait des cicatrices qui ne partiraient jamais. Elle avait pris de graves risques et s'était infligé des blessures pour créer des vitraux qu'elle cachait dans cette grotte. Cette image ne collait toujours pas avec celle de la femme qu'il avait épousée.

Laren. *Sa* Laren. Fabriquant du verre !

Elle ne parlait pratiquement à personne et la seule pensée de diriger une maisonnée l'affolait. Comment pouvait-elle transformer du sable, de la chaux et Dieu sait quoi ? Cela semblait impossible.

Alex lui prit la main, tandis qu'un autre soupçon s'immisçait en lui.

— Il y a eu des nuits où vous prétendiez dormir avec les filles, fit-il en lui pressant les doigts. Est-ce que vous quittiez Glen Arrin pour alimenter les fours ?

Laren pâlit, mais ne tenta pas de nier.

— Oui. Après tout le travail que j'avais fourni, j'avais peur que le feu s'éteigne et je ne voulais pas gâcher ainsi le verre. Les premiers mois après la mort du père Nolan, j'ai dû m'en occuper seule. J'ai perdu beaucoup, beaucoup de fusions jusqu'à ce que Ramsay accepte de devenir mon apprenti.

Tant de mensonges. Tant de tromperies... Alex ne savait plus que penser de sa femme. Pourquoi ne lui avait-elle pas confié la vérité ? Pourquoi avait-elle inventé des histoires en prétextant des promenades, ou en prétendant dormir avec les filles parce qu'elles avaient peur du noir ?

Et surtout, comment était-ce possible qu'il n'ait rien remarqué ? Tous les indices étaient là, pourtant.

Des émotions mêlées bouillonnaient en lui dans la plus grande confusion. Mais, enfouie sous tout cela, demeurait la question qui le taraudait le plus :

— Pourquoi ne me l'avez-vous pas dit ?

Laren regarda ses mains parsemées de cicatrices et s'assombrit.

— Parce que je savais que vous seriez furieux contre moi. Et parce que au début, je ne faisais rien de bon.

Elle tourna les yeux vers les pierres brûlantes.

— Je n'arrivais pas à atteindre les bonnes couleurs. Le verre se brisait quand j'essayais de le couper. Rien de ce que je créais n'avait la moindre beauté.

— Alors pourquoi continuer ?

— Parce que cela m'empêchait de penser à David. Je m'oubliais dans le travail et cela rendait le chagrin plus facile à supporter. Peu m'importait de ne pas être assez bonne. C'était mon seul moyen d'évasion.

— Vous réalisiez des tapisseries, lui rappela Alex.

Laren secoua la tête.

— Je ne pouvais plus toucher au métier, car la dernière chose que j'avais tissée, c'étaient les vêtements du bébé. Fabriquer du verre était différent.

Elle lui montra ses mains blessées.

— Ces marques me rappellent chacune de mes erreurs et je ne les reproduirai plus jamais.

Alex s'approcha d'elle et toucha ses doigts, examinant la peau abîmée. Puis il la regarda, incapable de passer par-dessus la trahison.

— Vous m'avez menti.

Laren ne le nia pas. Mais elle n'était plus elle-même après la mort de David et elle avait éprouvé un besoin éperdu de solitude. Elle ne pouvait tout simplement pas affronter sa souffrance, encore moins la proximité de son mari. Alex lui rappelait trop le bébé aux yeux bleus qui la regardait d'un air si grave. Le bébé qui ne deviendrait jamais un homme. Même à présent, le souvenir de son petit visage lui déchirait le cœur.

Travailler le verre lui avait permis de ne pas sombrer et elle ne regrettait pas son apprentissage avec le père Nolan.

— Je suis désolée.

Elle joignit les mains, dans l'espoir qu'Alex comprendrait.

— Voyez-vous, je savais que vous n'approuveriez pas.

— Et vous aviez raison.

Il lui lâcha les mains.

— C'est dangereux et vous vous êtes déjà blessée.

— Il y a un moment que ce n'est plus arrivé. Je prends des précautions pour manier le feu et ce n'est pas aussi dangereux que vous le pensez.

Laren prit un creuset et y ajouta un mélange de sable, de chaux et de cuivre. Puis elle glissa le récipient d'argile dans le four, en usant d'une pince d'acier.

— Si j'arrive à vendre mes vitraux aux moines d'Inveriston, l'argent pourra nous aider.

Alex croisa les bras comme s'il refusait de la laisser quitter Glen Arrin, maintenant qu'il savait tout.

— Il existe d'autres moyens de gagner du numéraire pour le clan, Laren.

Laren s'attendait à cette réponse, mais pas au sursaut de détermination qui l'envahit soudain devant ce refus.

— Je ne suis peut-être pas aussi habile que le père Nolan, mais ce que j'ai fait est assez bon pour l'église.

Elle se dirigea vers la pierre plate où elle avait disposé des morceaux de verre, découpés et arrangés dans un cadre de bois.

Alex lui tournait le dos, silencieux. Elle espérait qu'il s'approcherait pour voir son travail. Mais au lieu de cela, il demeura à distance.

— Quels autres secrets avez-vous envers moi ?

— Je vous ai tout dit, affirma Laren.

Mais au ton défiant de sa voix, elle sentit que son mari ne la croyait pas.

Il se tenait sur le seuil, une expression indéchiffrable sur le visage. Laren essaya de ne pas se laisser blesser par la froideur de son attitude, en vain. Il semblait qu'il ne veuille même pas regarder ce qu'elle avait créé.

— Vous revenez avec moi ? s'enquit-il.

Elle secoua la tête.

— Je ne peux pas laisser les fusions. J'ai déjà renvoyé Ramsay.

— Alors restez, si tel est votre souhait.

Après un bref regard vers la table de pierre, Alex sortit de la grotte sans ajouter un mot. Malgré tout, Laren avait voulu croire qu'il réagirait autrement, qu'il reconnaîtrait la beauté de son travail. Mais tout ce qui le préoccupait, c'était son mensonge par omission.

Elle gagna l'entrée de la caverne et, en voyant Alex s'éloigner sur la rive, elle se sentit soudain terriblement seule. Le clair de lune se reflétait sur la surface argentée de l'eau. Alex s'arrêta sur le flanc de la colline, là où leur fils était enterré. Il posa un genou à terre et resta là un moment, comme s'il récitait une prière silencieuse.

Laren ferma les yeux, puis s'obligea à rentrer dans la grotte. Elle ne pouvait pas se permettre de penser à David maintenant.

Effleurant le verre lisse, elle se concentra sur l'agencement des morceaux, afin de décider où seraient placées les lignes de plomb.

Elle passa l'heure suivante à couper le verre de couleur verte en morceaux, éraflant la surface avec une lame chaude avant de la casser puis de la limer délicatement. Mais aussi absorbée qu'elle fût par sa tâche, elle ne pouvait étouffer les pensées qui la taraudaient.

Auparavant, déjà, elle n'était pas l'épouse qu'avait souhaitée Alex. Et maintenant qu'elle lui avait tout révélé, rien n'avait changé.

Laren s'assit, la tête appuyée sur sa main. Elle s'était cherché des excuses pour son manque de confiance en elle, en se répétant qu'elle n'était pas faite pour être la dame du clan.

Ne s'était-elle pas cachée avec son verre, loin de ce

monde extérieur qu'elle craignait ? Il était exact que les autres la laissaient à l'écart et semblaient la dédaigner, mais n'était-ce pas parce qu'elle leur rendait la pareille ?

Elle ne comptait pas beaucoup d'amies parmi les femmes du clan. En fait, si elle voulait être honnête envers elle-même, elle n'avait que Vanora et Nairna, et cela seulement parce qu'elle avait passé davantage de temps avec elles. Même si elle parvenait à surmonter ses peurs, les autres ne voudraient rien avoir à faire avec elle, elle le sentait. Déjà, elles étaient persuadées qu'elle passait son temps à paresser…

Laren surveilla les feux, la vue brouillée par l'épuisement et la tristesse. Elle n'avait aucune idée de la façon dont elle pouvait réparer son mariage brisé ou surmonter sa timidité.

La seule chose dont elle était sûre, c'était qu'elle ne pouvait plus continuer à vivre ainsi.

Février 1303

Pendant plus d'un mois, Laren était restée distante. Alex lisait un désespoir farouche dans ses yeux et il semblait que rien ne puisse alléger sa douleur. Du matin au soir, sa femme fuyait le manoir. Elle n'avait pas touché au berceau qu'il avait fabriqué pour David, ni rangé les vêtements de bébé qu'elle avait cousus elle-même. C'était comme si en gardant la chambre dans l'état où elle se trouvait le jour où leur fils était mort, elle pouvait oublier ce qui s'était passé.

La nuit, elle se roulait en boule loin de lui, à l'extrême bord du lit, comme si elle ne pouvait plus supporter sa proximité. Comme si c'était sa faute, si leur fils était parti.

Il ne lui en parlait jamais, de crainte que cela ne rompe la fragile digue qu'il avait élevée contre son propre chagrin.

Puis, un soir, il la trouva assise dans leur lit, tenant entre ses mains la robe de bébé qu'elle avait confectionnée pour leur fils.

— Cela ne semble pas réel, chuchota-t-elle. J'ai l'impression que si je regarde dans son berceau, je vais le retrouver là. Quelquefois, je crois l'entendre pleurer.

Alex sentit sa gorge se nouer, mais il resta debout sur le seuil. Les mots de sa femme réveillaient la terrible douleur enfouie en lui.

Les yeux baissés, elle replia la robe. Elle semblait si perdue, si brisée. Il aurait voulu aller vers elle et la serrer très fort contre lui. Pour qu'ils pleurent leur enfant ensemble, ainsi qu'il en avait tant besoin.

— Il faut que je le laisse partir, n'est-ce pas ? murmura Laren.

Elle se tourna vers lui, et l'expression désespérée de son visage lui transperça le cœur.

— Pouvez-vous… m'aider à enlever ses affaires ?

Ce qu'elle désirait, c'était qu'il s'asseye près d'elle pour plier les minuscules atours et rendre à la chambre son aspect d'antan.

Alex fit un pas vers elle. Mais à cet instant, son regard tomba sur la petite épée de bois qu'il avait fabriquée en guise de cadeau pour son fils.

Dieu lui pardonne, il ne pouvait pas. Un pas de plus vers Laren et la digue céderait, laissant déferler les émotions qu'il contenait en lui.

En fin de compte, il fit la seule chose dont il se sentît capable. Il s'en alla, la laissant assise seule dans la chambre.

Chapitre 6

Le lendemain matin, Laren ne vit Alex nulle part. Dougal lui expliqua vaguement que son frère se trouvait à la carrière avec les autres et elle ne sut pas s'il avait voulu éviter de lui dire au revoir avant son court voyage à Inveriston.

En se dirigeant vers les chevaux, elle chercha ses filles du regard. Mairin l'aperçut alors et la rejoignit en courant.

— Maman, j'ai trouvé cela pour vous ! s'exclama-t-elle en déposant dans la main de Laren de petits morceaux de pierre.

La fillette exultait, aussi rayonnante que si elle lui avait offert des diamants.

— Pour vous, répéta Adaira en tendant quelques brins d'herbe à Laren.

La petite plissait les lèvres en une moue enfantine et Laren se pencha vers elle pour lui donner un baiser.

Après avoir promis à ses filles d'être de retour avant la nuit, elle renonça à attendre son mari et se hissa sur la jument que Dougal avait sellée pour elle. Sa blessure au flanc cicatrisait bien à présent et ne lui faisait plus mal.

Bram lui jeta un regard sévère.

— Alex ne vient pas ?

— Non. Mais il est au courant pour le verre.

Laren sentit qu'il s'apprêtait à la questionner davantage, mais Nairna s'avança vers son mari et secoua la tête avant de lui glisser quelques mots à l'oreille.

Dieu merci, Bram n'insista pas et prit la tête de la petite cavalcade en direction d'Inveriston.

Pendant tout le trajet, Laren ressassa douloureusement sa conversation avec Alex. Elle avait espéré qu'il serait surpris en voyant ses vitraux et même fier d'elle. Au lieu de cela, il avait à peine prononcé un mot. Plus elle y repensait, plus sa souffrance grandissait.

Elle avait mis tout son cœur dans le travail du verre, donnant vie à ses œuvres avec son souffle. C'était plus que de l'art, c'étaient des morceaux d'elle-même que le feu avait fondus et qu'elle avait fait renaître en quelque chose de plus beau.

Les joues refroidies par le vent, Laren crispa les mains sur les rênes de sa monture. Elle aurait voulu revenir à la vie qu'ils menaient quelques années plus tôt, quand ils n'étaient encore qu'à deux. Quand ils pouvaient fermer leur porte au reste du monde et dormir dans les bras l'un de l'autre, heureux et comblés.

Elle aurait voulu qu'Alex l'aime comme autrefois, quand il lui suffisait qu'elle soit simplement elle-même.

Malgré tout ce qui les avait éloignés l'un de l'autre, il était toujours l'homme qu'elle désirait. Elle l'aimait encore, même s'il avait tellement changé. Il passait tant d'heures loin d'elle et des enfants, ne rentrant au logis qu'après avoir arpenté tout Glen Arrin et parlé à chaque famille !

Ou peut-être faisait-il cela pour retarder exprès le moment de regagner la maison ? Laren baissa la tête, accablée. L'échec de leur mariage lui déchirait le cœur.

Elle regarda Nairna et Bram, qui chevauchaient côte à côte. Ils ne se parlaient pas, mais de temps à autre, ils échangeaient un regard. Leur amour était fort, leur bonheur tangible. Voilà ce qu'elle aurait voulu retrouver dans son propre couple.

Tu dois être l'épouse dont Alex a besoin, insista une voix en elle. *Il faut que tu te montres plus forte et que tu affrontes les gens.*

Faire preuve d'assurance, devenir une autre femme... Laren ne savait pas si elle en était capable. Devrait-elle alors abandonner ce travail du verre qu'elle aimait tant ?

Elle promena son regard sur les collines vertes, observant la brume qui flottait entre les arbres. Légers et fugaces, les nuages bas se distinguaient à peine dans la lumière du soleil. C'était ainsi qu'elle se sentait parfois parmi ceux de son clan. Ils ne la voyaient pas, ne la connaissaient pas. La vérité, c'était qu'elle n'était pas du tout heureuse à Glen Arrin, sauf quand elle était avec ses filles ou absorbée dans le travail du verre.

Sûrement devrait-elle essayer de lier amitié avec les autres membres du clan. Pas pour Alex... Mais pour elle-même. Cela allégerait peut-être le sentiment de solitude qu'elle éprouvait lorsqu'il n'était pas là.

Elle serra plus fort le paquet enveloppé de cuir qui contenait le vitrail. Plus ils approchaient d'Inveriston, plus son estomac se nouait d'angoisse.

Oh ! Seigneur, faites que ce verre ait un peu de valeur !

Laren tremblait lorsque Bram arrêta les chevaux et l'aida à descendre. Elle suivit ses deux compagnons dans la cour pavée, puis à l'intérieur du monastère. Tandis que Bram demandait une entrevue avec l'abbé, elle observa les lieux. On entendait des chants de moines s'élever de la chapelle. L'espace était sombre et clos de partout, avec seulement une petite fenêtre carrée tout en haut, orientée de façon à empêcher la pluie de pénétrer dans le bâtiment.

Ils ne voudront pas de mes vitres, songea-t-elle. *Ce ne serait pas du tout pratique pour eux, car ils devraient alors abattre une partie du mur pour ouvrir l'espace.*

Plus elle examinait le monastère, plus elle constatait à quel point il était austère. Les hommes qui vivaient là et y faisaient leurs dévotions ne voudraient pas de couleurs pour les distraire de leurs prières.

Avant qu'elle n'ait eu le temps de formuler une autre pensée, Nairna la poussa en avant et se mit en devoir de déballer le verre. Tandis que sa belle-sœur vantait les qualités du vitrail, expliquant comment la lumière pourrait le traverser, Laren dévisageait l'abbé. Son visage ridé demeurait impassible, il n'était à l'évidence pas du tout impressionné par ce qu'il voyait.

Laren baissa les yeux vers le sol. Le vitrail n'était pas assez bon, ainsi qu'elle l'avait craint.

Mais à cet instant, elle entendit résonner la voix du prêtre.

— Trente pennies.

Incrédule, Laren tourna les yeux vers Nairna. Bram lui saisit la main pour lui recommander le silence, tandis que son épouse souriait à l'abbé.

— Je croyais qu'un homme de Dieu aurait honte d'offrir un prix aussi dérisoire pour une œuvre de cette qualité.

— Nous ne sommes que d'humbles moines, avec peu d'argent à dépenser.

— Je suis vraiment désolée de l'entendre, répondit Nairna, remballant le vitrail. Je suis en effet sûre qu'une telle œuvre en conforterait plus d'un dans ses prières.

J'avais espéré que vous commanderiez peut-être une fenêtre pour la nouvelle église que vous construisez. Notre artiste sur verre pourrait créer un panneau de n'importe quelle taille, avec toute scène biblique susceptible d'inciter d'autres personnes à la foi.

Et adressant à Bram un signe de tête :

— Nous allons continuer notre voyage jusqu'à Locharr. Le baron voudra peut-être ce vitrail pour sa chapelle privée.

Laren, qui voyait s'évanouir la perspective des trente pennies, pressa nerveusement la main de Bram.

— Attendez ! s'écria l'abbé, tendant la main vers le vitrail. Laissez-moi le revoir, voulez-vous ? Il n'est pas impossible que j'obtienne des fonds de l'évêque. Et si vous croyez possible de fabriquer des vitraux plus grands, ajouta-t-il en arrêtant son regard sur Bram, cela ferait de notre chapelle un lieu plus digne d'abriter la relique que nous venons d'acquérir.

Il se signa avant de préciser :

— Un petit morceau de la Sainte Croix.

Laren se signa à son tour, ainsi qu'il convenait. Mais si elle était convaincue que la plupart des pèlerins ne manqueraient pas d'être impressionnés par la seule idée d'une telle relique, elle-même ne pouvait s'empêcher de penser que tous les éclats de bois se ressemblent. Comment pouvaient-ils être certains qu'il s'agissait de la vraie croix ?

Cependant il était blasphématoire de nourrir de telles pensées. Elle ne devait pas laisser ses propres doutes altérer la foi des autres.

Elle s'éclaircit la gorge avant d'intervenir.

— Mon père, étant donné que l'église va être consacrée à la Sainte Croix, désirez-vous un vitrail représentant la Crucifixion ?

Elle imaginait déjà une fenêtre à trois panneaux avec des saints de chaque côté et une image du Christ au milieu. Un verre doré pourrait figurer l'auréole. Toutefois il lui faudrait un émail spécial pour créer les ombres sur le visage. Cette idée la préoccupait car elle n'avait jamais essayé cette technique auparavant.

— Qui est cette personne ? demanda l'abbé à Bram.

Laren sentit la note de dédain dans sa voix. Il n'était pas homme à croire une femme capable de travailler le verre, encore moins de créer des vitraux qui exaltent la foi des gens.

— Je… Je suis la sœur de l'artiste, mentit-elle. Il n'a pas pu venir, mais il m'a chargée de répondre à toutes les questions que vous pourriez poser si vous décidez de passer la commande.

Nairna lui jeta un regard d'avertissement, mais l'abbé ne parut pas troublé par son histoire. Au contraire, elle sembla le ravir.

— J'aimerais savoir comment votre frère obtient de si merveilleuses couleurs.

Laren rencontra les yeux de sa belle-sœur et se rappela ses recommandations.

« Dites-leur ce qu'ils ont envie d'entendre. »

— Il prie et jeûne avant de procéder à la moindre fusion. Parfois, il en est récompensé par les magnifiques nuances du verre, mais il arrive aussi qu'il rate la fusion. Cela le rend humble, expliqua-t-elle, tandis que Nairna lui faisait les gros yeux.

— Il est temps de conclure l'affaire, interrompit sa belle-sœur. Si vous souhaitez acheter ce vitrail pour vos frères, le prix est de cent pièces d'argent.

Laren faillit se récrier devant l'incongruité de la somme et seule la pression de la main de Bram sur la sienne l'en empêcha.

L'abbé ricana.

— Cent pièces ! Vous avez perdu l'esprit, ma fille.

Un quart d'heure plus tard, Nairna avait réussi à obtenir de l'abbé soixante-quinze pièces d'argent, plus cinquante pièces pour couvrir le coût des matériaux. Les cent cinquante pièces pour la commande d'une fenêtre seraient payées plus tard, en plusieurs fois, la somme finale au moment de la livraison du vitrail.

Nairna adressa un signe à Bram.

— Il faudrait que vous preniez les dimensions.

Laren lui tendit un rouleau de gros fil, mais l'abbé s'interposa.

— J'enverrai l'un de nos prêtres vous donner les mesures quand nous aurons décidé des proportions de la chapelle. Il vous apportera également un croquis du sujet que nous aurons choisi pour le vitrail.

L'affaire réglée, Bram remercia l'abbé et Laren joignit ses salutations à celles de Nairna. Tandis qu'ils s'éloignaient avec l'argent, elle jeta un dernier regard vers le religieux et le vit contempler le vitrail avec un sourire. Elle détourna les yeux, la respiration coupée. Son cœur battait à se rompre et ses oreilles bourdonnaient au point qu'elle craignit de s'évanouir. Cent vingt-cinq pièces d'argent. Juste pour son vitrail !

Laren avait du mal à y croire. Sur le chemin du retour, elle pouvait à peine rassembler ses pensées. Nairna et Bram chevauchaient devant elle, et tandis qu'ils traversaient la vallée, elle ne pouvait réprimer le tremblement de ses mains.

Le vent lui piquait les yeux et pendant plusieurs lieues encore, elle demeura en arrière de ses compagnons, jusqu'au moment où Nairna s'arrêta pour l'attendre.

Lorsque Laren l'eut rattrapée, sa belle-sœur leva les mains et poussa un cri de victoire. Mais Laren était incapable de rire ou de se joindre à l'euphorie de Nairna. Le choc du succès la laissait sans voix. Elle n'avait pas sérieusement imaginé que l'abbé voudrait de son vitrail ou qu'il jugerait son travail digne d'être rémunéré.

Nairna lui prit la main, tout en chevauchant à côté d'elle.

— Qu'est-ce qui ne va pas ? Vous devriez être heureuse.

Laren essaya de sourire.

— C'est juste que… C'est trop ! Je n'arrive pas à croire qu'il ait pu payer une somme pareille pour un simple panneau de verre.

— Ce n'est pas un simple panneau. Et quand ils sauront tous, à Glen Arrin, que c'est vous qui avez rapporté une telle manne, ils…

— Non, coupa Laren.

Même si elle allait devoir informer Alex de leur succès, elle n'était pas prête à se mettre en avant devant le reste du clan. Un frisson la parcourut à cette pensée et son courage l'abandonna.

— Il faut d'abord que j'en parle à Alex.

Nairna lui pressa la main.

— C'est à vous de lui raconter notre journée. Il sera fier de vous, je le sais.

Laren aurait tant voulu en être persuadée ! Mais son appréhension ne cessa de croître pendant tout le reste de leur voyage de retour.

Alex chevauchait à vive allure, Dougal et Callum dans son sillage. Brodie et sa famille venaient de franchir les limites de Glen Arrin, en dépit de tout ce qu'Alex avait déclaré la veille au soir.

Que le diable emporte cet homme pour renoncer aussi vite !

Enfonçant les talons dans les flancs de son pur-sang, Alex dépassa Brodie et fit faire volte-face à sa monture, obligeant les fuyards à s'arrêter.

— Je ne vous laisserai pas nous tourner le dos, Brodie. Nous sommes votre clan. Votre famille.

L'épouse de Brodie jeta à son mari un regard incertain, en serrant son jeune fils contre elle.

— Nous ne sommes plus en sécurité ici, n'est-ce pas ?

— Vous croyez que leurs chevaux peuvent traverser les murs ? riposta Alex. Qu'ils peuvent incendier la pierre ?

Il perçut une ombre de doute dans le regard de Brodie et poursuivit :

— Si nous avions rebâti Glen Arrin en bois, je ne dis pas. Nous aurions été vulnérables. Mais nous avons commencé de solides fondations.

Brodie posa la main sur l'épaule de son fils.

— Nous l'emmenons loin des combats. Là-bas, il sera en sécurité.

— Il sera en sécurité, oui. Mais ici, avec sa famille et ses amis.

Alex approcha son cheval de Brodie et lui tendit la main.

— Retournez-vous et regardez Glen Arrin, Brodie.

L'autre obtempéra, et pendant un instant, nul ne pipa mot. Alex voulait que son ami voie les larges murs qui commençaient à s'élever autour de Glen Arrin, tel un bouclier de pierre.

— C'est déjà différent de ce qu'avaient bâti nos pères. Et quand nous ne serons plus là, le château tiendra encore debout, pour nos enfants.

Il regarda Brodie et lut l'indécision sur son visage.

— Quel héritage voulez-vous leur laisser ? Le souvenir d'un père qui s'est battu et a gagné sa liberté ? Ou celui d'un homme qui a abandonné son clan sous l'effet de la peur ?

Finian MacLachor contemplait la forteresse de Glen Arrin. La structure principale était détruite, mais un double mur extérieur en pierre en cours de construction s'élevait du sol. Les hommes se trouvaient déjà au travail et la fumée des feux flottait dans l'air. Finian secoua la tête. Le froid de l'hiver l'enveloppait mais il ne sentait pas sa morsure.

Sa sœur l'avait supplié de ne pas entrer en conflit avec les MacKinloch.

« Vous ne pouvez pas devenir l'instrument de Harkirk, lui avait-elle dit. N'allez pas susciter la fureur d'un autre clan ! »

Surtout un clan dont il avait été l'ami... Tavin MacKinloch avait été comme un frère aîné pour lui, au temps où ils faisaient leur éducation ensemble. Il n'était alors qu'un gamin, mais Tavin lui avait appris à pêcher dans les lochs, à chasser et à charmer les femmes.

Ces souvenirs provoquèrent en lui un élancement de regret. Bien que les relations de leurs deux clans se soient refroidies avec l'avènement d'un nouveau chef, ils n'avaient jamais effectué de raids les uns contre les autres. Une distance respectueuse s'était établie entre eux. Et il était sur le point de la briser.

Ce matin-là, Finian avait revêtu une lourde cotte de mailles, dont il sentait le métal froid sur sa peau. Tout ce qu'il lui fallait, c'était un otage. Une personne proche du chef, peut-être son plus jeune frère. Ou son épouse. S'il la capturait, les frères du chef se joindraient à leur aîné, ils s'élanceraient sur les traces de la prisonnière et il les tiendrait tous. Ses hommes pourraient capturer les MacKinloch et il apporterait leurs têtes à Harkirk.

Finian ferma les yeux, submergé par une vague de répulsion à l'idée de ce qu'il s'apprêtait à faire. Mais il s'agissait d'Iliana, sa fille. Celle qu'il adorait, son unique enfant. Il imaginait déjà les horreurs que Harkirk s'apprêtait à lui faire subir et son sang bouillait à cette seule pensée. Quinze jours plus tôt, il avait tenté de soulever un groupe d'hommes contre le baron anglais, mais ses soldats s'étaient fait tailler en pièces. Il était le seul survivant.

Le message de Harkirk était clair — dressez-vous contre moi et vous en subirez les conséquences.

Les MacLachor comptaient à présent moins de quinze guerriers. Et le seul moyen de sauver sa fille, c'était d'accomplir lui-même le travail du diable.

Finian s'approcha du manoir et se baissa, dissimulé dans les taillis. Il observa les femmes et les enfants, cherchant la victime idéale. En dépit de ses scrupules, cette terrible tâche devait être accomplie.

Lorsque son regard tomba enfin sur la future captive, il sut tout de suite qu'Alex MacKinloch et ses frères n'hésiteraient pas à se battre pour elle. La seule question, c'était de savoir comment s'introduire dans la forteresse. Cela prendrait du temps.

Mais le temps, c'était précisément ce qui lui manquait.

La main posée sur le haut du portail, Alex laissait son regard errer dans la vallée. Les nuages du crépuscule commençaient à se lever et une brume flottait sur les collines vertes.

Enfin convaincus, Brodie et sa famille avaient regagné

Glen Arrin, ce qui avait provoqué un changement d'attitude chez les autres. Leurs doutes subsistaient, mais ils regardaient la forteresse d'un autre œil, c'était évident. Alex s'accrochait à l'espoir qu'ils resteraient tous ensemble. Ils pouvaient émerger plus forts que jamais de cette crise, il en était persuadé. Encore fallait-il qu'ils gardent la foi.

Soudain, il distingua au loin un petit groupe de cavaliers. C'était Bram et Nairna, suivis de Laren. Tandis qu'ils approchaient, Alex nota l'allégresse et la satisfaction dans leur façon de se tenir en selle. Nairna chevauchait en croupe derrière Bram, tandis que son cheval à elle transportait plusieurs ballots de ce qui semblait être des provisions.

Laren seule semblait mal à l'aise, le regard fixé sur ses mains. La tension qui habitait Alex se relâcha en partie. Au moins, les voyageurs étaient de retour. Sains et saufs !

Il avait passé la plus grande partie de la nuit à penser à Laren, regrettant ce qu'il lui avait dit. Mais bon sang, pourquoi ne pouvait-elle pas lui faire confiance ? Pourquoi avait-elle éprouvé le besoin de se cacher avec ses œuvres, comme s'il allait la punir pour cela ?

Quand la petite cavalcade fut tout près, Alex descendit les marches du poste de garde pour accueillir le trio. Refoulant ses pensées troubles, il attendit sa femme. Laren mit pied à terre, une expression d'incertitude sur le visage, tandis que Nairna arborait un large sourire. L'épouse de Bram brûlait visiblement de claironner les nouvelles, mais elle saisit Laren par la main et la poussa en avant.

— Dites-lui !

Alex plongea son regard dans celui de Laren.

— Nous avons vendu le vitrail, déclara-t-elle enfin.

Nairna a négocié et a obtenu des moines cent vingt-cinq pièces d'argent.

— Incroyable, non ? lança Nairna avec exubérance. L'abbé n'avait jamais vu un travail pareil.

Sans lui laisser le temps de proférer un mot, elle souleva le sac de pièces avant d'ajouter :

— En revenant, nous nous sommes arrêtés pour acheter de la nourriture, et des provisions complémentaires pour le clan.

L'exultation de Nairna aurait dû être contagieuse, mais Alex s'inquiétait de la passivité de Laren, qui ne semblait pas aussi heureuse qu'elle aurait dû l'être.

Il aida le couple à décharger les ballots et Laren le rejoignit, les yeux baissés. Tandis qu'il marchait à côté d'elle, il ralentit le pas, laissant Nairna et Bram les distancer avec le sac de numéraire.

Lorsqu'ils furent seuls, Alex s'arrêta.

— Quelque chose vous préoccupe, observa-t-il.

Il attendit la réponse de Laren, qui leva vers lui un regard soucieux.

— Je suis heureuse d'avoir pu me rendre utile pour le clan, déclara-t-elle enfin. J'espérais tellement que nous pourrions vendre ce vitrail.

— Et ? la pressa Alex, anxieux de la suite.

— Et ce n'est pas cela qui me cause du tracas. Je me réjouis de cette vente, vraiment.

Elle se tordit les doigts.

— Ce qui me tourmente, c'est la façon dont vous m'avez quittée hier soir.

Elle luttait visiblement pour garder un visage impassible, mais son regard bleu trahissait son émotion.

Alex ne sut quoi répondre. Comment aurait-il pu prendre à la légère cette tromperie qui avait révélé une fissure profonde dans leur mariage ? Même Nairna et

Bram avaient été mis au courant avant lui et cela le blessait dans sa fierté.

— Je ne veux pas que nous continuions ainsi, murmura Laren. Cela fait trop mal.

Que voulait-elle dire ? Alex n'aimait pas cela du tout. On aurait pu croire qu'elle préférait redevenir célibataire plutôt que de rester mariée à lui.

— Je ne sais pas ce que j'ai bien pu faire pour que vous me rejetiez ainsi, répondit-il enfin. Vous ne me parlez jamais. Vous ne me dites rien de vos pensées, de ce que vous désirez.

Il lui prit la main et la déganta, découvrant sa peau marquée de cicatrices.

— Je ne peux pas lire vos secrets, Laren.

— Nous ne nous connaissons plus l'un l'autre, n'est-ce pas ? chuchota-t-elle, les yeux soudain emplis de larmes. Ce n'est plus la même chose qu'avant et je ne sais pas comment y remédier.

Elle remit son gant et drapa les pans de sa cape autour d'elle.

Elle avait raison, songea Alex. Depuis la mort de David, ils étaient devenus des étrangers l'un pour l'autre. Ils avaient pris leurs distances, vivant des vies séparées au sein de leur mariage.

La blessure de Laren, atteinte par une flèche, avait été le réveil dont il avait besoin. Il avait laissé les années s'enfuir, comme il avait laissé sa femme lui échapper. Et il ne voulait pas de cela.

— Nous devrions rentrer à présent, murmura Laren. Il est tard et je ne veux pas laisser Vanora seule avec les filles trop longtemps.

Alex recula d'un pas, ne sachant trop si elle s'inquiétait vraiment pour les enfants ou si elle répugnait à rester seule avec lui.

— Avant que je ne vous reconduise, j'ai besoin de savoir quelque chose.

Laren attendit en silence, tandis qu'il rassemblait son courage pour exprimer ce qu'il aurait préféré ne jamais avoir à dire.

— Je sais que vous ne souhaitiez pas devenir la dame de Glen Arrin. Mais je ne peux rien changer à mes responsabilités de chef.

Elle hocha la tête, attendant la suite.

— Vous n'êtes pas heureuse ici. Ni avec moi, ni dans ce genre de vie.

Alex vit une larme glisser sur la joue de sa femme et il ressentit en lui la même désolation.

Il lui prit les deux mains.

— Voulez-vous rester mariée avec moi, Laren ?

Elle demeura silencieuse un long moment et Alex sentit son cœur sombrer dans sa poitrine. Il craignait de connaître d'avance la réponse.

— Je ne sais pas, répondit enfin Laren.

La souffrance qu'Alex lut dans ses yeux le laissa sans voix, plus blessé qu'il n'aurait pu l'imaginer.

Elle s'éloigna sur ces mots, le laissant seul en arrière.

Laren ne savait plus quelle était la meilleure décision à prendre. Son cœur saignait, car en dépit de tout, elle aimait encore Alex. Cependant c'était lui qui voulait mettre fin à leur mariage, elle le sentait. Il fallait qu'il y ait déjà réfléchi, pour lui poser ainsi la question.

La vérité, c'était qu'elle ne voulait pas se séparer de lui. Pas un seul jour. Mais Alex avait besoin d'une épouse qui puisse diriger le clan à ses côtés, une femme pleine d'assurance, une vraie compagne.

Maintenant que le vitrail était vendu, elle allait

passer plus de temps que jamais près des fours. Cela prendrait des mois pour fabriquer les pièces dont elle avait besoin. Et après la réaction d'Alex la veille au soir, Laren ne croyait pas un seul instant qu'il approuverait sa décision. Tout simplement, elle ne correspondait pas à l'image qu'il se faisait d'une épouse.

Durant les trois dernières années, il n'avait pas été non plus l'époux dont elle avait besoin. Lorsqu'ils avaient été confrontés au pire moment de leur vie, il l'avait abandonnée, la laissant seule avec son chagrin. Elle lui en voulait d'avoir passé tout son temps avec le clan et non avec elle et leurs petites filles.

Laren s'essuya les joues, cherchant au tréfonds d'elle-même le courage de dissimuler sa détresse. Elle ne voulait pas que ses filles lui demandent pourquoi elle pleurait. Elle entendait résonner des pas derrière elle, mais elle ne se retourna pas une seule fois, trop occupée à refouler ses émotions, à reprendre le contrôle d'elle-même.

Soudain, une main la saisit par le bras, l'obligeant à faire volte-face. Elle se heurta contre Alex, qui l'emprisonna de ses bras. Il serrait les mâchoires, visiblement furieux.

— *Vous ne savez pas*. Qu'est-ce que cela veut dire ?

Cette explosion soudaine la surprit tellement qu'elle ne put d'abord proférer un seul mot.

Alex lui enserra le visage, les mains enfouies dans ses cheveux.

— Après toutes ces années, vous ne croyez pas que notre mariage vaut la peine que nous nous battions pour lui ?

Dans ses yeux brûlait une flamme que Laren n'y avait jamais vue. Cela ranima son courage. Elle lui prit les mains.

— Si, cela en vaut la peine, Alex. Mais je ne suis plus celle que vous avez épousée il y a des années. Je ne serai plus jamais cette jeune femme-là, parce qu'une partie de moi est enterrée sur la colline près du loch.

Les doigts convulsivement agrippés à ceux d'Alex, elle donna libre cours à ses larmes.

— Vous ne pouvez pas me façonner et m'obliger à devenir la femme que vous voulez que je sois.

Elle ôta ses gants, qu'elle laissa tomber sur le sol.

— Voilà ce que je suis, Alex.

Elle lui avait lâché les mains, tout en demeurant dans ses bras.

— Je ne vous ai jamais demandé d'être quelqu'un d'autre, murmura Alex.

Elle sentait son souffle chaud sur sa joue.

— Mais je ne sais plus qui vous êtes à présent…

— Voulez-vous le savoir ?

Il la scruta longuement, et Laren lut dans son regard sombre une intensité à laquelle elle ne s'attendait pas.

— Oui, acquiesça-t-il enfin.

Il s'inclina vers elle comme s'il s'apprêtait à l'embrasser, mais sa bouche demeura à quelques pouces de la sienne.

— Mais plus de mensonges entre nous, Laren !

— Et vous, vous nous consacrerez un peu de votre temps au lieu de rentrer tard le soir, quand nous sommes déjà endormies ?

Elle sentit la main d'Alex glisser sur son flanc et le palper doucement, comme s'il voulait s'assurer que sa blessure était en bonne voie de guérison. Son corps réagit aussitôt, réceptif à la présence d'Alex, à sa chaleur.

— Cette discussion n'est pas terminée, chuchota-t-il tout contre ses lèvres.

Lorsqu'il s'écarta, Laren sentit monter en elle un frémissement d'anticipation.

— Nous devons rejoindre les autres, reprit-il. Mais ce soir, vous allez me montrer votre travail. Je veux voir tout ce que vous m'avez caché.

Laren ne répondit pas, submergée par l'émotion. Fasse le Ciel que ce fût là un nouveau départ pour eux et qu'ils pussent retrouver tout ce qu'ils avaient perdu ! songea-t-elle. Le vent lui effleurait la peau d'une froide caresse. Alex la lâcha et reprit le chemin de la forteresse.

Après avoir franchi le portail, Alex fit de son mieux pour masquer l'émoi très physique qu'avait déclenché en lui la proximité de Laren. Il percevait vaguement les exclamations des femmes, tandis que Nairna leur montrait la nourriture et les quelques aunes d'étoffe achetées avec l'argent de Laren. Bram avait emporté le reste de la somme pour le mettre en sécurité, aucun d'eux quatre n'ayant l'intention d'en parler aux autres avant d'avoir fait l'achat des denrées dont le clan avait besoin.

Laren s'excusa en prétextant qu'elle allait voir les filles, puis disparut. Alex resta là, un peu à l'écart des membres du clan. Il lui fallait réfléchir à ce qu'impliquait ce soudain afflux d'argent. Bien qu'il fût reconnaissant de ce retournement de situation, il lui incombait le souci de décider quoi faire à présent.

À quelques pas de lui, Bram s'inclina vers Nairna pour lui chuchoter quelques mots à l'oreille et sa femme acquiesça de la tête avant de lui tendre un flacon.

Bram s'approcha ensuite d'Alex et lui offrit la flasque.

— Nairna et moi souhaitons t'offrir ce vin à partager ce soir avec Laren.

Alex haussa les sourcils, ironique.

— Ton épouse t'a envoyé jouer les entremetteurs, à ce que je vois ?

— Possible, admit Bram. Je ne sais pas si Laren te l'a dit, mais l'abbé lui a commandé d'autres vitraux pour leur nouvelle église. Il a promis cent cinquante pièces d'argent pour ce travail.

Alex se tut, abasourdi par le montant de la somme. Jamais, dans ses prévisions les plus folles, il n'avait imaginé que ce verre puisse avoir autant de valeur.

— Il va falloir que Laren se mette tout de suite à la tâche, poursuivit Bram. Mais ce soir, Nairna et moi avons pensé que vous aimeriez célébrer ce succès tous les deux.

— Pas besoin de vin pour cela, rétorqua Alex.

Bram lui adressa un sourire en coin.

— Mais la boisson délie parfois la langue, non ? Et Laren n'est pas du genre à parler beaucoup.

Alex regarda son frère et comprit à demi-mot.

— Je lui ai demandé de me retrouver tout à l'heure à la caverne du père Nolan.

— Excellente idée. Nairna et moi nous occuperons de vos filles, promit Bram.

Et d'ajouter avec un sourire complice :

— Et je m'assurerai que Laren est bien au rendez-vous ce soir.

À chaque pas qui la rapprochait du loch, Laren sentait son estomac se nouer d'anxiété. Bram avait offert de l'accompagner, mais elle avait refusé. Elle ignorait ce qu'Alex lui voulait, mais elle était prête à se conformer à ses souhaits.

Elle suivit la courbe du plan d'eau, évitant la pierre blanche sur la colline. Une mince couche de glace tapissait la berge et le clair de lune guidait ses pas. En arrivant au bout du lac, elle distingua la caverne, illuminée par le rougeoiement des fours.

Alex l'attendait déjà sur le seuil. Ses cheveux semblaient plus foncés et humides, comme s'il venait de procéder à des ablutions dans le loch. Il portait une tunique propre, la bleu ciel, celle qu'elle avait confectionnée pour lui quelques mois plus tôt.

Il lui tendit la main et Laren pénétra dans la grotte, ne sachant trop ce que son époux attendait d'elle. La première chose qu'elle vit fut la couverture de laine qu'il avait déployée sur le sol de terre battue. Alex remplit deux coupes de vin et lui en présenta une. Laren but beaucoup trop vite, pour se donner du courage. Le vin sucré avait un léger parfum, une saveur qu'elle n'avait jamais goûtée auparavant.

— Il vient de Bourgogne, lui expliqua Alex.

Laren avala quelques gorgées de plus en prenant le temps de savourer le breuvage, et sentit une agréable chaleur s'insinuer dans son corps.

— C'est délicieux.

Alex lui versa une autre coupe, puis montra les fours d'un geste.

— J'ai renvoyé Ramsay chez lui. Il m'a recommandé de ne pas laisser s'éteindre les feux.

— Il est très méticuleux dans son travail, commenta Laren, observant que le jeune homme avait mis plusieurs fusions en route, dont certaines prêtes à être soufflées.

Elle ôta son manteau et renoua ses cheveux pour les empêcher de tomber sur son visage.

— Certains prétendent qu'il est un peu… différent des autres, murmura Alex.

Laren nota son hésitation et comprit ce qu'il voulait

dire. Elle s'avança pour vérifier le verre destiné à être vert, pour l'instant en fusion dans l'un des creusets.

— C'est le cas. Les autres gamins le taquinent parce qu'il se laisse parfois obséder par de petits détails.

Elle sourit, se rappelant sa première rencontre avec Ramsay.

— Il peut passer des heures à compter dans sa tête jusqu'au moment où il saura qu'il est temps d'enfourner un creuset. Il est d'une intelligence remarquable, mais la plupart des gens ne le comprennent pas. Ils croient qu'il est un peu dérangé, parce qu'il aime être seul.

Laren se sentit gênée sous le regard aigu d'Alex, mais tâcha de n'en rien montrer.

— Je n'ai qu'à me louer de lui depuis qu'il est mon apprenti.

Alex s'avança pour examiner certains des morceaux de verre vert qu'elle avait découpés. Il en saisit un et le tint dans la lumière, mais ne fit aucun commentaire. Laren disposa plusieurs tuyaux dans l'un des fours afin de les préchauffer. Lorsqu'elle eut terminé, elle se tourna vers son mari, frappée par la beauté de ses traits, que soulignait la faible lueur émanant des brasiers. Le regard sombre d'Alex plongea longuement dans le sien et elle cilla, gênée.

— Bram m'a parlé de la commande, déclara enfin Alex.

Laren respira à fond et lui fit face.

— Je vais fabriquer ces vitraux. Le clan a besoin d'argent.

— Vous voulez vraiment le faire ?

— C'est mon souhait le plus cher, assura-t-elle.

Elle s'obligea à faire un pas vers lui et il la conduisit jusqu'à la couverture, où ils s'assirent l'un en face de l'autre.

L'espace d'un instant, Alex se contenta de la regarder. On n'entendait pas d'autre bruit que les crépitements du bois qui se consumait dans le feu. Laren attendait qu'Alex prenne la parole, prête à affronter sa colère. Au lieu de cela, il posa la main sur le sol et ramassa de petits cailloux, qu'il fit rouler entre ses doigts avant de les déposer dans la paume de Laren.

— C'est pour quoi faire ? s'enquit-elle.

— Je m'en servais jadis pour les jeter contre votre porte la nuit. Pour vous réveiller. Vous vous rappelez ?

Laren joua avec les minuscules gravillons, tandis que les souvenirs remontaient en elle.

— Je pouvais à peine dormir les nuits où vous deviez venir, avoua-t-elle.

Elle leva les yeux vers Alex et scruta son visage, incapable de lire sur ses traits. Pourquoi ces cailloux ?

Elle ouvrit la paume et les lui redonna.

— Où voulez-vous en venir, Alex ?

— Je vous ai dit que je ne savais plus qui vous étiez, répondit-il.

Son regard sombre demeurait indéchiffrable.

— Aussi ai-je pensé que nous devrions tout recommencer depuis le début.

Les mots pénétrèrent en elle, atteignant une partie de son cœur glacée depuis trop longtemps. Alex avait raison. S'ils voulaient reconstruire leur mariage, il leur fallait tout recommencer.

Résolue, Laren se leva et marcha vers l'entrée de la grotte, emportant la couverture avec elle. Alex la rejoignit, tandis qu'elle étendait le plaid sur le sol.

— Vous rappelez-vous quand nous allions au cercle de pierres et que nous regardions les étoiles ?

Il s'allongea près d'elle, son corps à quelques pouces du sien.

— Certaines nuits étaient très froides, lâcha-t-il en guise de réponse.

— Comme ce soir, murmura Laren.

Et comme Alex ne bougeait pas, elle se glissa plus près de lui pour se lover contre son flanc, réchauffée par sa chaleur. Pendant un long moment, ils contemplèrent le ciel, bien qu'il n'y eût pas d'étoiles visibles.

Le cœur de Laren battait plus vite au fur et à mesure que les instants s'écoulaient. Elle était intensément consciente de la présence d'Alex à son côté, de la puissance virile qui rayonnait de son corps. Allait-il enfin l'attirer contre lui et l'embrasser, ainsi qu'il le faisait jadis ? Mais non, il demeurait immobile. Laren lui jeta un long regard de côté, observant les marques de tension sur son visage — une tension qui ne s'y trouvait pas autrefois. Était-ce le fardeau du commandement, ou la frustration qu'il ressentait à cause d'elle ? Elle n'aurait su le dire.

La main d'Alex heurta légèrement la sienne et il lui enlaça les doigts. Bien qu'il ne fît rien de plus que lui tenir la main, Laren craignit que ce geste n'en attire un autre. Oh ! elle n'avait aucune intention de le repousser, mais elle ne se sentait pas prête pour davantage d'intimité. Ses sentiments restaient trop incertains.

Comme Alex n'esquissait pas d'autre mouvement, elle lâcha sa main et bascula sur son côté valide, celui qui n'avait pas été blessé, afin de lui faire face. Si seulement il voulait bien lui pardonner ses cachotteries !

— Je suis désolée de ne pas vous avoir parlé de mon travail, commença-t-elle.

Elle aurait voulu qu'il se tourne vers elle, afin qu'elle puisse lire dans ses yeux s'il ressentait encore quoi que ce soit pour elle, et s'il demeurait dans son cœur un restant d'amour.

Mais au lieu de s'adoucir, Alex serra les lèvres.

— Moi aussi.

Laren attendit qu'il ajoute quelque chose à propos du verre, lui révélant enfin ce qu'il éprouvait dans le secret de son être. Mais rien ne vint. En s'excusant ainsi, elle l'avait de nouveau contrarié.

D'un mouvement brusque, elle se leva et retourna vers sa table de travail, appuyant les mains sur la surface de pierre. Sa gorge se serrait de souffrance. Mais c'était sa faute après tout, et elle n'avait pas le pouvoir de rattraper les années perdues.

Alex s'avança derrière elle, l'obligeant à se retourner pour lui faire face. Son visage arborait une expression si solennelle que Laren en fut effrayée.

— Laren, m'avez-vous caché d'autres secrets ?

Elle secoua la tête.

— Aucun, je vous le jure.

Il posa les mains sur ses épaules, puis les laissa glisser le long de ses bras. Laren sentit un frémissement lui parcourir la peau sous cette caresse inattendue, et quand les doigts d'Alex s'attardèrent sur ses brûlures, elle fut gênée par la laideur de ces cicatrices. Elle aurait voulu effacer toutes ces années de peine et de souffrance, redevenir la jeune fille innocente qu'elle avait été à leurs débuts.

Mais ce n'était pas possible, n'est-ce pas ? Elle avait définitivement changé. Comme lui.

Sans un mot, elle prit Alex par la main et le ramena dehors, sur la couverture. Quand ils se furent allongés de nouveau, elle se blottit contre lui et il l'attira plus près encore, refermant les bras autour d'elle. Laren sentit son cœur fondre de tendresse. C'était si bon, de se retrouver ainsi dans l'étreinte de son mari, qu'elle dut lutter contre un afflux de larmes inattendu.

Bien qu'Alex ne l'eût jamais quittée pour de bon, elle ne s'était pas rendu compte à quel point le contact de sa peau contre la sienne lui avait manqué. A quel point *il* lui avait manqué.

Et voilà que renaissait en elle un petit grain d'espoir : peut-être que, d'une façon ou d'une autre, ils allaient quand même réussir à ressusciter tout ce qu'ils avaient perdu.

Mars 1303

Incapable de dormir, Laren contemplait fixement le mur. Cela faisait deux mois que David était mort, mais sa peine ne s'était pas allégée. Elle avait enfoui son chagrin dans son cœur, cherchant refuge dans le travail du verre pour empêcher la douleur de la rendre folle.

Alex travaillait pour le clan pendant la journée, et les jours où elle n'était pas devant ses fours, il l'évitait. Même à présent, dans leur lit, il dormait à l'autre extrémité, lui tournant le dos.

Elle avait les mains à vif, la peau brûlée là où elle avait malencontreusement touché la canne en métal. C'était un accident dû à l'inattention et la douleur l'empêchait de dormir, mais cela lui était égal. Au moins, la souffrance physique l'empêchait de songer à son fils disparu.

Soudain, Alex tendit le bras dans l'obscurité, sa paume effleurant la sienne. Par pur réflexe, Laren retira sa main dans un sursaut, car le plus petit toucher était un supplice pour sa peau lésée.

Alex retira ses doigts et un terrible silence s'installa entre eux.

Il ne savait pas. Il avait essayé de la caresser et elle avait réagi comme si elle ne voulait pas de lui.

— Alex ? chuchota-t-elle dans le noir.

Mais aucune réponse ne lui parvint.

Chapitre 7

La nuit était déjà avancée quand Laren se leva pour s'occuper du verre. Elle craignait d'avoir laissé les fusions continuer trop longtemps, mais heureusement, elles semblaient encore malléables.

Tandis qu'Alex dormait, elle prit le tuyau chaud et le plongea dans le creuset contenant la substance incandescente verte. Lorsqu'elle eut obtenu une boule de verre fondu de la taille de son poing, elle commença à tourner la canne creuse. Puis elle souffla dans le tube, encore et encore, l'appuyant par intermittence contre sa joue.

La voix de son mari retentit derrière elle.

— Je pensais que vous alliez dormir.

Laren alla se placer devant la surface en marbre de la table et commença à rouler le verre, le façonnant en forme de cylindre.

— Je dormirai quand j'aurai achevé cette pièce, le rassura-t-elle.

Elle remit le verre dans le four par une ouverture spéciale, l'appuyant contre un support de métal tandis qu'elle le tournait. Lorsqu'il fut de nouveau brûlant, elle le modela, ajustant sa taille et s'assurant qu'il était partout d'épaisseur égale. Puis elle le refit chauffer. Ses mains tremblaient sur la fêle. Elle ne parvenait pas à faire taire en elle ces voix insistantes qui lui rappelaient combien elle en savait peu en réalité et le nombre d'erreurs qu'elle avait commises par le passé. Alex ne l'avait jamais vue à l'œuvre et sa présence la rendait anxieuse. Elle voulait qu'il voie la beauté de ce travail, qu'il comprenne pourquoi elle aimait tant cela.

Elle continua à tourner la fêle, regardant la pâte s'étendre et grandir. Et à un moment, dans la sphère dorée du feu, elle trouva le point d'équilibre. Elle avait soufflé du verre un millier de fois et c'était instinctif. Cette fois, il en serait de même.

— Pourquoi le remettez-vous sans cesse au feu ? s'étonna Alex.

— Il refroidit en moins d'une minute, expliqua Laren. Je dois le réchauffer, sinon je ne peux pas le façonner.

Lorsqu'elle eut obtenu la taille qu'elle désirait, elle s'assit sur son banc et posa la canne sur une longue table, avec le verre au bout. Puis elle prit ses pinces de fer pour imprimer une légère découpure dans le verre chaud, tout en continuant à le tourner.

— On dirait que vous fabriquez un gobelet, observa Alex.

— Pas tout à fait.

Laren rectifia le col de l'objet avant de préciser :

— Sans cette opération, je ne pourrais pas détacher le verre de la canne.

Et jetant un coup d'œil vers lui :

— Puisque vous avez renvoyé Ramsay, puis-je vous demander votre aide ?

— Je ne connais rien au travail du verre, Laren.

— Non, mais vous avez le bras fort. Prenez ce pontil là-bas et plongez-le dans le verre chaud, ordonna-t-elle en désignant du menton l'une des cannes qu'elle avait fait chauffer. Il m'en faut une petite quantité, à peu près de la taille d'un œuf de rouge-gorge.

Alex saisit l'extrémité du tube et le retira des flammes. L'autre bout était chauffé à blanc et il l'introduisit dans le creuset de verre en fusion.

— Tournez-le pendant que vous faites cela, lui intima Laren, puis portez-le sur la table de marbre, toujours sans cesser de tourner.

Alex obtempéra, se conformant ensuite à ses instructions pour modifier la forme du verre et presser son pontil à la surface du cylindre incandescent qu'avait préparé Laren. Avec les deux tuyaux à chaque bout, Laren façonna l'embouchure. Une légère tape sur la canne et le morceau de verre se sépara, tandis qu'Alex tenait le cylindre chaud avec le pontil.

Laren lui adressa un sourire soulagé et lui reprit le tube, continuant à travailler le verre. Et si Nairna avait raison ? Peut-être Alex ne la découragerait-il pas de poursuivre cette activité ? Laren s'accrocha à cet espoir tout en finissant son ouvrage, qu'elle plaça ensuite dans le plus petit four.

— Est-ce qu'il va fondre de nouveau ? s'enquit Alex.

Laren secoua la tête.

— La température de ce four-là est plus basse. Cela permet au verre de refroidir lentement et il sera plus solide ainsi. Dans un jour, j'en ferai une vitre plate. Alors je pourrai le découper en morceaux pour mes fenêtres.

Elle souleva un bout de verre qui avait la couleur des collines vertes.

— Voilà à quoi cela ressemblera quand ce sera fini.

— Montrez-moi d'autres pièces achevées, demanda Alex.

Il s'assit près du verre que Laren avait commencé à couper, pendant qu'elle allait chercher au fond de la grotte certains des vitraux enveloppés d'étoffe qu'elle avait façonnés ces dernières années.

Même si ces réalisations étaient assez bonnes, d'après elle, les vieilles craintes s'insinuèrent de nouveau en elle, sapant sa confiance. C'étaient là ses œuvres, sa vision des choses, ses couleurs, tout ce qu'elle avait fabriqué après la mort du père Nolan. Il se pouvait qu'Alex ne les aime pas et Laren ne voulait pas lire la déception sur son visage.

Elle déballa le premier vitrail, dévoilant une scène représentant un berger qui surveillait ses brebis sur un versant de colline. Elle avait dû tâtonner pour trouver les bonnes nuances de vert, et ses premières tentatives avec le plomb s'étaient révélées moins satisfaisantes qu'elle ne l'avait espéré.

Elle attendit qu'Alex parle, qu'il lui dise ce qu'il pensait de son travail. Il examina le verre, effleurant les lignes de plomb, mais il ne révéla rien de ses pensées.

— Puis-je voir les autres ?

Laren obéit, exposant un vitrail après l'autre. À chaque morceau de verre qu'elle lui montrait, elle avait l'impression de se mettre nue devant Alex. Elle attendait un commentaire, une appréciation sur ses créations.

Au lieu de cela, Alex se contentait de hocher la tête.

Laren en fut plus blessée qu'elle ne s'y attendait. Son découragement s'en accrut, mais elle cacha sa déception.

— Pouvez-vous laisser les feux à présent ?

Elle fit oui de la tête.

— Ramsay va bientôt revenir. Ils tiendront bien jusqu'à son retour.

— Parfait, murmura Alex.

Il lui tendit la main pour la conduire hors de la grotte. Dehors, il faisait encore sombre et ils n'avaient que les torches de Glen Arrin, au loin, pour les guider.

— Où allons-nous ? interrogea Laren.

— Je vous montrerai.

Ils prirent la direction de chez Ross, cependant Alex ne s'arrêta pas, dépassant toutes les chaumières pour se diriger vers les fondations de la nouvelle forteresse. À présent, le mur d'enceinte arrivait à hauteur des genoux de Laren. Mais ce qui la surprit, ce fut la surface intérieure du futur manoir. Ils avaient modifié la structure initiale, en repoussant considérablement les murs. Les hommes y avaient travaillé toute la journée. S'ils continuaient à ce rythme, les pierres qui restaient à poser seraient en place d'ici à la fin de la quinzaine.

Bien qu'il y eût déjà un nouveau portail, Alex enlaça la taille de Laren et la souleva pour lui faire franchir le mur. L'obscurité régnait à l'intérieur, mais à l'horizon, le ciel s'était éclairci pour laisser pointer l'aube.

— C'est plus grand que l'ancienne demeure, observa Laren. Pourquoi une telle superficie ?

— Nous allons reconstruire par étapes. Et ce ne sera pas un bâtiment en bois. Ce sera un vrai château.

Laren ne sut que répondre. Un château représenterait une cible bien visible pour les Anglais, les incitant peut-être à lancer une nouvelle attaque. Et avec tous ces troubles et ces raids, elle aurait parfois préféré gagner la forêt avec les siens pour qu'ils y vivent cachés, invisibles à tous les regards.

— Il faudra des années pour achever la construction, reprit Alex. Mais à la fin, cela vaudra la peine.

Laren s'assit sur le mur bas, les genoux ramenés vers la poitrine.

— C'est ce que vous désirez, n'est-ce pas ?

— Mon père en avait rêvé. Je bâtirai cela en mémoire de lui.

Il s'assit près d'elle, le dos tourné, afin qu'elle puisse s'appuyer contre lui.

Bien que la lumière ne fût encore qu'une très pâle lueur lavande, Laren distinguait le vaste chantier qui s'étalait devant elle.

C'étaient là les rêves d'Alex, ses désirs.

Elle pivota en dépliant les jambes, la joue contre le dos de son mari.

Au bout d'un instant, il tourna la tête vers elle.

— Vos vitraux sont superbes, fit-il d'un ton calme. J'ai vu la flamme et la beauté que vous avez su enfermer dans le verre.

Laren ne s'attendait pas à un tel compliment. Pourtant, le ton grave d'Alex l'inquiétait. Y avait-il autre chose qu'il ne disait pas ?

— Finissez cette commande, poursuivit-il, si c'est vraiment ce que vous désirez.

Son regard revint se poser sur les fondations du château.

— De mon côté, j'ai ici suffisamment de travail pour m'occuper.

Et bien qu'il lui ait accordé la liberté qu'elle souhaitait, Laren eut l'impression que la distance entre eux s'était encore creusée.

— Elle est de retour, annonça Bram d'un air sombre. Dieu nous vienne en aide !

Alex haussa les sourcils.

— Qui donc ?

La contrariété qu'il lut sur le visage de son frère lui fournit la réponse avant même que Bram n'ait prononcé un mot.

— Eh bien, notre mère !

Alex résista au réflexe de se signer. Ils venaient de connaître quelques semaines de paix, pendant que Grizel séjournait chez Kameron MacKinnon, seigneur de Locharr. En tant qu'allié, Lord Locharr leur était venu en aide à maintes occasions. Cet homme possédait plus de patience et de compréhension qu'aucune autre personne de sa connaissance, songea Alex, et le fait d'avoir accueilli Grizel dans sa maison élevait pour lui le baron au rang de saint.

Le retour de Grizel MacKinloch était synonyme de tracas.

— Où est-elle ?

— Elle attend près du portail avec ses chariots. Elle a déjà écouté les racontars de Ross au sujet du château. J'ai pensé qu'il valait mieux t'avertir.

Alex n'en attendait pas moins de sa mère, qui ne manquerait pas d'avoir son opinion sur la façon dont ils auraient dû éteindre l'incendie et sauver le manoir.

Il traversa la forteresse, s'arrêtant au passage pour prendre avec lui ses deux filles. Puis il alla accueillir sa mère, en tenant Adaira et Mairin par la main. La présence des fillettes, en distrayant son attention, empêcherait peut-être Grizel de se déchaîner sur les autres. Ses critiques acerbes et les querelles qui pouvaient en découler étaient bien la dernière chose dont il avait besoin à ce moment-là.

Grizel avait déjà mis pied à terre et Nairna s'avançait à son côté. À voir l'expression renfrognée de sa mère, Alex devina qu'elle préparait une scène.

— Eh bien, vous avez pris votre temps pour venir m'accueillir ! commença d'emblée Grizel.

Son regard tomba sur les deux petites.

— Et votre femme a encore disparu, je suppose ! ajouta-t-elle en fronçant le nez de dédain.

Conscient de la provocation, Alex serra les poings.

— Laren est occupée à une autre tâche, répliqua-t-il.

Il gratifia sa mère du rituel baiser de bienvenue, incitant ses filles à l'imiter. Grizel inspecta les enfants du regard, mais ne leur adressa pas la parole. Avec la permission d'Alex, Mairin et Adaira retournèrent près de Vanora, qui était en train de mélanger du mortier pour le travail du jour. Les deux sœurs se mirent à construire de minuscules tours avec des cailloux.

— Pourquoi êtes-vous ici, mère ? s'informa Alex.

— C'est ici chez moi, si je me souviens bien, lui rétorqua aigrement Grizel.

Elle lissa ses jupes et poursuivit son chemin, buvant du regard le spectacle des ruines.

— Lord Locharr m'a mise au courant de la situation et j'ai pensé que je ferais mieux de revenir vous aider.

En fait d'aide, Alex doutait que sa mère fît autre chose que critiquer, mais il garda cette opinion pour lui.

— Je constate que vous avez détruit tout ce que Tavin avait bâti, observa-t-elle en fronçant les sourcils.

— C'est l'œuvre des Anglais.

— Seulement parce que vous avez été assez stupide pour enlever cette Française à Lord Cairnross !

— C'était un sauvetage, corrigea Alex. Lady Marguerite nous a demandé asile et nous le lui avons accordé.

— Et vous voyez ce que cela vous a rapporté !

Grizel agita la main, montrant les réparations en cours.

— Et maintenant, vous perdez votre temps à construire des murs au lieu d'une bonne tour. Tavin n'aurait jamais été d'accord.

Alex ne gaspilla pas sa salive à argumenter. Sa mère adorait les conflits. Elle n'aimait rien tant que provoquer des joutes verbales.

— Je suis heureuse de vous voir de retour, Lady Grizel, interrompit Nairna, douce comme le miel. Voulez-vous faire quelques pas avec moi pour que nous discutions de la meilleure façon d'utiliser vos talents ?

Et sur ces mots, elle entraîna Grizel loin de lui.

Bénie soit Nairna ! Alex se fit mentalement la promesse de gratifier l'épouse de son frère d'un lé de soie, dès qu'il en aurait l'occasion. Si Nairna pouvait occuper Grizel, cela faciliterait le travail de reconstruction.

Pendant que Nairna s'éloignait avec sa belle-mère, Alex jeta un coup d'œil vers le loch. Il n'avait plus revu Laren depuis qu'elle avait regagné la grotte à l'aurore. S'était-elle seulement rappelé qu'il lui fallait manger ? Ou était-elle trop absorbée par le travail du verre ?

Alex n'avait jamais rien vu de tel. Regarder travailler Laren, c'était comme assister à une opération de magie, la transformation du sable en verre fondu. Lorsqu'elle avait commencé à tourner la canne, exhalant son souffle à l'intérieur du verre, toute trace de la personne discrète et timide qu'il connaissait avait soudain disparu. Elle avait révélé devant lui sa force intérieure, son pouvoir, sa confiance en ses propres capacités.

Alex ne se serait jamais douté qu'elle puisse être capable de tels exploits, et à présent, il se demandait qui était vraiment la femme qu'il avait épousée. Grâce à ses vitraux, Laren avait apporté au clan une manne sans précédent, des pièces d'argent qui les aideraient à reconstruire Glen Arrin jusqu'à la dernière pierre. Il en éprouvait de la gratitude à son égard, mais cela signifiait qu'elle allait devoir passer chaque jour de longues heures loin de tout le monde.

Alex se sentait déchiré entre son épouse et ses responsabilités de chef. Toute la journée, il travaillait avec les autres membres du clan, heure après heure, jusqu'à ce qu'il s'effondre le soir dans son lit, et il ne voyait aucun changement possible dans un proche avenir. Cette seule pensée l'accablait.

Si Laren, de son côté, œuvrait nuit et jour à fabriquer ses vitraux, arriveraient-ils même à se voir ? Comment raccommoder un mariage quand on ne passe jamais de temps ensemble ?

Alex souleva une pierre et la posa sur le mur que Callum avait enduit de mortier. Non loin de là, ses filles s'esclaffaient, jouant à empiler de petites pierres avant de les culbuter de nouveau. Alex les observa et leurs sourires lui réchauffèrent le cœur. Mairin n'avait que quatre ans, mais elle ressemblait déjà de plus en plus à Laren. Il la regarda faire la moue, calant ses pierres pour les entasser plus haut. Ses petits doigts s'activaient avec adresse.

Alex s'agenouilla auprès d'elle.

— Qu'est-ce que tu construis là, Mairin ?

— C'est un château, comme le vôtre, répondit la fillette.

Et jetant un œil plein de reproche à sa cadette :

— Mais les Anglais n'arrêtent pas de le démolir.

Adaira pouffa et infligea une poussée au tas de pierres, riant aux éclats de le voir s'écrouler.

— Encore ! exigea-t-elle.

Mairin fit les gros yeux mais n'en accéda pas moins à la requête de sa sœur.

— Tu es au courant pour le verre que fabrique ta maman ? s'enquit Alex.

Mairin plissa son petit nez.

— Oh ! oui, mais nous n'avons pas le droit d'entrer dans la grotte, à cause du feu.

Et avec un sourire timide :

— Mon préféré, c'est le verre bleu. Mais je dois être

une grande fille et tenir Adaira loin des fours, sinon elle pourrait se brûler. Ou se faire attraper par les sorcières.

Alex réprima un sourire.

— Tu as raison de veiller sur elle.

Il lui caressa les cheveux, l'attirant dans ses bras. Adaira s'approcha pour partager l'étreinte, en tendant vers lui ses petits bras. Alex les serra toutes les deux, acceptant leur tendresse comme un précieux cadeau.

— C'est joli, ce verre, n'est-ce pas ?

— Oui, acquiesça Alex. Absolument magique.

Il se rappela soudain les gouttelettes de verre qu'il avait offertes à Laren, tant d'années plus tôt. Les avait-elle conservées ? Il y avait si longtemps qu'il ne les avait vues ! Sans doute avaient-elles disparu.

Soudain, un son provenant de l'extérieur de la citadelle attira son attention. Il crut entendre approcher un cheval.

— Restez ici, enjoignit-il à ses filles.

Il se dirigea vers le premier mur de pierre, partiellement achevé. La main en visière pour se protéger du soleil, il regarda dans la direction du bruit.

Rien. Pas un seul mouvement nulle part. Mais il était sûr d'avoir perçu un claquement de sabots. S'il s'agissait de Dougal, ou d'un autre membre du clan, il se serait déjà signalé. Tous ses sens en alerte, Alex examina les alentours, cherchant à discerner la menace invisible.

— J'ai faim, Pa, déclara Mairin. On ne pourrait pas manger quelque chose ?

Alex lui prit la main.

— Nous allons chercher de la nourriture et l'apporter à votre mère.

Il n'aimait pas savoir Laren seule, même si son apprenti Ramsay se trouvait là-bas. La grotte avait beau être dissimulée à l'autre bout du loch, cela ne préservait pas son occupante d'une éventuelle attaque.

Mairin traversa la forteresse en courant vers la maison de Vanora, tandis qu'Alex lui emboîtait le pas en tenant par la main la petite Adaira, qui ne cessait de pépier gaiement. Lorsque l'aînée ressortit de la chaumière avec un sac de nourriture, Alex les prit toutes deux contre lui. Il portait son glaive attaché dans le dos et une dague à la ceinture, au cas où il lui faudrait défendre ses filles.

Il ne dit rien aux deux petites pour ne pas les effrayer, mais tout en marchant, il scrutait les environs, épiant un éventuel mouvement ou un son quelconque. Adaira l'arrêta plusieurs fois afin de contempler un oiseau sautillant sur une branche ou un poisson sautant hors de l'eau. Lorsqu'elle fut fatiguée, Alex la hissa sur sa hanche, les bras de l'enfant noués autour de son cou. En approchant de la grotte, il sentit flotter vers lui la fumée des feux de Laren.

Il prêta l'oreille, mais le martèlement de sabots ne se fit pas réentendre. Un instant, Alex se demanda s'il ne l'avait pas imaginé. Cependant il avait l'ouïe fine et il était habitué à distinguer les signes avant-coureurs d'un raid. Il pouvait s'agir d'un éclaireur ennemi envoyé pour évaluer leurs moyens de défense.

À moins qu'il ne se sentît troublé par le long silence des Anglais ? En effet il s'était attendu à une attaque bien plus tôt et cette longue accalmie commençait à le mettre mal à l'aise.

Comme le bruit, décidément, ne se reproduisait pas, il en conclut que son imagination avait dû lui jouer des tours.

Une fois qu'ils furent parvenus à l'entrée de la caverne, Alex posa Adaira à terre. Laren se trouvait seule à l'intérieur, en train de travailler avec un long tube. Alex constata avec surprise que le cylindre, cette fois, tournait vers l'extérieur, prenant la forme d'un disque. Avec des mouvements habiles, la jeune femme faisait tournoyer la canne jusqu'à obtenir une surface plate.

Les fillettes observaient leur mère, fascinées. C'était comme de voir une plaque de saphir prendre forme sous leurs yeux. Laren tourna le verre encore et encore, jusqu'à ce qu'il atteigne une dizaine de pouces de diamètre. Alors elle le transféra dans le four de recuit et se tourna vers eux, souriant à la vue des enfants.

— Je suis ravie de vous voir.

Elle embrassa les fillettes sur les joues, mais lorsqu'elle leva les yeux vers Alex, son expression se fit soudain contrainte.

— La construction se passe-t-elle bien ?

— Plutôt, oui, répondit Alex.

Il reprit Adaira sur sa hanche avant de poursuivre :

— Ma mère est revenue.

Laren ne réagit pas, bien qu'il sût parfaitement qu'elle n'appréciait guère Grizel.

— Dieu merci, Nairna a trouvé un moyen de l'occuper.

Laren se tourna vers un autre creuset pour vérifier la couleur de la fusion.

— Noyer des chatons, je suppose ?

— Grizel n'est tout de même pas aussi mauvaise, nuança Alex.

Laren arqua les sourcils.

— Pas envers vous, peut-être. Mais laissons ce sujet. Nous en reparlerons quand il n'y aura plus de petites oreilles pour nous écouter.

Mairin désigna un morceau de verre en forme de fleur

entrouverte, attaché à une corde suspendue au-dessus des fours. Alex ne l'avait pas remarqué la veille.

— Vous croyez qu'il y a des sorcières dedans ? s'enquit la petite fille. Maman dit que c'est un piège pour les capturer.

Laren haussa les épaules tandis qu'Alex lui lançait un regard interrogateur.

— En fait, cette amulette appartenait au père Nolan. Je la garde en mémoire de lui.

Son visage s'adoucit au souvenir du vieux prêtre, tandis qu'elle effleurait l'objet du bout des doigts.

— Maman, j'ai faim, intervint Mairin. Nous avons apporté de la nourriture pour vous.

— Quelle bonne idée, s'exclama Laren, visiblement reconnaissante. Je n'ai pas eu le temps de manger.

Lorsqu'ils se furent assis et eurent ouvert le sac apporté par Mairin, Alex commença à passer à la ronde les aliments choisis par sa fille et ne put dissimuler sa déception. Mairin avait jeté son dévolu sur un pot de miel, des gâteaux à l'avoine et tous autres genres de desserts qu'elle avait pu trouver chez Ross.

— C'est Vanora qui a emballé cela ? s'étonna Laren.

Mairin secoua la tête.

— Non, c'est moi. J'ai pris ce que je préférais.

Alex échangea un regard avec sa femme et vit pétiller une lueur amusée dans ses yeux. Au temps pour lui ! Jamais il n'aurait dû laisser Mairin choisir leur repas.

Adaira saisit un gâteau dans sa menotte et trottina vers lui pour se percher sur son genou. Il aida la petite fille à casser son biscuit.

— Cela fait longtemps que nous n'avons pas pris le repas de midi en famille, observa Laren, tandis qu'ils mangeaient leur collation.

Alex se demanda si Laren lui adressait là un compliment ou une critique.

— Je ne peux pas m'attarder trop longtemps, la prévint-il.

Il restait tant de travail à accomplir ! Son absence ne manquerait pas d'être remarquée. Mais pouvait-il laisser Laren seule de nouveau ? Cela l'ennuyait de n'être pas parvenu à localiser la source du bruit insolite et il avait du mal à balayer ses soupçons. Il ne voulait surtout pas que sa femme demeure sans protection pendant qu'un ennemi rôdait dans les parages.

Alex allait reposer Adaira par terre, quand il sentit soudain quelque chose de chaud et d'humide couler sur sa tunique. Tout en grimaçant, il déposa l'enfant sur le sable. Laren comprit aussitôt ce qui s'était passé et un sourire amusé voleta sur ses lèvres, alors qu'elle grondait sa fille pour l'accident.

— Attendez ici toutes les deux pendant que je m'occupe de votre père, ordonna-t-elle.

Alex grimaça de nouveau, tandis qu'elle lui ôtait sa tunique. Heureusement, il s'était aperçu de l'incident avant qu'Adaira ne mouille aussi ses braies.

Laren prit le vêtement souillé et alla le tremper dans le loch, en le frottant avec du sable.

— Ce sera bientôt sec, affirma-t-elle.

Pendant qu'elle lavait la tunique, Laren se tourna vers Alex et le vit puiser de l'eau dans ses mains pour s'asperger le torse. Des gouttes ruisselaient sur les muscles durs de son mari et elle se surprit à le contempler. Il s'ébrouait, frissonnant sous la fraîcheur de l'eau, et elle suivit des yeux, fascinée, le trajet des ruisselets sur sa peau nue.

Alex s'aperçut qu'elle l'observait. Plongeant ses yeux sombres dans les siens, il l'enveloppa d'un long regard, qui s'attarda ensuite sur sa poitrine et ses hanches. Incapable de s'en empêcher, Laren tendit la main vers lui et effleura sa peau froide, essuyant une gouttelette du bout des doigts.

Alex lui saisit le poignet au vol et le retint contre lui.

— Ce soir, quand les filles seront endormies, rejoignez-moi ici, murmura-t-il.

Pressant les doigts de Laren contre son torse, il guida sa main jusqu'à sa taille. Il avait la peau glacée après ses ablutions. Laren se serra contre lui pour le réchauffer tandis qu'il lui enserrait le visage, appuyant son front sur le sien.

Ce n'était qu'un geste tendre, mais elle respira soudain plus vite et se rapprocha instinctivement de lui. Alex la contemplait sans dissimuler son désir et elle se demanda quand il la reprendrait dans son lit. La veille, c'était à cela qu'elle s'attendait et il l'avait surprise en gardant ses distances.

Doucement, il caressa le contour de sa joue et Laren haussa sa bouche vers lui, réclamant le baiser qu'il ne lui avait pas donné pendant la nuit.

Au premier contact de ses lèvres, Alex s'ouvrit à elle, sa bouche ferme cherchant la sienne. Elle avait oublié cela, la façon dont il lui faisait palpiter le cœur. Pour l'instant, ce n'était rien d'autre qu'un baiser doux et tendre, mais Laren voulait davantage de lui. Elle voulait se perdre dans ses bras, le laisser exorciser tous les démons de leur passé.

Alex s'écarta, laissant ses mains s'attarder un instant autour de la taille de Laren.

— Ce soir, répéta-t-il.

Laren hocha la tête, si troublée qu'elle faillit trébucher

lorsqu'il la lâcha. *Quelle sotte tu fais, vraiment !* songea-t-elle. Après toutes ces années, voilà qu'il avait encore le pouvoir de la faire défaillir !

— Vous vous débrouillerez avec les filles, ou faut-il que je les remmène avec moi ? s'enquit Alex.

— Elles peuvent rester. Ramsay va bientôt arriver et il s'occupera des feux.

Alex endossa sa tunique mouillée qu'il ajusta d'un mouvement d'épaules, semblant ignorer l'inconfort de l'étoffe humide sur sa peau. Puis il prit la direction de la forteresse, sans repasser par la caverne. Bien que le froid fût mordant, il n'en montrait rien extérieurement et marchait d'un pas vif.

Laren retrouva ses filles jouant dans le sable, près de l'entrée de la grotte. Tout en s'affairant pour fabriquer d'autres plaques de verre coloré, elle songea à Alex, à sa solitude de laird. Il travaillait sans relâche au nouveau bâtiment et cela pesait sur son humeur. Mais jamais il ne lui confiait ses soucis. Il gardait ses pensées enfermées en lui, craignant peut-être qu'elles ne révèlent une faiblesse qu'il ne souhaitait pas montrer.

Reposant son coupe-verre, Laren tourna les yeux vers le ciel d'après-midi. Un crachin froid s'était mis à tomber et les petites s'étaient glissées dans la grotte pour s'abriter. Il commençait à faire sombre et elle devait les ramener à la maison avant la tombée de la nuit.

— Venez, les filles.

Elle souleva Adaira dans ses bras et l'enveloppa dans un pan de sa cape, usant de l'autre pan pour protéger Mairin de la pluie.

Comme elles se dépêchaient de rentrer, Laren jeta

instinctivement un coup d'œil derrière elle et aperçut au loin un homme encagoulé monté sur un cheval. Son pouls s'accéléra, car le cavalier sortait des bois qui s'étendaient près du loch, pas très loin de la tombe de son fils.

Qui était-il ? Et que cherchait-il là ? À en juger par ses habits, il appartenait à un autre clan. Était-ce un messager ou un ennemi ?

Laren hâta le pas en direction de la forteresse, mais l'étranger ne fit pas mine de la suivre. Il semblait simplement l'observer et elle se demanda pourquoi.

Elle ne respira un peu mieux qu'une fois en sécurité à l'intérieur de Glen Arrin. Il pleuvait très fort à présent et la plupart des hommes avaient abandonné le travail pour la journée, cherchant refuge à l'intérieur des huttes.

Laren ramena les filles chez Vanora, qui les accueillit avec empressement, s'affairant autour de leurs vêtements mouillés. Alex parlait avec Ross, et dans un coin, sa mère Grizel se tenait assise, ses cheveux bruns tirés en arrière, un pli amer aux lèvres. Elle portait une robe immaculée et un châle de laine pour se protéger du froid.

— Venez embrasser votre *seanmhair*, ordonna-t-elle aux fillettes.

Les deux petites regardèrent Laren, qui n'eut pas d'autre choix que d'acquiescer d'un hochement de tête. Les filles n'aimaient guère Grizel. *Pourvu que Mairin sache tenir sa langue !* songea Laren.

Après que ses filles eurent salué leur grand-mère, Laren s'avança à son tour pour lui donner un baiser de bienvenue, mais Grizel détourna la tête.

— J'ai dit *les enfants*, pas vous.

Avec une moue réprobatrice, elle désigna d'un geste l'extérieur de la chaumière.

— D'où venez-vous ? Je vois que vous négligez de nouveau votre foyer et votre famille.

— Et moi, je vois que vous êtes toujours aussi agréable !

Laren s'abstenait généralement de se chamailler avec Grizel, mais il y avait des moments où sa patience était à bout.

— Si vous assumiez vos responsabilités ne serait-ce que la moitié du temps, vous feriez une meilleure épouse pour Alex, reprit sa belle-mère avec acrimonie. Je ne comprendrai jamais pourquoi il vous a épousée.

Alex interrompit sa conversation avec Ross.

— Cela suffit, mère. Si vous n'avez rien d'autre que des insultes à nous offrir, vous pouvez retourner à Locharr.

— Je n'en ferai rien ! Je suis ici chez moi et j'y resterai.

Laren se mit à vaquer à ses occupations aussi loin que possible de Grizel, mais elle avait beau faire, elle sentait déjà la tension monter en elle. Les filles boudaient leur nourriture et Adaira se mit à pleurnicher. Laren la prit dans ses bras et lui caressa les cheveux.

— Chut, ma chérie ! Tu as sommeil, voilà tout.

Elle continua à proférer des mots de réconfort, ignorant le soliloque de Grizel, qui affirmait que ses fils à elle n'avaient jamais fait un seul caprice de leur vie.

Laren essayait de ne pas en tenir compte, mais plus Grizel persistait dans ses récriminations, plus elle ressentait le besoin de s'échapper pour oublier sa présence. Lorsque les filles furent enfin endormies, elle sortit de la chaumière sans se soucier du mauvais temps. Elle entendit des pas derrière elle et constata qu'Alex la suivait, mais elle ne s'arrêta pas et pataugea dans la boue jusqu'au mur d'enceinte. Les mains appuyées sur la muraille, elle contempla les fondations détruites de ce lieu où ils avaient jadis vécu.

— Je n'en pouvais plus, avoua-t-elle à son mari.

— Elle a toujours été ainsi. Rien de ce que vous dites ne trouve grâce à ses yeux.

Laren se retourna pour lui faire face. La pluie tombait à verse sur eux, mais elle préférait geler dehors que d'endurer la compagnie de Grizel un seul instant de plus.

— Dites-moi que nous n'aurons pas à vivre longtemps sous le même toit qu'elle !

Alex vint s'asseoir près d'elle et drapa un pan de sa cape autour d'elle pour la protéger de la pluie.

— Nous finirons aussi vite que possible, je vous le promets.

— Voilà ce que j'avais besoin d'entendre !

Elle frissonna sous le précaire abri de laine.

— Alex, j'ai aperçu un cavalier étranger près de la tombe de David.

Il lui passa un bras autour des épaules, comme pour la préserver d'un éventuel danger.

— Quand ?

— Tout à l'heure, alors que je revenais de la grotte avec les filles.

Alex se leva, laissant retomber sa cape, et il prit Laren par la main, la ramenant vers le mur bas qui s'élevait au-dessus de la forteresse.

— Il portait un capuchon. Je n'ai pas pu voir son visage, mais j'ai eu l'impression que c'était un membre d'un autre clan, pas un soldat anglais.

Alex fronça les sourcils.

— Cela ne signifie rien. Harkirk peut avoir recruté un Écossais pour nous surveiller.

Laren sentait la tension qui l'habitait, la vigilance d'un homme prêt à tout pour les protéger, elle et ses filles, ainsi que tout le reste de son clan.

— Retournez chez Vanora, lui intima-t-il. Bram et moi allons fouiller la forêt. S'il est encore là, nous le débusquerons.

Chapitre 8

La nuit était déjà tombée mais ni Alex ni ses frères n'étaient encore de retour. Laren ne cessait de fixer la porte des yeux, espérant à tout moment voir entrer son mari. Comme les heures s'écoulaient, elle repensa au rendez-vous que lui avait fixé Alex à la caverne. Après l'apparition de l'étranger, nul doute qu'il préférait qu'elle reste à l'abri chez leurs amis.

Ramsay !

Cette pensée la frappa soudain, venue de nulle part. Son apprenti avait dû se rendre à la caverne pour s'occuper des fours. Il devait se trouver tout seul là-bas, ignorant la menace.

Il fallait qu'elle lui fasse parvenir un message, afin qu'il revienne se mettre en sécurité dans la forteresse ! Mais qui envoyer à la grotte ? Alex avait emmené Bram et Callum avec lui et Laren ne savait pas où se trouvait Dougal.

— Cette maison est trop froide pour mes vieux os, se plaignit Grizel. Le feu n'est pas assez vif et vous devriez boucher les trous dans les murs, on sent des courants d'air.

— Le feu est aussi fort que possible, objecta Vanora. Asseyez-vous plus près du foyer, si vous avez froid.

— Si je me rapproche encore, je vais m'enflammer, protesta Grizel.

À en juger par le regard amusé que Vanora jeta à son mari, cette perspective n'était pas pour lui déplaire. Ross semblait lui aussi excédé par les jérémiades de Grizel. Laren songea soudain qu'il serait sans doute soulagé de quitter la maison au moins pour quelques instants. Si quelqu'un pouvait ramener Ramsay, c'était lui !

Elle décrocha sa cape et fit signe à son hôte.

— Puis-je vous parler un instant ?

Visiblement ravi de la diversion, Ross saisit son propre manteau.

— Quel est le problème ? s'enquit-il lorsqu'ils furent tous deux dehors.

Ross était déjà au courant pour le cavalier que Laren avait aperçu à l'autre extrémité du loch, mais il ignorait qu'elle fabriquait du verre. Aussi choisit-elle ses mots avec prudence.

— Ramsay MacKinloch se trouve dans la grotte du père Nolan, de l'autre côté du loch. Il ne sait pas qu'un étranger rôde alentour. Pouvez-vous m'accompagner là-bas et m'aider à le ramener à Glen Arrin ?

Ross secoua la tête.

— Alex a donné des instructions précises. Il ne veut pas que vous quittiez ma maison un seul instant.

— Je sais. Mais Ramsay n'a que onze ans. Il faut que quelqu'un veille sur lui.

— Onze ans ? En ce cas, il est assez âgé pour se débrouiller seul.

Laren posa une main sur son bras.

— S'il vous plaît, Ross. Je me fais du souci pour ce garçon. De plus, il m'attend pour la…

Elle hésita avant de corriger :

— Il attend que je lui apporte son repas. Son père oublie souvent de le nourrir.

Ross parut réticent, mais il finit tout de même par s'emparer d'un flambeau fiché dans l'une des torchères de la forteresse.

— Venez avec moi jusqu'à la rive et montrez-moi où se situe la grotte, intima-t-il à Laren. Ensuite, jurez-moi de retourner près de vos filles.

— Je vous le promets.

Tous deux franchirent le portail d'un pas précautionneux. La nuit était si noire que Laren ne distinguait quasiment rien hors du cercle lumineux de la torche.

— Contournez le loch en restant sur la berge, puis parcourez un quart de lieue environ, en laissant les arbres à votre droite. Ramsay… Il allume toujours un feu pour se réchauffer. Vous sentirez l'odeur de la fumée.

Ross lui tourna le dos, levant sa torche pour éclairer devant lui.

— Très bien. Je vais chercher le gamin et je vous le ramène.

— Merci, murmura Laren.

Elle attendit un moment, regardant s'éloigner Ross pour être sûre qu'il prenait la bonne direction. Sa cape n'était pas assez chaude et elle en resserra les pans, tandis qu'elle pivotait enfin sur ses talons pour rentrer, guidée par la faible lueur des flambeaux de la citadelle.

Soudain, Laren entendit craquer le sol gelé derrière elle. Un frisson la parcourut et elle sut d'instinct qu'il y avait quelqu'un. Elle n'avait pas emporté d'arme et le portail se trouvait encore loin. L'espace d'un instant, elle se figea sur place, espérant que l'intrus ne pourrait pas la repérer dans le noir. Retenant sa respiration, elle pesa le pour et le contre. Rester là sans bouger ou tenter de regagner la forteresse ?

Elle entendit les pas se rapprocher et se mit à courir de toute la vitesse de ses jambes. Une main saisit sa cape, la tirant en arrière d'une secousse. Laren perdit l'équilibre et poussa un hurlement au moment où une cagoule l'aveuglait. Une obscurité étouffante l'enveloppa. Elle voulut crier de nouveau, mais une main se plaqua sur sa bouche et son nez.

Oh ! mon Dieu, pas ça ! supplia-t-elle intérieurement.

Elle essaya de se libérer, luttant de toutes ses forces contre son agresseur. Mais des bras puissants la maintenaient et elle manquait d'air, ne parvenant plus à respirer. Ses oreilles bourdonnaient. Un vertige s'empara d'elle et elle sentit faiblir ses genoux.

Laren ignorait qui était cet homme et ce qu'il lui voulait, mais elle n'allait pas le laisser faire sans se battre. Laissant son corps s'affaisser sur le sol, elle resta immobile, feignant d'être évanouie dans l'espoir que son assaillant relâcherait suffisamment son étreinte pour qu'elle puisse s'échapper.

L'espace d'un instant, elle sentit se desserrer l'étau qui lui comprimait la gorge.

— Alex ! hurla-t-elle aussi fort qu'elle put.

Un poing s'abattit sur sa joue. La tête vacillante, Laren vit exploser une gerbe d'étoiles sous ses paupières.

Soudain, les mains la relâchèrent. Elle entendit les voix de Ross et d'Alex, qui se ruaient à l'assaut dans un cliquetis d'épées. Laren demeurait accroupie sans rien voir. Elle tâtonna pour ôter la cagoule, et lorsqu'elle distingua enfin la lueur de la torche de Ross, son agresseur avait décampé.

La voix de Bram résonna non loin d'elle.

— Reste avec Laren, Alex. Nous allons le retrouver !

Ross et lui disparurent dans les bois. Laren pressa ses mains sur la terre, luttant pour retrouver son souffle.

Alex l'aida à se relever et la serra dans ses bras. Elle tremblait si violemment qu'elle avait l'impression de ne plus pouvoir s'arrêter.

— Je… Je suis désolée, bredouilla-t-elle. Je n'avais pas l'intention de m'éloigner, je voulais seulement que Ross aille avertir Ramsay.

Alex se contenta de l'étreindre plus étroitement en lui caressant les cheveux et en lui chuchotant des paroles de réconfort.

— Venez. Je vous ramène à la maison.

— Pas tout de suite, supplia Laren. Accompagnez-moi à la caverne. Je veux être sûre que Ramsay soit en sécurité.

Alex ne répondit pas et elle crut qu'il allait ignorer sa requête en la reconduisant malgré elle chez Ross. Il lui prit la main et l'entraîna vers la forteresse, mais au portail, elle eut la surprise de le voir décrocher une torche et revenir sur ses pas.

— C'est important pour vous, non ? fit-il en réponse à son regard interrogateur.

Laren acquiesça de la tête, surprise qu'Alex ait pris sa demande en considération. Pendant tout le trajet, elle se serra contre lui, tandis qu'il gardait un bras passé autour de sa taille. À chaque pas, elle puisait force et réconfort dans sa présence.

Jamais elle n'avait éprouvé un tel effroi. Avoir failli se faire enlever ! Elle n'ignorait pas ce qui arrivait aux prisonniers capturés par les Anglais. Bram en était revenu balafré et Callum n'avait pas prononcé un mot depuis son évasion. En tant que femme, on se serait servi d'elle avant de la rejeter. Un nouvel accès de terreur la submergea à cette pensée et elle se serra un peu plus contre son mari.

— Pensez-vous qu'il était envoyé par Harkirk ?

— Sans aucun doute. S'il vous avait capturée, il savait que je n'aurais reculé devant rien pour vous délivrer.

La rudesse qui résonnait dans la voix de son mari fit trembler Laren.

En atteignant la grotte du père Nolan, ils virent que le feu n'était plus que braises. Pas la moindre trace de Ramsay. Alex conduisit Laren vers la maigre source de chaleur et lui posa les mains sur les épaules.

— Vous m'aviez bien dit qu'il serait là ?

Elle hocha la tête.

— Oui, oui, il devait venir.

Que s'était-il passé ? Ramsay n'avait-il pas tenu sa promesse, ou lui était-il arrivé quelque chose ?

Alex ajouta du bois sur le feu et des étincelles montèrent vers le plafond de la grotte, pareilles à des lucioles dans le noir.

— Merci, chuchota Laren. De m'avoir sauvée…

Le regard d'Alex demeurait impassible, ne révélant rien de ses sentiments. Laren ignorait ce qu'il pensait en cet instant. Tout ce qu'elle savait, c'était qu'elle mourait d'envie de se blottir dans ses bras pour y goûter le réconfort d'être en sécurité et d'avoir échappé à son agresseur.

Alex l'attira contre lui et posa son front contre le sien.

— Je tuerai quiconque s'en prendra à vous.

Laren posa les mains sur son torse et sentit sous ses doigts le battement effréné du cœur de son mari. Tant de chaleur rayonnait de lui ! Elle ne souhaitait plus qu'une chose — oublier ce qui venait de lui arriver. Le souffle court, elle se pressa contre lui, mais Alex n'esquissa aucun geste pour la toucher.

— Hier soir, vous m'avez donné des cailloux pour me rappeler nos premiers temps, murmura-t-elle.

L'expression d'Alex resta neutre, mais il hocha la

tête. Laren appuya la joue contre sa robuste poitrine, les battements de son propre cœur faisant écho aux siens. Elle voulait qu'il lui fasse oublier sa peur, qu'il l'efface de son esprit. Il s'était élancé à son secours, la sauvant de la captivité, mais elle attendait davantage de lui qu'une simple étreinte. Ce qu'elle souhaitait en cet instant, c'était l'intimité physique qu'ils avaient autrefois partagée, lorsqu'il l'attirait sous lui, la jetant dans la frénésie insensée du désir. En cette nuit, si elle osait s'offrir à lui, la repousserait-il ?

— Nous devrions rentrer, fit calmement Alex. Vanora va se demander ce qui nous est arrivé et il faut que je sache si Ross et Bram ont retrouvé l'intrus.

Laren sentit son cœur se serrer, même si elle savait que son mari avait raison. Ce n'était pas le moment ni l'endroit pour faire l'amour. Mais elle avait tant besoin de lui, là, tout de suite, pour la rassurer, lui confirmer qu'elle ne risquait plus rien. Son corps se consumait de désir pour lui, une langueur s'emparait de sa chair qui ne demandait qu'à se donner, à s'ouvrir.

Et il le sentit.

— Laren ?

Elle n'avait pas de mots pour exprimer cela. Pour savoir s'il la désirait aussi farouchement qu'elle avait envie de lui, il n'existait qu'un moyen…

Alex regarda Laren se dépouiller de sa cape, ses grands yeux bleus plongés dans les siens comme si elle tentait désespérément de lui dire quelque chose mais craignait de parler.

Elle s'approcha de lui, ses lèvres cherchant les siennes. Il l'embrassa, tandis que la tension montait en lui. Rien n'aurait pu le secouer davantage que de voir cet étranger essayer de lui voler sa femme. Il n'avait pas vu le visage de l'assaillant, mais il avait entendu les cris de Laren. À peine conscient de ses actes, il avait dégainé son épée pour tuer l'homme qui s'en était pris à elle. L'image de Laren gisant sur le sol, recroquevillée de douleur, ne s'effacerait jamais de sa mémoire.

Même maintenant, elle avait encore la joue rouge à l'endroit où cette brute l'avait frappée. Alex effleura l'ecchymose du bout des doigts, regrettant de ne pouvoir l'effacer. Il luttait contre le désir qui montait en lui, le désir de la prendre et de la faire sienne. Ses douces lèvres incitatrices le tentaient, menaçant de lui faire perdre tout contrôle sur lui-même, et quand la main de sa femme se posa sur les aiguillettes de ses braies, son corps réagit aussitôt, avec une énergie primitive et farouche.

Elle prit son sexe dans sa main, palpant son érection de ses longs doigts déliés.

Seigneur, il n'était pas sûr de pouvoir résister à cela ! Il avait eu l'intention de la courtiser en prenant son temps, de reconstruire peu à peu leur mariage afin qu'elle apprenne à lui faire de nouveau confiance. Mais sa virilité se gonflait de désir et ses mains tremblaient sous l'effort de maîtrise qu'il imposait à son corps.

— Prenez-moi, implora Laren. Faites-moi oublier ce qui vient de se passer.

Déjà, elle soulevait sa jupe. Et lorsqu'elle leva une cuisse pour la poser sur sa hanche, Alex sentit toute pensée rationnelle l'abandonner.

Cela faisait trop longtemps. Trop de mois avaient passé depuis la dernière fois qu'ils avaient partagé une réelle intimité, et les rares nuits où ils avaient fait l'amour, cela avait été sans ardeur ni passion. Rien à voir avec la façon frénétique dont Laren s'agrippait à lui en cet instant, la bouche sur la sienne, sa langue cherchant celle d'Alex pour s'enlacer à elle.

Il la poussa vers la paroi de la caverne, pressant ses épaules contre la pierre. D'abord, il essaya d'adoucir le baiser, de le ralentir, mais quand la main de Laren se referma sur son sexe pour le guider en elle, la sensation de sa chaleur humide le submergea et il oublia tout.

La respiration haletante, Laren tenta de se hisser jusqu'à lui, luttant pour pallier leur différence de taille. Alex la souleva afin qu'elle puisse croiser les jambes autour de ses hanches. Puis elle s'inclina vers lui pour l'embrasser et il ne contrôla plus rien. Il s'abandonna tout entier à la pulsion de l'instant, la pénétrant encore et encore, emporté par le rythme affolé d'un besoin qu'il ne maîtrisait plus. La respiration de Laren s'accélérait. D'une main, il lui caressa un sein, taquinant le mamelon durci, tandis qu'il la soulevait de l'autre main pour s'enfoncer plus profondément en elle.

Il sentit Laren fondre, et les muscles de son sexe palpiter pour mieux le tenir serré en elle. Il ne lutta plus contre les sensations enivrantes qui déferlaient en lui. Excité par les cris de Laren, il accéléra le mouvement, la martelant de toutes ses forces jusqu'au moment où elle s'affaissa contre lui dans les derniers soubresauts de l'orgasme. Son propre plaisir atteignait son paroxysme, et il jouit presque aussitôt en elle, le corps ruisselant de sueur.

Pendant quelques instants, il la maintint contre le mur, enserrant ses fesses nues dans ses paumes.

Aucun des deux ne prononça un mot. Elle avait eu envie de lui, il avait accepté cette offrande, mais ne savait que lui dire. Enfin, il la laissa glisser sur le sol, rajustant sa robe et ses propres braies.

Ce qui venait de se passer le remplissait de confusion.

Lorsqu'ils atteignirent Glen Arrin, le vieux Walter, posté devant sa maison, leur fit signe d'approcher. Le vieil homme hébergeait Callum, Dougal et quelques autres depuis qu'ils avaient perdu leurs maisons.

— Qu'y a-t-il ? s'enquit Laren.

Le visage de Walter semblait soucieux.

— J'ai trouvé Ramsay dehors. Le gamin m'a demandé de vous dire qu'il s'excusait de n'avoir pas pu venir.

— Il est avec vous ?

Walter acquiesça et Laren se sentit soulagée de savoir que Ramsay ne se trouvait pas chez lui avec son père.

— Est-ce qu'il va bien ?

— Ses yeux sont si gonflés qu'il peut à peine les ouvrir. Son père l'a battu. J'ai trouvé le gamin au bord du loch, en train de s'appliquer de la glace sur les paupières. Il m'a parlé d'un feu qu'il fallait entretenir et m'a demandé de vous avertir.

Le vieil homme secoua la tête en soupirant.

— Je l'ai ramené ici et l'ai envoyé au lit.

— Il ne faut pas qu'il retourne chez son père, s'écria Laren avec véhémence. Alex, promettez-le-moi ! Il a été suffisamment battu.

Alex l'écoutait, mais avait une expression sévère sur le visage. Ce n'était guère le bon moment pour lui demander cela, songea Laren, préoccupé comme il l'était par l'attaque qui venait de se produire. Mais qui protégerait son apprenti sans cela ? Ramsay n'était pas de taille à se défendre contre un adulte.

— Le gosse peut rester avec moi, proposa Walter. Il ne prendra pas beaucoup de place.

— Pour le moment, agréa Alex. Je parlerai au père de Ramsay, Laren. Mais avant cela, nous devons retrouver l'homme qui vous a attaquée.

Ils prirent congé de Walter et tandis qu'Alex escortait Laren, ils virent approcher Bram et Ross.

— Il a disparu, annonça Bram. Il nous faudra continuer les recherches demain matin.

— Un vrai fantôme, commenta Ross. Disparu sans laisser de traces !

— Oh ! ce n'est pas un fantôme, intervint Laren, frissonnant au souvenir des mains puissantes de son agresseur.

Alex l'attira contre son flanc, et, après avoir promis de recommencer les recherches le lendemain, Ross et Bram regagnèrent leurs maisons respectives.

Gênée par le regard d'Alex, Laren rougit en se rappelant la façon dont elle s'était jetée à sa tête quelques instants plus tôt. Elle ne savait pas ce qui lui avait pris, mais elle ne regrettait pas son initiative. Grâce à cela, elle s'était sentie vivante de nouveau et elle était heureuse d'avoir séduit son mari.

Mais ce qu'elle lut dans les yeux d'Alex laissait présager de nouveaux ennuis.

— Je ne veux pas que vous retourniez à la grotte, déclara-t-il. Pas après ce qui s'est passé ce soir.

Laren fronça les sourcils sans comprendre.

— Il faut que je termine la commande, Alex. Je dois retourner aux fours car je ne peux pas fabriquer le verre ici.

Il la serra contre lui.

— Au diable la commande ! Ce soir, vous avez failli être enlevée. Un peu plus et je vous perdais, tout cela parce que vous vous êtes éloignée de la forteresse !

— Je ne serai pas seule, plaida-t-elle. Ramsay sera avec moi et...

— Vous n'y retournerez pas, répéta Alex. Nous

n'avons pas besoin d'argent. Votre vie est plus importante que le verre.

Jamais Laren ne l'avait vu ainsi, aussi obstiné, et cela la surprit. Elle voulut parler de nouveau, mais il lui coupa la parole.

— Je ne vous laisserai plus seule. Vous resterez ici à Glen Arrin et vous organiserez le travail des femmes avec Nairna. Il y a des tâches dont vous pouvez vous charger toutes les deux. Au moins, vous serez en sécurité.

Laren se figea, saisissant soudain l'implication de ces paroles.

— Si je comprends bien, vous me demandez d'abandonner le travail du verre.

Il lui enlaça la nuque d'une main douce mais ferme.

— Non, je ne *demande* pas. J'exige.

Envolé, le mari passionné ! À la place, se dressait le chef de clan à la volonté inflexible. Il était parfaitement sérieux en lui donnant cet ordre.

— Je prendrai Callum comme garde, argua-t-elle. Je ne travaillerai pas seule.

— Vous n'en ferez rien. Ce serait risqué pour vous de vous éloigner de Glen Arrin.

Alex lui saisit la main et voulut l'entraîner vers la maison de Ross. Mais Laren refusa de faire un pas de plus.

— Non, Alex. Je ne veux pas devenir l'ombre de Nairna. On m'a confié un travail que j'ai promis d'exécuter.

— Avez-vous la moindre idée de ce qui vous serait arrivé, si cet homme avait réussi à vous prendre en otage ?

— Oui, chuchota-t-elle. Je sais ce qu'ils m'auraient fait.

— Et vous croyez que je laisserai un homme vous

toucher de cette façon-là ? Je me moque de ce que ce verre signifie pour vous. Vous n'avez qu'à laisser tomber.

Laren se sentit déchirée par ces paroles. En apportant tout cet argent au clan, elle avait pensé qu'Alex la respecterait pour son savoir, qu'il l'encouragerait dans son travail et qu'il serait fier de la façon dont elle les enrichissait.

Toute sa vie, on l'avait traitée comme le mendiant qu'était son père. Elle n'avait jamais possédé le moindre amour-propre, habituée à ce que tout le monde la méprise. Et maintenant qu'elle venait enfin de prouver qu'il y avait autre chose en elle et qu'elle pouvait être une femme digne d'intérêt, voilà qu'il lui ordonnait de *laisser tomber*.

La colère qui avait longtemps dormi au tréfonds d'elle-même remonta à la surface et explosa soudain.

— Je ne peux pas abandonner mes vitraux, pas plus que vous ne pouvez cesser d'être laird. Ne me demandez pas d'oublier ce que je suis !

Elle pleurait à présent, mais Alex ne s'attendrit pas. Bien au contraire, sa détermination ne fit que croître.

— C'est pourtant ce que vous allez devoir faire, répliqua-t-il.

Il lui reprit la main pour la ramener chez Vanora. Leur hôtesse et Grizel les assaillirent de questions, élevant la voix tandis qu'elles discutaient et s'exclamaient sur ce qui venait d'arriver, mais Laren ne prononça pas un seul mot. Elle alla s'étendre près de ses filles, aussi loin d'Alex que possible.

Le lendemain, Laren ne lui adressa pas la parole de toute la journée. Alex avait envoyé d'autres hommes à la recherche de l'intrus, mais ils ne découvrirent que des traces de sang. Quant aux empreintes du cheval, elles disparaissaient près du ruisseau. Il n'existait aucun moyen de savoir où l'homme s'en était allé ni s'il reviendrait. Alex se réjouissait d'avoir au moins réussi à le blesser.

Il essaya de continuer son travail sur le mur extérieur, mais ses pensées revenaient sans cesse à Laren. Elle l'avait évité ce matin-là et il sentait le ressentiment couver en elle. Il tâcha de ne pas s'en soucier. D'accord, elle était furieuse de ne pas pouvoir fabriquer son verre, mais il agissait ainsi pour sa sécurité… Oh ! bien sûr, il ne pouvait pas avoir l'œil sur elle à chaque instant, il le savait. Ce qui s'était passé la veille au soir l'avait pris au dépourvu. Lorsqu'il l'avait vue se débattre contre son assaillant, il avait failli devenir fou. Aussitôt avait surgi en lui un besoin viscéral de la protéger, de donner sa vie pour elle.

Ensuite, lorsqu'elle l'avait touché dans la grotte, poussée par le besoin du réconfort physique que pouvait lui dispenser son corps, il avait pensé que leur mariage brisé commençait enfin à prendre un nouveau départ. Toute la matinée, il s'était rappelé les caresses de Laren, les cris qu'elle avait poussés au moment de sa jouissance, la façon dont elle avait resserré les jambes autour de sa taille.

Ce souvenir l'excita, assombrissant son humeur d'autant. Il s'affaira à transporter des pierres depuis le chariot jusqu'à la muraille extérieure, essayant d'étouffer ses désirs par un labeur punitif, mais il ne pouvait faire abstraction de la proximité de Laren. Ainsi qu'il le lui avait ordonné, elle secondait Nairna, aidant les autres femmes à rassembler du chaume ainsi que les plus petits morceaux de bois nécessaires à la reconstruction de leurs maisons.

Délibérément, Laren passa une fois près de lui et il sentit l'odeur du bois flotter autour d'elle. Elle ne prononça pas un mot, mais le léger balancement de ses hanches captiva le regard d'Alex. Lorsqu'il la vit jeter un regard au loin, par-delà la forteresse, il fronça les sourcils, comme pour lui adresser un silencieux avertissement. Sur sa joue, il distinguait la marque rouge du coup de poing, qui se transformait déjà en ecchymose. Ce spectacle accrut sa colère. Il aurait voulu tuer l'homme qui avait osé la toucher.

Laren se dirigea vers le portail, et devant son air nettement provocateur, Alex abandonna sa tâche et la rejoignit à grands pas.

— Où allez-vous ?

Elle le toisa du regard.

— Puiser de l'eau dans le loch. Ou peut-être cela m'est-il interdit également ?

— Vous n'irez pas seule en tout cas.

D'un geste, il l'invita à marcher. Laren prit un baquet de bois et se dirigea vers le lac, tandis qu'Alex jouait les gardes du corps à quelques toises en arrière.

D'un pas précautionneux, Laren s'avança sur la glace pour atteindre la partie non gelée du loch. Alex n'aimait pas qu'elle s'aventure dehors, surtout quand elle pouvait glisser ou choir dans l'eau gelée. Sans rien lui demander, il s'empara du seau et se mit en devoir d'aller puiser l'eau pour elle.

Laren lui lança un regard furibond.

— Et maintenant, je suis trop faiblarde même pour plonger un seau dans le loch, c'est cela ?

Furieux, Alex posa violemment le baquet à terre.

— Qu'attendez-vous de moi, Laren ? Vous avez failli vous faire kidnapper hier soir et vous croyez que je vais vous laisser libre d'aller et venir comme bon vous semble ? Cet homme va revenir. Et le diable m'emporte si je le laisse s'emparer de vous ! Vous ne serez pas sa prisonnière.

— Au lieu de cela, je suis la vôtre, lâcha-t-elle d'une voix froide, vibrante de colère contenue. Vous projetez peut-être de m'enchaîner à vous pour que je ne puisse pas vous échapper ? Ou peut-être de me ligoter à votre lit pour user de moi selon votre bon plaisir ?

— C'est vous qui avez voulu de moi hier soir, lui rappela Alex. Moi, j'étais prêt à vous laisser tranquille.

Des larmes scintillèrent dans les yeux de Laren.

— Vous auriez dû. Il aurait mieux valu que je fabrique un vitrail de plus, au moins j'aurais pu être utile !

Alex recula comme si elle l'avait giflé. Il n'arrivait pas à saisir pourquoi elle voulait tant retourner à la caverne. Après tout, ils n'avaient pas autant besoin d'argent qu'elle le croyait.

— Si les fours n'étaient pas aussi loin, ce serait différent. Peut-être, au printemps, quand ce sera plus sûr, pourrez-vous reprendre ce travail si vous le désirez, concéda-t-il dans un souci d'apaisement.

Laren secoua la tête, excédée.

— Vous ne comprenez vraiment pas, hein ? Ce travail-là, ce n'est pas comme coudre ou tisser. C'est tout à fait différent.

Elle ramassa le seau, le bras tendu sous le poids de l'eau.

Elle avait raison, admit Alex à part lui. Il ne comprenait pas. Plus Laren exprimait sa colère, plus il sentait qu'il y avait là-dessous un enjeu qui lui échappait.

Il lui reprit le seau et le posa à l'écart. Puis il saisit Laren par le poignet et l'entraîna sur la berge en direction de la grotte. Sans rien dire, elle accorda son pas au sien, courant presque pour se maintenir à sa hauteur.

Parvenus à l'entrée de la caverne, ils trouvèrent les fours éteints. Le froid régnait à l'intérieur de la cavité. Laren se dirigea vers sa table de travail et s'assit devant, les poings serrés.

— De quoi s'agit-il vraiment, Laren ?

Elle prit un morceau de verre et en frotta la surface.

— Il est impossible de vous faire entendre raison dès qu'il est question de mon œuvre. J'admets qu'il serait préférable que je ne travaille pas seule. Mais vous ne pouvez tout de même pas m'enfermer !

Alex vint s'asseoir en face d'elle.

— Et pourquoi non ? Dès lors que c'est pour vous préserver du danger, cela fait-il de moi un monstre ?

— Non. Mais je ne peux pas abandonner cette commande, fit-elle en lui pressant dans la main une gouttelette transparente.

Alex sentit la surface lisse du verre se réchauffer dans sa paume, tandis que Laren ajoutait :

— Travailler le verre me donne un but. C'est quelque chose que je suis la seule ici à pouvoir faire. Ainsi, je peux prouver aux autres femmes que je vaux quelque chose, que je ne suis pas une mendiante comme l'était mon père.

Dans ses yeux, Alex décela vingt années de souffrance. En l'épousant, il n'avait guère songé à la pauvreté de sa famille. Tout ce qui l'intéressait à l'époque, c'était la femme qui avait volé son cœur.

Laren se leva du banc et retourna vers l'entrée.

— Ne me retenez pas prisonnière, Alex. Laissez-moi accomplir ce travail.

Le désespoir qu'il perçut dans ses yeux et dans sa voix le fit hésiter. Il préférait la garder à l'intérieur de la forteresse, là où personne ne pouvait lui faire de mal.

Pourquoi ne voulait-elle pas comprendre qu'il cherchait simplement à la protéger ?

— Vous resterez à Glen Arrin tant que nous ne serons pas certains que la menace est écartée.

— Et ensuite ? chuchota-t-elle.

Alex fut tenté de refuser. Mais il sentait bien que s'il lui ôtait ce travail, elle en viendrait à le haïr. Hélas, il ignorait quelle était la bonne décision à prendre. Laren le dévisageait, visiblement partagée entre le doute et l'espoir.

— À condition que Callum accepte de vous servir de garde du corps, agréa-t-il enfin.

C'était sa seule concession, il n'avait pas cédé sur les autres points, néanmoins Alex n'aimait pas du tout ce qu'il venait d'accorder là.

La joie farouche qui brilla soudain dans les yeux de Laren le stupéfia. Elle lui jeta les bras autour du cou, mais il ne lui rendit pas son étreinte, se contentant de poser les mains sur les hanches de la jeune femme. Il avait la nette impression de s'être livré à un marchandage pour sauver son mariage et il en voulait à Laren de l'avoir poussé à cette extrémité.

En la reconduisant à Glen Arrin, il s'interrogea : à quoi exactement venait-il de consentir ?

Finian gisait sur le sol, sur l'herbe givrée tachée de son sang. Bien qu'une quinzaine de jours se fût déjà écoulée, la blessure de son bras ne cessait de se rouvrir. La peau était devenue rouge, et depuis deux jours, il frissonnait de fièvre. Il avait fini par admettre qu'il ne pouvait rester ici plus longtemps. Il fallait qu'il retourne chez lui pour se soigner.

Entendant un cheval approcher, il lutta pour se

relever. Le vertige lui brouillait la vue, mais quand il distingua le cavalier, la tension qui l'habitait s'apaisa. Un religieux à cheval — rien de menaçant.

Le prêtre approchait. Il mit pied à terre en découvrant Finian. Vêtu d'une coule, et d'une tunique sombre dont l'ourlet balayait le sol, il croisait les mains à l'intérieur de ses longues manches.

— Vous perdez du sang, mon ami. Puis-je vous aider ?

Finian hocha la tête et parvint à se redresser sur son séant. Bien que le sol oscillât toujours sous lui, il laissa le moine écarter les deux bords de l'étoffe trempée de sang.

— Un coup d'épée, n'est-ce pas ? supputa le prêtre.

Ouvrant le sac attaché à sa taille, il en sortit un morceau de linge plié. Puis il retroussa la manche de Finian et déchira une bande de tissu pour étancher le sang.

— Vous avez de la chance de ne pas avoir perdu le bras, s'exclama-t-il. Je ne saurais pas le recoudre, mais vous pouvez m'accompagner jusqu'à Glen Arrin où je me rends. Je suis sûr que l'une des femmes du clan pourra vous venir en aide.

Finian n'en croyait pas ses oreilles.

— Glen Arrin ?

Le moine sourit.

— Oui. Il y a là-bas un artiste verrier dont le travail est tout simplement miraculeux. Notre abbé a commandé un vitrail aux MacKinloch et je leur apporte les plans, ajouta-t-il en nouant le linge autour de la plaie.

Finian écoutait à peine, la douleur l'empêchant de répondre.

— Venez-vous ? insista le moine. Les MacKinloch ne refuseront pas de prêter assistance à un homme dans la détresse.

Mais Finian secoua la tête. Aucun des MacKinloch n'avait vu son visage le soir de l'agression, mais sa blessure au bras leur révélerait aussitôt son identité.

— Non, merci, mon père. Je préfère retourner auprès de ma famille, déclara-t-il, avant de remercier le moine pour sa gentillesse.

Celui-ci sourit.

— La famille est une bénédiction. Dieu soit avec vous et ceux que vous aimez.

Finian sentit son cœur se serrer à ces mots, car il n'y avait personne pour protéger sa fille en dehors de lui. Et il ne savait plus que faire pour la sauver.

L'automne se transformait peu à peu en un hiver rigoureux, tandis que Laren fabriquait des panneaux de verre de différentes couleurs, préparant le tableau qu'elle allait réaliser. Callum avait tenu parole en patrouillant autour de la grotte. Laren ne se sentait pas à l'aise avec lui, car il ne prononçait jamais un mot. Elle craignait qu'il ne lui en veuille de devoir veiller sur elle, car il repoussait toutes ses offres de nourriture ou ses tentatives pour le mettre à l'aise. Elle espérait qu'Alex lèverait bientôt la consigne, puisqu'il n'y avait pas eu de nouvelles attaques.

Un matin, avant son départ pour la grotte, elle vit approcher un prêtre à cheval. Il portait de simples robes de lainage sombre et un capuchon couvrait sa tête. Le religieux arrêta sa monture près du portail et releva sa capuche, examinant la forteresse comme s'il doutait d'être au bon endroit. Les mains enfoncées dans ses longues manches, il s'aventura un peu plus loin.

Sans doute s'agissait-il de l'un des moines de l'abbaye venu lui apporter les plans dont elle avait besoin. Laren emboîta le pas à Nairna, qui s'avançait à la rencontre du visiteur. L'homme semblait fatigué par son voyage, mais il leur adressa un sourire.

— Je suppose que vous venez de l'abbaye d'Inveriston, commença Nairna.

Et sans attendre la réponse :

— Vous voudrez certainement un bon repas et un peu d'hydromel pour vous rafraîchir ? Et peut-être nous ferez-vous l'honneur de dire la messe ce matin ?

— B... Bien sûr, acquiesça le moine, paraissant quelque peu surpris par les questions sans détour de son interlocutrice.

Il réussit enfin à se présenter :

— Je suis le père Stephen.

Nairna le gratifia d'un large sourire.

— Vous êtes le bienvenu ici, mon père.

Et comme le visiteur mettait pied à terre :

— Laren peut discuter du verre avec vous et vous montrer les échantillons. Les autres ne sont pas encore au courant, aussi je vous propose que nous nous rendions à la grotte et vous pourrez lui donner les plans que vous avez apportés.

L'homme parut décontenancé.

— La grotte ?

— C'est là que se fait la fabrication du verre, lui expliqua Laren.

Mieux valait en effet discuter là-bas, loin des oreilles indiscrètes.

Le moine inclina la tête en signe d'acquiescement et les suivit tandis qu'elles se dirigeaient vers la berge du loch. Laren examinait le prêtre à la dérobée. Devait-elle lui révéler que c'était elle l'artiste sur verre, et non le frère qu'elle s'était inventé ? Il ne semblait pas avoir de préjugés contre les femmes. Tout en marchant, elle pesa le pour et le contre. Annulerait-il la commande s'il apprenait la vérité ? En ce cas, tant pis ! Il était un homme de Dieu et elle se sentait déjà coupable d'avoir menti à l'abbé. Si ce prêtre restait avec eux quelques jours, il serait de toute façon impossible de lui cacher la vérité.

Lorsqu'ils arrivèrent à la caverne, Laren s'arrêta devant l'entrée.

— Je veux me montrer franche avec vous, commença-t-elle. C'est moi qui ai fabriqué le vitrail et non mon frère. J'aurais dû être sincère avec l'abbé, mais j'ai eu peur qu'il ne me retire la commande.

Le moine parut troublé. Il plissa les paupières, mais Laren ne lui laissa pas le temps de discuter.

— Mon travail ne diffère en rien de celui d'un homme et l'abbé a aimé ce que je lui ai présenté. Si mon œuvre ne vous satisfait pas, je vous rendrai l'argent, ajouta-t-elle en les introduisant dans la grotte, Nairna et lui.

Le visiteur se contenta de hausser les épaules, sans révéler ce qu'il pensait. Laren alla prendre les plaques de verre qu'elle avait fabriquées avec diverses couleurs, afin qu'il les examine. Pendant que Nairna et lui se penchaient sur les panneaux, elle alla ouvrir le four de recuit pour vérifier si le cylindre de verre qu'elle avait fabriqué un peu plus tôt était prêt à être aplati.

Le prêtre ne disait mot, l'observant avec intensité tandis qu'elle incisait puis brisait le verre en deux. Le regard de cet homme la gênait, mais elle n'en montra rien, sachant qu'il rapporterait sans doute à l'abbé tout ce qu'il avait vu.

Ne sois pas nerveuse, s'admonesta-t-elle. *Tu as déjà fait cela des centaines de fois.*

Elle plaça les deux moitiés du cylindre, la courbe vers le bas, dans la partie la moins chaude du four, afin de le ramollir en plaques. Lorsqu'elle se retourna, elle vit que le prêtre la fixait d'un air stupéfait.

— Avez-vous les plans pour le vitrail ? s'enquit Nairna. Laren en a besoin pour continuer son travail.

L'homme parut hésiter, puis il ouvrit la besace accrochée à sa ceinture et en tira un parchemin, qu'il leur tendit.

Laren étudia le dessin, combinant dans sa tête les différentes couleurs. Elle avait déjà réalisé les plaques vertes et bleues pour la scène de la Crucifixion, mais il lui faudrait davantage de brun et de doré. Le plus difficile à exécuter, ce serait les visages. Elle ne possédait tout simplement pas assez d'expérience en matière de peinture sur émail.

— Je peux terminer ce travail d'ici le début de l'été, calcula-t-elle. Mais il me faudra les mesures des fenêtres de l'église.

— Voudriez-vous les mesurer vous-même ? proposa le prêtre. Je pourrais vous escorter jusque là-bas.

Laren réfléchit à la proposition. Il était peu probable qu'Alex lui permette de quitter Glen Arrin, surtout en ce moment, songea-t-elle. Aussi n'avait-elle guère le choix.

— Il vaudrait mieux que vos frères construisent le cadre et que vous me l'apportiez ici, répondit-elle.

Le prêtre hocha la tête puis se tourna vers Nairna, posant des questions sur le travail de reconstruction du manoir. Laren se concentra aussitôt sur un autre creuset, rempli de sable, de chaux et de cendres de bouleau.

Laren était absorbée dans ses pensées depuis un bon quart d'heure, quand le moine attira son attention en lui touchant la main.

— Avez-vous entendu ma question ?

Laren rougit.

— Non, je suis désolée, mon père. J'essayais de décider par quelles fusions j'allais commencer.

Jetant un regard au dehors, elle constata qu'il se faisait tard.

— Il faudrait que je retourne vers mes filles.

La main du prêtre s'attarda sur la sienne un peu plus longtemps qu'il n'était nécessaire. Il semblait troublé et Laren se sentit soudain gênée. Aucun homme ne l'avait jamais touchée en dehors d'Alex. Glissant un coup d'œil alentour, elle s'aperçut que Nairna les avait déjà quittés pour regagner Glen Arrin. Callum devait se tenir encore à proximité, mais elle ignorait s'il montait la garde.

Le père Stephen la dévisageait avec intensité.

— Voulez-vous que je vous raccompagne ?

Déconcertée, Laren secoua lentement la tête. La main du visiteur était chaude sur la sienne et un malaise s'immisça en elle.

Son geste ne signifie rien, se dit-elle. *Il te tient la main pendant qu'il parle, voilà tout.*

Mais c'était la première fois qu'un autre homme lui manifestait de l'attention.

Elle se tourna vers l'entrée de la grotte pour sortir et son cœur manqua un battement. Alex se tenait là, debout. Observant la scène.

Août 1303

Alex la trouva blottie dans leur lit, bien que ce fût le milieu de la journée. Lorsqu'il ouvrit les volets pour faire entrer la lumière, elle ferma les yeux pour se protéger de cette clarté soudaine.

— Vous êtes malade ? s'inquiéta-t-il.

Elle fixait le mur devant elle, le visage si pâle qu'il ne savait que penser. Un an s'était écoulé depuis la mort de leur fils et c'était un peu comme s'il avait enterré aussi sa femme, qui ne lui parlait quasiment plus.

Quelques mois plus tôt, pourtant, ils avaient essayé de raccommoder leur mariage. Laren l'avait de nouveau accueilli dans son lit, mais la façon absente dont elle faisait l'amour rendait leurs ébats insipides. Alex n'avait pas réussi à briser le mur de souffrance qui la séparait de lui. L'amour et la chaleureuse tendresse qui les avaient unis s'étaient éteints sans crier gare, telle une chandelle. Et petit à petit, il avait cessé de la toucher.

Il s'assit sur le lit, accablé par un total sentiment d'impuissance.

— Que puis-je faire ?

Sa voix sonnait faux même à ses propres oreilles. Il tendit le bras pour lui caresser les cheveux. Laren saisit son poignet et il crut d'abord qu'elle ne voulait pas de ce contact. Mais au lieu de cela, elle tira sa main plus bas sous la courtepointe, et la posa sur son ventre légèrement renflé.

Alex resta sans voix, partagé entre la joie et la crainte qu'il ressentait déjà pour cette vie tout juste ébauchée. Du bout des doigts, il traça le contour de la douce rondeur. Elle était encore discrète, mais le corps de Laren allait se transformer au fil des mois.

— C'est pour quand ? parvint-il à lui demander.

— Le début du printemps.

Laren parlait d'un ton neutre, sans émotion, et si Alex n'avait pas vu luire des larmes dans ses yeux, il aurait pensé qu'elle ne voulait pas de cette grossesse.

Lentement, il l'aida à se redresser et l'attira dans ses bras.

— Tout va bien se passer, lui chuchota-t-il. Je vous le promets.

La naissance de cet enfant serait une bénédiction inattendue, elle pourrait guérir le chagrin de sa femme en lui remplissant de nouveau les bras.

— Voilà une promesse que vous n'avez pas le pouvoir de tenir, murmura Laren d'une voix tremblante. Si cela arrive de nouveau…

— Cela n'arrivera pas. Dieu ne peut pas nous faire cela.

Il referma les bras autour d'elle, essayant de la rassurer. Mais elle ne bougeait toujours pas, les mains inertes contre ses flancs.

— Laren, je prendrai soin de vous.

De longs moments s'écoulèrent, sans qu'elle lève les yeux vers lui ni ne lui rende son étreinte. À la fin, Alex desserra les bras et s'écarta. Pas une seule fois elle ne l'avait regardé.

Laisse-la, *insistait en lui la voix de la raison.* Elle ne veut pas de toi en cet instant.

Refoulant sa souffrance, il s'éloigna. Parvenu sur le seuil, il se retourna pour jeter un dernier regard à sa femme. La main posée sur son ventre, elle s'était recroquevillée sur elle-même… Comme si elle voulait garder pour elle seule cette vie encore dans les limbes.

Chapitre 9

Alex posa la main sur la garde de son glaive.

— Retournez à l'abbaye, ordonna-t-il au prêtre. Immédiatement ! Vous ne direz la messe ici ni ce soir ni demain matin.

Et surtout, restez à Inveriston !

Le père Stephen inclina la tête.

— Si tel est votre souhait.

On ne décelait ni humilité ni embarras dans son attitude. Il se comportait comme s'il n'y avait rien eu de honteux dans ce qu'il venait de faire. Callum lui emboîta le pas, afin de s'assurer, sur un signe d'Alex, que le religieux obéissait bien à ses ordres.

Lorsque l'homme se fut éloigné sur la berge, Alex se tourna vers Laren.

— Pourquoi ce moine vous tenait-il la main ?

Il s'était efforcé de garder un ton calme, mais il vit bien que Laren se troublait. Elle examinait un morceau de verre comme s'il n'existait rien de plus important au monde en cet instant.

— Il ne tenait pas ma main. Il m'offrait seulement de... de me raccompagner.

— Avec sa main sur la vôtre !

Même si la plupart des prêtres observaient le célibat, Alex n'était pas assez naïf pour s'imaginer que tel était le cas pour tous. Il avait vu que l'homme touchait Laren, et que dans ses yeux brillait bien plus que de la simple gentillesse.

Laren était *sa* femme, bonté divine ! Prêtre ou non, il tuerait le premier homme qui oserait poser la main sur elle.

Il s'approcha d'elle, lui enlaçant la taille. Elle sentait le feu de bois et une longue boucle auburn ondulait sur son épaule. Il la serra contre lui, la bouche enfouie dans le doux satin de ses cheveux.

La jeune femme s'écarta pour le regarder dans les yeux.

— Il m'a apporté les plans pour la commande, rien de plus. Vous n'avez aucune raison d'être jaloux.

Elle n'avait pas tort, convint Alex à part lui. Il se comportait en mari trop protecteur. Mais tant pis ! En cet instant, le besoin de la revendiquer sienne, de lui rappeler qu'elle était à lui, prenait le pas sur tout le reste.

— Vraiment ? murmura-t-il.

Pendant les quelque quinze nuits précédentes, elle avait dormi près de lui, mais du côté opposé du lit, avec leurs filles entre eux. Que n'aurait-il donné pour avoir une chambre à eux, un endroit où les enfants endormies ne seraient pas un obstacle et où il pourrait la prendre de nouveau dans ses bras !

— Ce damné prêtre vous a touchée plus que moi ces dernières semaines !

Laren s'agita, mal à l'aise.

— Vous étiez occupé avec la reconstruction.

Il ne pouvait le nier, certes. Il s'activait toute la journée sans relâche et jusque tard dans la nuit, bien décidé à ériger les murs le plus vite possible. Même s'ils n'avaient pas eu à affronter d'autres attaques, il savait bien qu'ils n'étaient pas en sécurité. Et s'il devait travailler jusqu'à l'épuisement total pour achever leurs défenses, il le ferait.

— Ce sera bientôt fini, promit-il en laissant retomber ses mains. Encore quelques jours tout au plus.

Laren hocha la tête.

— Nairna a préparé un grand repas pour célébrer *Oidhche nam Bannag*, lui rappela Alex, comme elle retournait vers ses vitraux. Elle compte sur votre présence.

Laren rougit, confuse.

— J'aurais dû l'aider pour les préparatifs. J'avais oublié que c'était aujourd'hui la veille de la Nativité.

Et jetant un coup d'œil du côté des fours :

— Pouvez-vous me ramener Ramsay, afin qu'il surveille les feux ?

— Oui. Je reviendrai ici à sa suite pour vous escorter lorsque vous aurez terminé.

Il voulait qu'elle arrive à la fête avec lui, qu'elle joue son rôle d'épouse auprès de lui, même si ce n'était qu'un faux-semblant. Après l'agression dont elle avait été victime, il avait été si obsédé par l'idée de capturer l'intrus qu'il avait de nouveau négligé Laren. Il la voyait au réveil et la nuit, juste avant de s'endormir, mais c'était tout. Ce n'était pas une bonne façon de se réconcilier avec sa femme !

Des flocons de neige voletaient dans le vent. Après avoir quitté la caverne, Alex songea qu'il ne savait où chercher l'apprenti en premier. Chez Walter, peut-être ? Ou avec les autres gamins, c'est-à-dire à peu près n'importe où !

Mais en arrivant à Glen Arrin, il aperçut Ramsay qui attendait. Le garçon se baissa à sa vue, comme pour se rendre invisible. Il se recroquevillait dans le froid et Alex reconnut sur lui l'une de ses vieilles tuniques, que Laren avait dû lui donner. Les manches pendouillaient sur ses poignets et la couleur safran de l'étoffe était défraîchie par l'usage.

Alex examina le visage de Ramsay et n'y découvrit pas de meurtrissures fraîches. Dieu merci, se dit-il, se rappelant alors qu'il n'avait pas vu Eoin, le père de Ramsay, depuis deux semaines. Il allait devoir s'enquérir de ce que l'homme était devenu. Walter avait accueilli le gamin chez lui, mais ce n'était qu'une solution temporaire. Ramsay méritait d'avoir un lieu de vie permanent où il aurait chaud la nuit, et suffisamment à manger. Quand le château serait terminé, peut-être Laren et lui pourraient-ils le prendre avec eux.

— Laren voudrait que tu te rendes à la grotte pour entretenir les feux, lui lança-t-il. Mais si tu préfères assister à la fête de ce soir, nous pouvons…

— Non, je n'ai aucune envie d'y aller, assura Ramsay, qui détala aussitôt vers la grotte, comme pour éviter toute conversation.

Alex le suivit et parvint à la caverne au moment où Laren en sortait. Le capuchon de la jeune femme avait glissé, découvrant ses cheveux, et des flocons fondaient sur ses joues. Ramsay se trouvait déjà à l'intérieur, occupé à ajouter du bois dans les fours.

Laren marcha quelques instants sans parler près d'Alex.

— Jamais, jamais je ne vous trahirais, lui chuchota-t-elle enfin, lorsqu'ils ne furent plus à portée d'oreille. Avec aucun homme au monde !

Alex l'attira contre lui.

— Ce n'est pas de vous que je me méfie, c'est du prêtre.

Laren demeura silencieuse, tandis qu'ils se dirigeaient vers la citadelle. On voyait au loin scintiller les torches dans le bâtiment en construction. Un grand feu de joie flambait au milieu de l'enceinte et les gens commençaient à se rassembler autour. Monroe sortit sa cornemuse et commença à jouer un air guilleret, tandis que d'autres personnes se mettaient à danser.

Lorsqu'ils pénétrèrent dans l'enclos, Alex constata que Nairna avait coupé des branches de sapin pour les attacher en différents endroits de la forteresse. Laren ralentit le pas pour admirer la décoration.

— Cela me rappelle la façon dont nous ornions notre logis, murmura-t-elle.

Un sourire furtif joua sur ses lèvres.

— Mes sœurs et moi cueillions des branches de sapin et de houx. Nous nous offrions les unes aux autres des cailloux et des bâtons, en imaginant que c'étaient des bracelets d'or ou de belles robes.

— Vous ne receviez jamais de vrais cadeaux ?

Laren hocha la tête.

— Mère essayait toujours de nous confectionner quelque vêtement chaud — un capuchon ou des gants. Et père tendait des pièges pour les lapins. Quand il avait de la chance, nous aussi avions droit à notre festin.

Alex la conduisit à l'intérieur de la forteresse et la vit chercher les filles du regard.

— Où sont les enfants ?

Alex désigna du doigt un petit cercle de fillettes réuni autour de sa mère.

— Là !

Grizel tenait un discours solennel aux petites filles. Ensuite, elle plaça une pierre sur les genoux de chacune d'elles, tandis qu'elles se relayaient pour représenter sainte Brigide, qui fut la première à tenir l'enfant Jésus.

— Ma mère m'a annoncé que les enfants auraient leur propre fête. Dougal a l'intention de les rassembler dans l'une des huttes pour leur raconter des histoires.

Laren parut satisfaite, et tandis qu'ils s'approchaient de l'endroit où on jouait de la musique, Alex se rappela qu'ils avaient dansé une ou deux fois ensemble dans le passé. Il prit Laren par la main et la conduisit à l'écart des autres, juste au moment où Monroe attaquait un air moins endiablé. Un son mélancolique et prenant s'éleva de la cornemuse et le visage de Laren s'adoucit. Elle avait toujours adoré la musique.

Alex l'attira vers lui.

— Dansez avec moi !

Laren hésita, jetant un regard sur leurs compagnons, mais il lui saisit les mains et les noua autour de son cou.

— Il n'y a que vous et moi ici.

— Allons donc, ils sont près de trente !

Alex se pencha vers elle, le nez appuyé contre le sien.

— Ne les regardez pas. Ils ne nous remarqueront même pas.

Posant les mains sur ses hanches, Alex la fit lentement tournoyer. Laren sentit la respiration lui manquer à son contact. Il avait raison — le reste du clan disparut soudain à ses yeux, jusqu'à ce qu'il ne reste plus qu'Alex. Son regard sombre plongea dans le sien, lui rappelant les jours d'antan. Elle le sentit durcir contre son ventre, tandis qu'il se penchait vers ses lèvres. Il ne l'embrassa pas, mais son souffle chaud lui effleura la bouche.

— Vous rappelez-vous la première fois que nous avons célébré cette fête ensemble ?

La neige avait cessé de tomber. Une délicieuse chaleur s'insinua en Laren, tandis qu'Alex l'enveloppait dans sa cape, lui pressant le dos contre le mur de pierre. Bien que les couleurs eussent passé depuis, elle reconnut le lainage qu'elle avait tissé pour lui bien des années plus tôt.

— C'est là que vous m'avez embrassée pour la première fois.

Alex leva la main pour lui caresser la joue. Une lueur pécheresse scintillait dans ses yeux, celle d'un homme qui comptait bien la revendiquer sienne de nouveau. La conduite ambiguë du prêtre avait éveillé en lui une jalousie qu'elle ne lui avait jamais connue jusqu'alors.

Sous la cape, les mains d'Alex glissèrent sur son corps, cherchant sa peau nue, tandis que sa bouche s'inclinait vers la sienne.

— Vous êtes mienne, Laren, murmura-t-il contre ses lèvres.

Laren allait répondre, quand Ross s'avança vers eux avec un sourire de conspirateur.

— On va organiser des jeux ce soir. Nairna a demandé à chaque famille d'offrir un prix.

— Nous donnerons quelque chose, promit Alex.

Il attendit que Ross se soit éloigné pour se pencher vers Laren.

— Pourquoi pas un de vos vitraux ?

La réponse de Laren fusa avant qu'elle n'ait eu le temps d'y penser :

— Non !

Elle ne se sentait pas prête à révéler son activité aux autres.

— Cela n'aurait pas besoin d'être grand, plaida Alex. Peut-être une des petites pièces colorées que vous n'utilisez pas ?

— Je préférerais que cela reste un secret.

Elle savait bien que ce secret-là devrait être dévoilé un jour ou l'autre, mais pas tout de suite. La seule pensée de montrer son travail aux autres l'effrayait. Elle les imaginait déjà la dévisageant et chuchotant à son sujet.

Alex s'écarta d'elle.

— Pourquoi ? Vous m'avez dit que vous souhaitiez faire vos preuves auprès d'eux. C'est une occasion de leur montrer ce que vous avez réalisé. Quand nous aurons livré les vitraux à l'abbaye, il faudra bien qu'ils sachent d'où ils proviennent.

— Pas encore, pria Laren, hâtant le pas pour aller retrouver les membres du clan.

Si elle leur parlait du verre maintenant, ils viendraient tous la regarder travailler, elle en était certaine. Elle ne voulait pas que des regards curieux viennent la perturber dans sa concentration.

À présent qu'Alex ne la tenait plus contre lui, elle sentait la morsure du froid à travers ses vêtements. Elle resserra les pans de son manteau autour d'elle et se dirigea vers la foule, n'ayant pas d'autre endroit où aller. Mais à son grand dam, Nairna l'aperçut.

— J'espérais que vous viendriez, s'exclama sa belle-sœur avec un large sourire. Il nous faut encore quelques femmes. Vanora, vous venez avec nous ?

— De quoi s'agit-il ? s'enquit Laren, pensant qu'il s'agissait de distribuer de la nourriture ou de s'occuper des enfants.

Sans répondre, Nairna rassembla les femmes, jusqu'à ce qu'elle en ait aligné une douzaine devant elle. Puis elle se tourna vers les hommes.

— Lequel d'entre vous se sent digne de l'une de ces dames ?

Si Vanora ne lui avait pas agrippé la main, Laren se serait enfuie sur-le-champ. Jamais, même dans ses pires cauchemars, elle n'aurait imaginé que Nairna puisse lui jouer un tour pareil. Tout le monde la regardait et elle aurait voulu disparaître sous terre.

Quelques maris s'avancèrent. Dieu merci, songea Laren, Alex se trouvait parmi eux. La plupart semblaient plus curieux que fâchés.

— Où veut-elle en venir ? chuchota Laren à Vanora.

— Attendez et vous verrez.

Lorsque les hommes se tinrent debout devant elles, Nairna interrogea :

— Qu'êtes-vous prêt à donner pour obtenir la femme de votre choix ? Allez chercher votre présent.

Pendant qu'ils s'éloignaient, Nairna banda les yeux des femmes. Laren détestait la sensation d'être aveugle devant tant de personnes. Plus les minutes s'écoulaient, plus elle se sentait mal à l'aise. Au bout d'un moment, la tête se mit à lui tourner, tandis qu'elle avait l'impression, sans les voir, que tous les regards étaient toujours fixés sur elle. Enfin, on lui ôta son bandeau. Laren cilla, éblouie par la lumière. Puis elle distingua un amas de petits cadeaux entassés dans un panier. Nairna s'avança vers chacune des femmes tour à tour, leur demandant de se choisir un présent. Laren les vit sélectionner qui des fleurs séchées, qui un récipient d'argile, des lés d'étoffe en laine et même un gâteau d'avoine enrobé de miel.

Quand le panier arriva devant elle, il ne restait plus qu'un flacon contenant un liquide fermenté. De l'hydromel, supposa-t-elle. Mais à voir l'expression fermée d'Alex, elle devina qu'il n'était pas l'auteur de ce présent.

Vanora ouvrit le pot d'argile et fit la grimace. Le récipient était rempli de cendres et de sable.

— Quel homme peut-on être pour offrir une chose pareille ? s'exclama la matrone avec dégoût. Un fou !

Mais Laren devinait. C'était Alex qui avait donné cela, sachant qu'elle était la seule femme qui en comprendrait la signification. Ces matières-là, c'étaient ses outils de travail, les ingrédients dont elle avait besoin pour fabriquer le verre.

Nairna invita chaque femme à retrouver l'auteur de son cadeau et il s'ensuivit force plaisanteries et badinages, tandis que les hommes niaient ou admettaient qu'ils avaient bien apporté tel ou tel objet.

Quand vint le tour de Vanora, elle montra le pot de sable.

— Celui qui a imaginé cela ne peut être qu'un mari qui veut taquiner son épouse. C'est Ross qui l'a préparé, j'en mettrais ma main au feu.

Et d'ajouter, moqueuse :

— Il n'a jamais aimé dépenser ses sous durement gagnés !

Mais Ross secoua la tête avec un sourire.

— Vous devriez mieux me connaître, mon épouse !

Lorsque vint le tour de Laren, elle leva le flacon de ses mains tremblantes, tandis que tous les yeux se tournaient vers elle.

— Je pense que c'est Ross qui a offert l'hydromel.

Nairna lança un regard interrogateur vers l'intéressé, qui acquiesça d'un hochement de tête.

— Ma propre épouse ignore ce qui est le plus cher à mon cœur ! soupira-t-il.

Puis il tendit les lèvres vers Laren en mimant le bruit d'un baiser, pour la plus grande hilarité de l'assistance.

— Laren, acceptez-vous le baiser et l'hydromel, ou préférez-vous choisir un autre cadeau ? lui demanda Nairna.

De plus en plus nerveuse, Laren secoua la tête.

— Je prendrai le pot de sable. Et l'homme qui l'a offert.

Les rires des assistants s'éteignirent quand Alex s'avança. Vanora déposa le pot entre les mains de Laren et prit l'hydromel à la place, ce que Laren remarqua à peine. Elle n'avait d'yeux que pour Alex s'approchant d'elle, une expression de farouche désir dans les yeux.

Il lui prit la main et l'entraîna loin des autres.

Un vent glacial soufflait sur eux tandis qu'ils suivaient la berge du loch. Alex tenait Laren par la taille, sa cape drapée sur eux deux. Laren se montrait silencieuse, mais il espérait qu'elle se détendrait en arrivant à la caverne, à proximité des fours. L'avantage, c'était l'intense chaleur qu'ils dégageaient lorsqu'ils étaient allumés.

À l'entrée de la grotte, Laren l'arrêta.

— Je vais renvoyer Ramsay chez Walter. Attendez ici pendant que je lui parle, voulez-vous ?

Alex l'entendit s'adresser au gamin d'une voix calme. Quelques instants plus tard, le jeune garçon quittait les lieux, les yeux toujours baissés et la peau rougie par la chaleur — au moins, il aurait suffisamment chaud durant le trajet jusqu'à Glen Arrin.

Alex le saisit par le bras avant qu'il ne s'éloigne.

— Je sais que tu habites chez Walter depuis quelques nuits. Est-ce qu'il te traite bien ?

Ramsay acquiesça de la tête. Ces questions le rendaient visiblement nerveux.

— Et ton père Eoin ? Est-ce que tu as eu des problèmes avec lui depuis l'autre soir ?

Ramsay secoua la tête. Sa posture voûtée et sa morosité éveillèrent chez Alex le regret de n'avoir pas su plus tôt à quels mauvais traitements l'enfant était soumis. Assailli par la culpabilité, il se promit qu'il n'arriverait plus rien de fâcheux à l'apprenti de Laren.

— Si tu le souhaites, tu n'auras pas besoin de retourner chez ton père. Je vais m'en occuper.

Le gamin le dévisagea comme s'il ne savait que répondre. Puis il hocha de nouveau la tête avant de décamper, filant sur le chemin qui menait chez Walter.

La voix de Laren s'éleva derrière Alex.

— Merci de vous occuper de lui.

Elle lui sourit tranquillement avant de repartir vers les feux, dont elle attisa les flammes à l'aide d'un tisonnier. Alex la regarda examiner un récipient d'argile qui contenait un mélange. La couleur avait commencé à virer du safran au rose.

— Il ne faudra plus guère de temps, murmura-t-elle en glissant de nouveau le creuset dans le four à l'aide d'une canne de fer. Une heure, peut-être.

Lorsque Laren lui fit à nouveau face, Alex était en train d'étaler sa cape sur le sol. Il vit le changement sur son visage empourpré, elle était hésitante, tendant les mains devant le four pour les réchauffer. Son regard restait fixé sur le feu et Alex se demanda si cela avait été une si bonne idée de l'amener à la grotte. Elle semblait distraite par le verre.

Il s'approcha d'elle par-derrière et la sentit se raidir.

— Je n'aime pas ce qu'a fait Nairna ce soir, déclara-t-elle. Me retrouver ainsi devant tant de gens…

Elle se tut, les yeux baissés, avant d'ajouter :

— Je sais qu'elle n'y voyait pas de malice, mais j'étais si mal à l'aise…

— Vous n'avez guère côtoyé les autres membres du clan ces deux dernières semaines.

Laren se tourna vers lui, visiblement mécontente.

— C'est vrai. Mais il faut que je m'occupe du verre, si je veux finir les vitraux pour l'église.

Alex ne répondit pas. Après tout, c'était elle qui avait choisi de se mettre à l'écart, puisant du réconfort dans son travail. Brusquement, il se sentit frustré. En lui permettant d'accepter la commande, il semblait qu'il eût laissé s'accroître la distance qui les séparait.

Il marcha vers le fond de la caverne, près des cannes qu'elle avait mises à préchauffer.

— Combien de temps cela va-t-il vous prendre encore ?

— Des mois, reconnut-elle. Ramsay est en train d'apprendre à souffler le verre, mais il lui faudra encore un an pour que ses productions soient assez bonnes.

Ce qui signifiait que plusieurs mois s'écouleraient encore pendant lesquels il pourrait à peine la voir... Alex fit volte-face pour se retrouver devant elle. Elle était assise à la table de pierre, agençant des morceaux de verre coloré.

— Je n'aime pas vivre ainsi, déclara-t-il.

Laren suspendit son geste et leva vers lui des yeux interrogateurs.

— Je n'aime pas ne vous voir que le soir, ajouta-t-il. D'autant plus que vous dormez déjà quand je rentre...

Elle resta assise, le regard toujours fixé sur lui.

— Ce travail est épuisant, expliqua-t-elle.

Il vint se camper tout près d'elle.

— Je voulais que nous nous retrouvions comme au début, comme c'était entre nous avant la mort de David. Mais ce n'est pas possible, n'est-ce pas ?

Laren pâlit, sachant très bien ce qu'il voulait dire.

— Qu'attendez-vous de moi, Alex ?

Il secoua la tête.

— Quelque chose que vous ne pouvez pas donner, je le crains.

Le travail du verre exigeait qu'elle passe de nombreuses heures loin d'eux tous. Et il ne pouvait pas la voir de toute la journée, pas quand elle devait surveiller les fusions près des fours.

Elle se leva et lui fit face.

— Je n'abandonnerai pas le verre !

— Je ne vous demande pas cela, rétorqua Alex, luttant contre la rancœur et la frustration qui grandissaient en lui. Mais quel mariage est-ce là, si nous ne sommes jamais ensemble ?

Laren le dévisagea et il lut la détresse dans ses yeux. Il eut l'impression de l'avoir frappée au cœur. Mais comment lui exprimer les choses autrement ?

— Que voulez-vous que je fasse ? chuchota-t-elle.

— Je ne sais pas.

Il se passa une main dans les cheveux avant de s'éloigner vers l'entrée de la grotte.

— Vous n'y pouvez rien, je suppose.

Laren ne répondit pas, et pendant de longs moments, le silence régna à l'intérieur. Puis Alex l'entendit s'approcher et sentit la main fine de sa femme se poser sur son épaule. Lorsqu'il se retourna vers elle, il vit qu'elle avait dénoué ses cheveux. Sa longue chevelure rousse, dont elle avait défait les nattes, ondulait gracieusement sur son buste. Reculant d'un pas, elle commença à délacer sa robe.

La bouche sèche, Alex la regarda abaisser les manches puis le corsage, dévoilant ses seins nus. Elle lui prit les mains pour les poser sur leurs chaudes rotondités et il comprit. Elle s'offrait à lui, dans l'espoir de le rasséréner en le laissant jouir de son corps. Mais l'acte n'avait plus aucun sens si Laren n'y mettait aussi son cœur. Ce n'était pas ainsi qu'il la désirait. Il laissa retomber ses mains, les yeux plongés dans les siens.

— Ce n'est pas cela qui réparera ce qui est brisé entre nous, murmura-t-il.

Le regard bleu vacilla sous la rebuffade, mais Alex ne s'excusa pas. D'une main tâtonnante, Laren rajusta sa robe.

— Je n'arrive plus à vous plaire, n'est-ce pas ?

Alex prit l'un des morceaux de verre disposés sur la table. C'était une vitre incolore aux bords inégaux, que Laren avait écartée en tant que déchet. Alex en frotta un moment la surface durcie avant de le laisser retomber.

— Je ne sais pas ce qui est arrivé à notre mariage, Laren. Vous n'êtes plus la même personne.

Elle se croisa les bras sur la poitrine, comme pour comprimer sa peine.

— C'est vrai, je ne suis plus la même.

— Vous m'avez quitté dès l'instant où nous avons enterré notre fils. Vous vous êtes cachée avec votre verre, et je n'ai plus eu d'épouse.

Une lueur de colère étincela dans les yeux de Laren.

— Je n'ai pas été la seule à me cacher. Quand je rentrais le soir à la maison, vous n'étiez jamais là. Combien de fois avez-vous dîné avec d'autres familles, ne nous rejoignant que quand nous étions endormies ?

— Je suis leur laird. C'était mon devoir.

Ne comprenait-elle pas qu'il ne savait pas alors comment agir pour le mieux ? Il passait beaucoup de temps avec les familles du clan, pour essayer de comprendre leurs soucis et leurs besoins.

— Vraiment ? Ou était-ce simplement pour m'éviter ?

L'accusation était sévère… et dangereusement proche de la vérité. À l'époque, Alex n'avait pas su comment l'aider à traverser cette épreuve, n'ayant jamais été confronté à ce genre de situation. Il lui avait semblé plus facile de faire comme si tout allait bien, de continuer à vivre comme auparavant.

Il se rapprocha de Laren et lui fit face.

— Mais maintenant, je ne vous évite plus.

Elle semblait si vulnérable, si bouleversée, qu'il ne savait que lui dire. En l'amenant dans la grotte, loin des autres, il avait espéré que les choses s'arrangeraient entre eux.

— Laren, que devons-nous faire ? chuchota-t-il.

Une tristesse l'envahit, car il n'arrivait pas à trouver les mots justes.

— Quand nous étions plus jeunes, personne ne voulait que nous soyons ensemble, fit-elle doucement. Vous veniez me voir la nuit, afin que nos parents n'en sachent rien. Et pourtant, nul n'a réussi à nous séparer.

Elle leva les yeux vers lui avant d'ajouter :

— Parce que nous nous aimions trop.

Alex lui saisit la main, se rappelant ces jours enfuis. Laren posa son autre main sur la sienne.

— Je ne crois pas que vous m'aimiez maintenant de la même façon qu'autrefois.

— Non, admit-il. Nous avons changé tous les deux.

Il tâchait de s'exprimer d'une voix unie, dissimulant une souffrance qu'il ne lui révélerait jamais.

— Cela ne peut plus être comme avant. Mais cela peut être plus beau, plus fort.

Laren tendit les mains vers lui et les posa sur son cœur, semblant réfléchir à ce qu'il venait de dire.

— Au coucher du soleil, murmura-t-elle enfin.

Alex recula, ne comprenant pas très bien ce qu'elle voulait dire.

— Le coucher du soleil ?

— Au crépuscule, chaque jour, nous rentrerons à la maison ensemble. Je laisserai Ramsay s'occuper du verre et vous abandonnerez votre travail. Les pierres peuvent attendre quelques heures.

Alex jeta un coup d'œil vers le four. Pourrait-elle tenir sa promesse ? songea-t-il. Souvent, quand elle était absorbée par son travail, elle oubliait l'heure.

Tout de même, cela valait la peine d'essayer.

— D'accord.

Laren lui enlaça les doigts, le visage levé vers lui.

— Cela vaut la peine que nous nous battions, Alex.

Glen Arrin, 1298

Alex regardait les hommes descendre le corps de son père dans la tombe. Une par une, ils déposèrent des pierres sur Tavin et Alex s'éloigna, ne pouvant supporter la brutale irrévocabilité de cet instant.

Il ne voulait pas que les autres le voient pleurer. Il n'était plus un enfant et la seule réaction de sa mère serait de le gifler si elle le voyait en pleurs. Il ne savait pas où il allait, mais il fallait qu'il se retrouve seul, loin de tous les autres.

Près du sommet de la colline, il déboucha dans une clairière où se dressait un cercle de pierres levées. Alex se rappelait vaguement les avoir déjà vues une fois, mais sa vision se troublait, brouillée par les larmes.

Appuyé contre une pierre, il se laissa tomber à genoux et éclata en sanglots. Son père était mort, ainsi que deux de ses frères.

Il avait tenté d'empêcher Bram de partir, mais son aîné avait empoigné une épée et s'était rué vers les soldats anglais. Callum l'avait imité, tandis que lui restait à l'arrière, tel un poltron. S'il les avait suivis, peut-être seraient-ils encore là. Mais ils avaient disparu, comme tant d'autres hommes.

— Ils sont morts, avait déclaré oncle Donnell. On ne peut plus rien faire pour eux.

Les mains tremblantes, Alex pressa son front contre la pierre. Il entendit à peine approcher des pas légers derrière lui, mais soudain, Laren surgit dans la clairière. Aussi silencieuse qu'un fantôme, elle s'avança vers lui et il vit luire des larmes sur ses joues.

Elle ne prononça pas un mot, mais Alex se souvint que son père à elle comptait aussi parmi les morts. Il savait qui elle était, mais c'était la première fois qu'elle se trouvait si près de lui. Bien qu'elle fût l'une des plus belles filles du clan, Laren adressait rarement la parole à qui que ce soit. Elle semblait gênée par la pauvreté de sa famille, même si cela ne signifiait rien pour Alex.

— Voulez-vous que je m'en aille ? chuchota-t-elle.

Alex secoua la tête, le front de nouveau appuyé contre la pierre. Il n'avait pas envie de parler pour le moment, sans doute le comprenait-elle.

Il avait adoré son père et aurait tant voulu que Tavin soit fier de lui ! Le vide que celui-ci laissait derrière lui emplissait le cœur d'Alex de regret.

Laren lui effleura l'épaule en un geste de silencieux réconfort. Alex se retourna pour l'enlacer, et tous deux mêlèrent leurs pleurs. Bien qu'elle fût une étrangère pour lui, elle le serrait contre elle et cela lui parut si bon de l'avoir là en cet instant. La chaleur d'une étreinte humaine l'aidait à supporter la déchirante douleur du deuil.

Après ce jour, un invisible lien l'attacha à elle. Il se jura que lorsqu'il serait en âge de prendre épouse, Laren serait sa femme.

Elle et aucune autre.

Chapitre 10

Finian MacLachor souffrait toujours de sa blessure. La plaie avait cessé depuis longtemps de saigner, mais elle ne guérissait pas bien. Son bras avait presque doublé de volume et il redoutait l'épreuve qui l'attendait.

Il avait pris un grand risque en essayant d'enlever la femme du chef — et il avait échoué. Alex MacKinloch avait brandi son épée dans le noir et Finian avait mal jugé de la distance. Il avait eu de la chance de s'en sortir vivant, car les MacKinloch l'avaient ensuite traqué plusieurs jours durant. Il était demeuré à proximité des lochs et des ruisseaux, se servant de l'eau pour effacer ses traces. Et lorsqu'il était enfin retourné à Glen Arrin, il avait pu surveiller ses habitants pendant toute une journée et toute une nuit, glanant des informations. Aucun d'eux n'avait décelé sa présence, ce qui le consolait un peu.

Brochain, son frère, faisait chauffer sa dague dans le feu, amenant la pointe et la lame au point d'incandescence.

— Cela va être horriblement douloureux, Finian !

— Si tu ne le fais pas, je vais mourir de ce poison qui est déjà en moi.

Un tressaillement lui échappa lorsque Brochain plongea la lame dans la blessure enflée, laissant s'écouler le pus jaunâtre qui s'était accumulé à l'intérieur. Puis son frère tamponna l'entaille avec un cataplasme d'herbes médicinales que leur sœur avait préparé. Finian ne sut pas s'il s'était évanoui ou non, mais la seule chose dont il fut conscient à ce moment-là fut la douleur affreuse qu'il ressentit lorsque Brochain cautérisa la plaie avec le plat de la lame brûlante. L'opération achevée, Brochain lui tendit une outre de cuir emplie d'ale.

Finian avala de longues gorgées.

— Ce n'est pas assez fort, dit-il à son frère.

— Mais tu vivras !

Finian leva de nouveau la gourde, regrettant de ne pouvoir boire plus vite. Les yeux plissés, il évalua l'état de leur domaine. Les maisons étaient toutes intactes, mais il restait si peu de MacLachor vivants que l'endroit aurait pu aussi bien être abandonné.

— Que vas-tu faire pour Iliana ? s'enquit Brochain.

Finian tourna les yeux vers les flammes, sachant qu'il n'y avait plus guère d'espoir pour sa fille. Ses tentatives d'attaque contre Lord Harkirk puis contre les MacKinloch avaient échoué. La fête de Sainte-Agatha approchait à grands pas et il doutait fort de réussir.

— Rassemble quelques-uns des hommes. Nous allons tenter une dernière fois de capturer un otage chez les MacKinloch. Prends le premier sur qui tu mettras la main.

Brochain lui jeta un regard sombre.

— Même un enfant ?

Finian déglutit. Ce n'était pas du tout ce qu'il aurait voulu. Mais avait-il le choix ?

Il acheva d'un trait le reste de l'ale.

— Oui. Même un enfant.

Au crépuscule, Alex vit Laren se diriger vers lui. Elle avait tenu sa promesse, laissant Ramsay s'occuper des feux pour pouvoir elle-même regagner Glen Arrin au coucher du soleil. Le premier mur d'enceinte était à présent terminé et le deuxième n'allait pas tarder à l'être. Alex s'appuya contre le mur intérieur pour attendre sa femme. Dans le soleil déclinant, la chevelure de Laren brillait telle une flamme.

Même après cinq ans de mariage, elle demeurait aussi belle à ses yeux que le jour où il l'avait rencontrée. Mais elle semblait fatiguée, le teint pâle. Elle portait un paquet enveloppé de cuir qui intrigua Alex.

Lorsqu'elle arriva près de lui, il l'accueillit d'un baiser. Bien qu'elle n'osât pas de son côté lui montrer son affection devant les autres, elle paraissait néanmoins s'habituer peu à peu à ces effusions.

— Qu'est-ce que vous ramenez là ? C'est un cadeau pour les filles ?

Laren jeta un regard alentour, comme pour s'assurer qu'on ne les observait pas.

— Pour les filles et pour vous, répondit-elle. Mais allons plutôt dans un endroit où personne ne nous verra.

C'était donc du verre, devina Alex, qui s'en doutait un peu.

— Je vais emmener Mairin et Adaira sur la berge du loch. Est-ce que ce sera assez discret ?

La jeune femme acquiesça.

— Parfait. Je vais vous y attendre.

Alex lui prit la main avant qu'elle ne parte.

— Nous ne pourrons nous absenter qu'un petit moment, Laren. Ce soir aura lieu une compétition entre les hommes et il faudrait que nous y assistions tous les deux.

Si tout fonctionnait comme prévu, les murs seraient

achevés d'ici peu. Alex avait ordonné aux hommes du clan de couper de gros morceaux de bois pour le coffrage et ils les avaient entassés en plusieurs piles.

Laissant Laren s'éloigner, il alla chercher leurs filles. Mairin et Adaira criaient famine, mais lorsqu'il leur eut dit que leur mère avait une surprise pour elles, leur curiosité fut la plus forte et elles cessèrent de pleurnicher.

— C'est quoi, maman ? questionna Mairin, en courant vers la berge où attendait Laren. Qu'est-ce que vous nous avez apporté ?

— Un gâteau ? s'enquit Adaira. Pour moi ?

Laren secoua la tête.

— Non, pas un gâteau.

Elle défit l'emballage de cuir, découvrant une rangée de tortillons de verre pareils à une sinueuse coulée de miel, que terminait une goutte durcie.

— Qu'est-ce que c'est ? s'étonna Alex.

Laren prit l'une des pièces et la lui tendit.

— Jetez cela contre la roche et regardez !

Alex prit l'extrémité du verre et lança un coup d'œil à Laren, dont le regard pétillait de malice. À voir la façon dont elle tira les filles derrière elle, il la soupçonna de lui préparer un bon tour.

Avec circonspection, il lâcha l'objet. Dès qu'il eut heurté la pierre, le verre explosa en produisant une forte détonation. D'instinct, Alex se jeta en arrière et dégaina sa dague.

Laren lui éclata de rire au nez.

— Vous vouliez le tuer, peut-être ?

Alex fit les gros yeux.

— Bon sang, qu'est-ce que c'était que ça ?

Mairin s'élança en avant.

— J'en veux un ! Laissez-moi essayer.

Laren lui donna un tortillon de verre, que sa fille

jeta joyeusement contre la roche, ravie quand l'objet se brisa dans une gerbe de particules.

— Quand on plonge du verre chaud dans de l'eau froide, on obtient parfois ceci, expliqua Laren.

Elle fouilla dans un pli de sa cape et montra à Alex des gouttelettes de verre coloré.

— Comme celles que vous m'aviez offertes !

Ainsi, elle les avait gardées, songea-t-il. Sans qu'il sache exactement pourquoi, cela lui réchauffa le cœur. Laren joignit ses éclats de rire à ceux de ses filles, tandis que les petites écrasaient d'autres échantillons. Le visage de sa femme, rosi par l'émotion, resplendissait et Alex eut le souffle coupé devant son lumineux sourire. Il y avait si longtemps qu'il ne l'avait vue aussi détendue !

Lorsque tous les tortillons eurent été broyés contre la roche, Laren prit ses deux filles par la main et Alex saisit l'autre menotte d'Adaira. Un coup d'œil à Laren, et hop ! Ensemble, ils soulevèrent l'enfant par les poignets, la balançant jusqu'à ce qu'elle glapisse de joie.

Quand ils furent de retour à la forteresse, Alex aperçut Nairna qui allumait les torches. Un fumet de viande rôtie flottait dans l'air. Les fillettes le reniflèrent avec gourmandise, ce qui rappela à Alex qu'elles mouraient de faim. Il se tourna vers Laren qui, dès qu'elle eut conscience de la petite foule qui les attendait, agrippa instinctivement les mains de ses filles, comme pour se protéger. Alex vit en même temps la joie déserter soudain son visage, laissant place à la timidité et à la crainte. Puis elle lâcha les enfants en leur enjoignant d'aller s'asseoir avec Vanora. Alex constata avec plaisir qu'elle rejoignait ensuite Nairna, qui la remercia d'un sourire.

— Je vais avoir besoin d'une dizaine de femmes pour m'aider à faire circuler les plats. Pouvez-vous leur demander de participer ?

Laren hocha la tête et parut rassembler son courage pour la tâche qui l'attendait. Elle alla trouver les femmes une à une pour requérir leur aide. Quelques instants plus tard, elles faisaient déjà passer les écuelles de bois contenant des tranches de porc rôti garnies de carottes, navets et noix. Deux tonneaux d'ale furent mis en perce et l'atmosphère se fit soudain festive.

Lorsque Laren rejoignit Alex, elle ne semblait pas au mieux de sa forme. Alex la fit asseoir et l'obligea à manger un morceau, mais elle ne fit que grignoter.

— Vous allez bien ?

La jeune femme inclina la tête, puis admit en rencontrant son regard :

— Vous m'avez demandé d'essayer, n'est-ce pas ? De devenir l'épouse qu'il vous faut…

C'était donc cela. Elle prenait sur elle, essayant de se conduire en dame de Glen Arrin. Alex lui pressa la main avec gratitude.

— Si vous pouvez rassembler encore un peu de courage… Nous n'en avons pas terminé.

Le moment était en effet venu de choisir les équipes pour commencer la compétition.

Alex conduisit Laren jusqu'au centre de la forteresse. Les hommes du clan repoussèrent leur écuelle et tournèrent leur attention vers lui.

— Ce soir, nous avons organisé cette fête pour vous remercier de tous vos efforts pour reconstruire Glen Arrin. Il est temps de commencer le coffrage du château et j'ai eu l'idée de proposer une compétition à tous ceux qui voudront bien participer.

Alex désigna du doigt les nouvelles fondations en pierre.

— Un prix consistant en trois vaches et deux moutons sera offert à l'équipe qui se montrera la plus rapide pour ériger l'un des côtés. Mes frères et moi en formerons une, et il nous en faut trois de plus pour les trois autres côtés.

Il continua à expliquer les règles, puis les hommes commencèrent à constituer les groupes.

Plusieurs épouses vinrent souhaiter bonne chance à leur mari et Alex vit Bram enlacer sa femme avant de la gratifier d'un baiser passionné. Tous deux s'étreignaient étroitement, si absorbés l'un par l'autre qu'ils n'auraient sans doute rien remarqué si les murs s'étaient écroulés autour d'eux !

En revanche Laren était déjà retournée vers leurs filles et Alex ne put ignorer les regards réprobateurs que lui lançaient certaines femmes. Il y avait de la froideur dans l'air et Laren devait le sentir car elle gardait les yeux baissés.

Alex n'avait jamais vraiment prêté attention à la manière dont elle était traitée dans le clan, comme si elle était une étrangère. Cela lui fit mal de le constater. Est-ce qu'il en avait toujours été ainsi ? Il essaya de se rappeler si elle avait eu des amies proches au début de leur mariage, quand il n'était pas encore le chef du clan. En fait, il n'en savait rien.

Laren s'assit avec Adaira sur les genoux et Mairin blottie contre elle, mais aucune des femmes ne s'approcha d'elle ni ne lui adressa la parole.

Après avoir donné le signal, Alex se mit à travailler avec ses frères, construisant une partie du coffrage pendant que les équipes préposées aux autres côtés rivalisaient avec eux : c'était à qui érigerait son mur le plus vite. Au fil des heures, les contours du château commencèrent à prendre forme.

Les bras endoloris par l'effort, Alex maintenait les madriers en place, pendant que Dougal gravissait une échelle pour enfoncer les chevilles à coups de marteau. Soudain, Alex vit bouger légèrement quelque chose et l'un des madriers se mit brusquement à glisser. Alex se jeta vers Bram pour l'écarter d'un mouvement preste, tandis que l'énorme morceau de bois s'abattait juste à l'endroit où son frère se tenait une seconde plus tôt. Dieu merci, personne n'était blessé.

Lorsqu'il se redressa, il vit Laren se précipiter vers lui.

— Qu'est-il arrivé ? cria-t-elle, le visage décomposé par l'angoisse.

Alex l'attira contre lui pour la rassurer.

— Je vais très bien, affirma-t-il. La poutre a glissé.

Laren s'apprêtait à lui enlacer le dos quand elle hésita, soudain consciente que les autres les observaient.

Lorsque Alex la lâcha, elle laissa échapper un soupir tremblant.

— Combien de temps cela va-t-il encore prendre ?

— D'ici quelques heures, nous aurons terminé le coffrage des autres murs. Ensuite, nous désignerons l'équipe gagnante et arrêterons le travail pour la nuit.

Il lui prit les mains avant d'ajouter :

— Vous semblez fatiguée. Si vous voulez ramener les filles chez Ross, faites-le. Vous n'êtes pas obligée de m'attendre, vous savez.

Laren le dévisagea un instant.

— Je vais aller mettre les filles au lit. Puis je reviendrai prendre ma place ici.

Laren traversait la forteresse, quand Grizel s'avança vers elle pour la morigéner.

— Vous ne devriez pas vous trouver si près des hommes pendant qu'ils travaillent. Vous auriez pu vous faire tuer juste à l'instant.

— Le madrier était déjà tombé, lui rappela Laren.

Sa belle-mère exhala un soupir.

— Vous paraissez manquer de jugeote par moments. Et il est clair que vous n'avez pas la moindre idée des responsabilités qui vous incombent en tant qu'épouse de chef.

Déprimantes et répétitives, les critiques de Grizel avaient tout pour saper la confiance de Laren. Elle avait beau essayer de les ignorer, plus elle se taisait et plus sa belle-mère trouvait d'autres sujets de reproches.

— C'est vous qui auriez dû organiser la fête de ce soir. Je me demande à quoi vous passez votre temps. À dormir, je suppose. Comme faisait votre père…

— Je ne suis pas mon père, riposta Laren, qui se maudit aussitôt d'avoir cédé à la provocation.

Le regard de Grizel pétilla à la perspective d'une dispute.

— Non, mais vous êtes du même sang. Que vous ayez pu penser un seul instant faire une bonne épouse pour Alex me dépasse.

— Je l'aimais, chuchota Laren. Et il m'aimait aussi.

— L'amour n'a rien à voir avec la solidité d'un mariage. Si vous étiez une meilleure épouse, vous dirigeriez le clan à son côté. Mais vous préférez vous en tenir à porter des enfants, apparemment. Si votre fils avait vécu…

Serrant Adaira contre elle d'un geste convulsif, Laren tourna vers Grizel un regard flamboyant.

— Ne parlez pas de lui ! Jamais, entendez-vous ?

Et comme l'autre ouvrait déjà la bouche pour répliquer :

— Épargnez-moi vos paroles. Vous en avez assez dit pour ce soir.

Elle allongea le pas, obligeant Mairin à trottiner plus vite. Des larmes de colère lui brouillaient la vue. Le pire de tout, c'était qu'elle ne pouvait même pas jouir d'un moment de solitude tant que cette femme habitait avec eux. Les murs du château ne s'élèveraient jamais assez vite à son gré !

Elle coucha les filles, regrettant de ne pouvoir se blottir sous la courtepointe avec elles et ignorer Grizel pendant le reste de la nuit.

Mais des voix se firent entendre au-dehors, rompant le silence. Laren prêta l'oreille.

— Vous avez entendu ? demanda-t-elle à Grizel.

— Ce n'est rien, ce sont les hommes qui travaillent. Pour en revenir à ce que je vous disais…

— Restez avec les filles ! lui ordonna Laren.

Elle était certaine d'avoir entendu quelque chose. Peut-être s'inquiétait-elle pour rien, c'était du moins ce qu'elle espérait, mais elle alla tout de même décrocher l'une des dagues d'Alex. L'arme lui parut lourde dans sa main. *Si seulement les hommes pouvaient revenir !*

— Il n'y a rien du tout, insista Grizel. Reposez cela et…

Sans l'écouter, Laren sortit de la chaumière, la dague bien serrée dans sa main. Elle tendit l'oreille mais ne perçut rien d'autre que le souffle du vent. *Grizel avait peut-être raison ?* Puis elle capta de légers bruissements, comme si quelque chose bougeait à l'extérieur de la forteresse.

Le cœur cognant contre ses côtes, elle courut vers Alex au moment où il désignait l'équipe victorieuse, debout au milieu des murs parvenus à divers stades d'achèvement.

Sans se soucier d'interrompre la cérémonie, Laren se précipita vers lui.

— Il y a du mouvement du côté des arbres. Je ne sais pas s'il s'agit d'un raid, mais ils sont près du loch.

Alex alerta aussitôt les hommes du clan qui saisirent leurs armes, au moment même où une douzaine d'intrus se ruaient par le portail, poussant des cris retentissants dans le noir.

Deux d'entre eux se dirigèrent vers le bétail, tandis que les autres s'élançaient vers le hangar à grains. Un bruit de combat s'éleva au milieu de la fête, les lames s'entrechoquant tandis que les MacKinloch défendaient leurs biens.

Laren entendit Ross s'exclamer :

— Des MacLachor !

— Je croyais qu'ils étaient nos alliés, s'étonna-t-elle.

Décidément, elle ne comprenait pas. Si les MacLachor avaient besoin de grains et de provisions, ils n'auraient eu qu'à demander. Alex leur aurait volontiers échangé de la nourriture contre du travail.

Laren se tint à l'écart de la bataille jusqu'au moment où elle vit deux hommes se diriger vers la hutte où dormaient ses filles.

Non !

Elle se mit à courir, la fureur et l'angoisse croissant en elle à chaque pas qui la rapprochait d'eux. Ses poumons la brûlaient, la crainte lui serrait la gorge. S'ils osaient faire du mal à l'une de ses filles, elle les tuerait.

Alex surgit derrière elle en brandissant son glaive à deux mains.

— Restez en arrière ! lui ordonna-t-il.

Mais Laren ignora l'injonction. Voyant l'un des

intrus se diriger vers elle, elle leva sa dague. Il évita le coup et lui frappa la main avec la hampe de sa lance. Laren laissa tomber son arme et n'eut pas d'autre choix que de reculer.

— Réfugiez-vous à l'intérieur, Laren ! ordonna Alex.

Il balança son glaive, la longue lame tranchante pointée vers la tête de son adversaire.

— Si vous osez porter la main sur ma femme, je vous tranche le poignet !

Laren se plaça derrière lui et leva son flambeau, au cas où l'homme réussirait à s'échapper. Brandissant de nouveau son glaive, Alex se rua sur son adversaire.

— Pourquoi êtes-vous venu ici, MacLachor ?

— Parce que votre tête est mise à prix ! rétorqua l'interpellé.

Il leva sa lance pour parer le coup d'Alex. Le glaive s'enfonça dans la hampe de bois. Ne pouvant dégager sa lame, Alex la fit tourner, désarmant ainsi son ennemi. Puis il se jeta sur l'homme et le poussa à terre avant de le saisir à la gorge.

— Quel prix ?

— Celui qu'en offre Harkirk, haleta le guerrier MacLachor, luttant pour se libérer de la poigne d'Alex.

Laren sentit son sang se glacer dans ses veines. Si ce que prétendait l'homme était vrai, ils se trouvaient en plus grand danger qu'ils ne l'avaient cru.

Alex releva l'homme d'une secousse et resserra son étreinte.

— Combien offre-t-il pour ma tête ?

Voyant que l'autre ne répondait pas, il dégaina la dague pendue à sa ceinture.

— Parlez, ou que le diable vous emporte !

Le regard de son adversaire se figea dans l'attente de la mort.

— Harkirk détient en otage la fille de notre chef, avoua-t-il enfin. Le baron veut votre vie en échange de la sienne.

Instinctivement, Laren jeta un coup d'œil vers la hutte qui abritait ses enfants. Ainsi, Harkirk détenait la fille du chef MacLachor ? Tout s'éclairait à présent. L'homme qui l'avait attaquée précédemment devait être un MacLachor essayant de la prendre en otage, afin d'attirer Alex dans un piège. Et en cette nuit, ils avaient lancé contre eux les derniers de leurs hommes, en un assaut désespéré.

Laren vit soudain Alex tressaillir avant de se jeter sur le sol. Une flèche se ficha dans le bois, juste à l'endroit où se trouvait sa tête une seconde plus tôt. Le MacLachor qu'il était en train d'interroger profita de l'occasion pour détaler et disparut promptement dans l'ombre des arbres.

— Rentrez ! ordonna Alex en ouvrant la porte à Laren.

Elle lut l'hésitation sur son visage. Visiblement, il se sentait déchiré entre deux devoirs. Mais bien sûr, il lui fallait se joindre à ses hommes afin de poursuivre les guerriers MacLachor.

— Il ne vous arrivera rien, j'y veillerai, promit-il avant de regagner la forteresse.

Laren, debout à l'entrée de la hutte, le regarda retourner au combat.

Lorsqu'il eut disparu, elle tâtonna pour trouver la flèche. Ce trait aurait pu tuer Alex juste à l'instant ! D'une main tremblante, Laren l'arracha du chambranle et examina la pointe acérée. Si Alex n'avait pas bougé à temps, elle serait assise là, avec son mari mourant dans les bras. Elle frissonna, regrettant qu'il ait dû la laisser pour rejoindre les autres. Attendre ainsi était presque pire que d'assister au combat.

Se forçant à rentrer, elle trouva Grizel debout devant les fillettes endormies. Le visage blafard, la matrone serrait dans ses mains une lance empruntée à la panoplie de Ross.

— Elles vont bien ? chuchota Laren.

Grizel hocha la tête.

— Elles ne se sont pas réveillées une seule fois pendant le raid.

Les jambes tremblantes, Laren s'approcha du foyer. Elle n'arrivait pas à cesser de trembler malgré la chaleur du feu. Au bout d'un moment, elle tourna les yeux vers Grizel, qui remettait la lance à sa place.

— Merci d'avoir veillé sur elles.

Grizel revint vers elle sans répondre, le regard fixé sur les flammes. Son humeur avait changé et elle semblait à présent plongée dans une solennelle mélancolie. Peut-être se rappelait-elle la mort de son époux Tavin, tué dans une bataille.

— Vous devriez vous réjouir d'avoir des filles, déclara enfin la vieille femme. Au moins, elles ne grandiront pas pour aller risquer leur vie dans des raids. Évidemment, elles courront toujours le risque d'être emmenées en esclavage.

— J'espère bien que non ! s'exclama Laren.

Elle repensa aux aveux du MacLachor, affirmant que Harkirk avait pris la fille de leur chef en otage. Et maintenant, qu'allait-il se passer ?

— Vous n'avez pas l'air bien, observa sa belle-mère. Vous avez pensé à manger, au moins ?

Laren hocha la tête, l'esprit ailleurs. Elle mesurait intérieurement les paroles de Grizel, lui conseillant de se réjouir d'avoir des filles. Elle adorait les petites, certes, mais parfois elle ne pouvait s'empêcher de rêver à ce que son fils David serait devenu. Il aurait trois ans à présent… Elle crispa ses mains gantées, luttant pour refouler les souvenirs. Mais son imagination s'entêtait dans des visions douloureuses.

Le petit David aurait-il joué à brandir une épée de bois, afin d'imiter son père ? Aurait-il ri en s'accrochant à sa hanche chaque fois qu'il aurait eu besoin d'elle ? Elle se rappelait comme si c'était la veille la chaleur de ce petit être blotti contre sa poitrine, juste après la naissance.

Jusqu'à ce terrible matin où elle n'avait plus serré qu'un corps froid et sans vie. Elle n'avait jamais su les causes de sa mort, et cela faisait si mal de s'en souvenir…

— Vous pleurez, dit soudain Grizel.

Laren n'avait pas remarqué. Elle baissa la tête, essuyant ses larmes.

— Nous avons tous vécu une nuit difficile, répondit-elle. Nous devrions essayer de dormir.

Mais en se pelotonnant dans le lit, elle eut l'impression d'avoir toujours une écharde enfoncée dans le cœur.

Quand Alex rentra un peu plus tard avec Ross et Vanora, Laren se leva sur-le-champ. Il se demanda si elle avait dormi, car dès qu'il entra dans la hutte, elle quitta son lit et l'entraîna dehors.

Sans un mot, elle lui enlaça la taille et le serra éperdument contre elle. Alex la pressa en retour dans ses bras, réconforté par son étreinte.

— Ils sont partis, murmura-t-il. Tous, excepté un homme que Callum a tué d'une flèche.

— Vous les avez laissés s'enfuir ?

Il s'écarta pour la regarder. La lumière du flambeau

illuminait son visage d'un doux éclat de miel et il remercia silencieusement le Ciel d'avoir pu revenir vers elle.

— Oui. Peut-être regretterai-je de leur avoir fait grâce.

Laren l'étreignit plus étroitement.

— Qu'allez-vous faire au sujet de la mise à prix ?

— Rien, soupira-t-il.

Qu'y pouvait-il, de toute façon ? Si Harkirk voulait engager des assassins pour essayer de les abattre, rien ne l'arrêterait. La seule solution serait alors de se défendre tant bien que mal. C'était pour cette raison qu'ils construisaient de solides murailles. Afin de protéger Glen Arrin.

Laren lui caressa la joue, effleurant un début de barbe qu'il sentit sous ses doigts.

— Vous n'avez pas peur ?

— Non.

La crainte était un luxe qu'il ne pouvait pas se permettre. Sa première préoccupation, c'était Glen Arrin et la sécurité de ses habitants.

Laren le dévisagea.

— Vous avez failli mourir ce soir.

— C'est ainsi chaque fois que je me bats. Il y a toujours un risque.

Proférée d'un ton indifférent, cette réponse ne rassura pas Laren, Alex s'y attendait. Elle parut encore plus bouleversée.

— Il est tard, lui dit-il. Allons dormir. Nous reparlerons de tout cela demain matin.

La jeune femme se dégagea de ses bras.

— Alex, si votre tête est mise à prix…

— Laissons cela, Laren, l'interrompit-il.

Il ne voulait pas en parler ni même y penser davantage. Son corps était épuisé, mais il n'avait pas l'esprit en repos.

— J'ai peur pour vous, chuchota-t-elle.

Mais Alex ne voulait pas se laisser aller à la crainte. Laren aurait aimé qu'il la rassure en lui affirmant que tout irait bien, mais en vérité, il n'en savait rien. Avec tous ces conflits au sein des clans, il comptait suffisamment d'ennemis qui ne demanderaient pas mieux que de passer à l'attaque. Attirer d'autres dangers sur les MacKinloch était bien la dernière chose qu'il souhaitât.

Repoussant ces pensées intempestives, Alex conduisit Laren à l'intérieur, l'incitant à se recoucher avec leurs filles. Elle essaya de le persuader de dormir avec elle, mais il resta assis près d'elle pendant qu'elle se reposait.

Les petites dormaient, les cheveux emmêlés, les épaules soulevées au rythme de leur respiration. La seule pensée d'un homme comme Harkirk détenant une fillette prisonnière horrifiait Alex. Pas étonnant que le chef des MacLachor en soit hors de lui !

Même s'il aurait préféré ignorer la menace des Anglais, Alex risquait fort de devoir en découdre avec eux dans pas longtemps.

Les événements se précipitaient, bien trop vite à son goût.

Chapitre 11

Une nouvelle quinzaine s'était écoulée et le manoir en bois était presque achevé. Alex aurait voulu élever des murs en pierre, mais il avait dû faire cette concession à ses hommes, acceptant l'idée qu'il serait plus rapide d'ériger une structure temporaire et de bâtir le château autour par la suite. Encore un jour, et ils auraient enfin, Laren et lui, un endroit à eux pour dormir. Il lui tardait de quitter la maison de Ross avec Laren et les enfants, car ils avaient besoin de leur propre espace.

La menace des MacLachor les avait tous mis à cran. Les hommes avaient redoublé d'efforts, travaillant plus dur encore pour achever les murs et fortifier les défenses. Une autre attaque était sans doute imminente, mais Alex ne savait pas si elle viendrait du côté des troupes de Harkirk ou du clan MacLachor.

Quoi qu'il en soit, il fallait qu'il agisse. Ignorer le problème ne le ferait pas disparaître pour autant.

Vêtu d'une cape doublée de fourrure, Alex prit le chemin de la grotte, ses chaussures de cuir écrasant l'herbe givrée. Quelques flocons épars flottaient autour de lui et son souffle s'exhalait en vapeur blanche dans l'air hivernal.

Callum se tenait debout avec son arc à l'entrée de la caverne. Alex le congédia d'un signe. Bien qu'il lui fût reconnaissant d'avoir accepté de veiller sur Laren, il était conscient que cela ne pouvait durer beaucoup plus longtemps. Callum méritait mieux que de monter la garde ainsi pendant des heures.

La chaleur qui rayonnait des fours le frappa agréablement lorsqu'il pénétra dans la grotte. Laren ne portait qu'une robe et des gouttes de transpiration perlaient dans son cou. Les cheveux noués sur la nuque, elle tenait à la main une longue canne de métal. Une bulle de verre se forma à l'extrémité du tube et Alex s'arrêta, fasciné par la magie de l'opération. À l'aide de son souffle et du feu, Laren était en train de créer un cylindre de verre couleur de rubis. Son attention était tout entière concentrée sur le verre et Alex profita du fait qu'elle ne remarquait pas sa présence.

En silence, il prit l'un des vitraux enveloppés d'étoffe qu'elle avait fabriqués longtemps auparavant et alla le poser dehors, afin de l'emporter ensuite avec lui. Laren ne destinait pas cette œuvre à la nouvelle église, mais Alex avait imaginé un autre usage pour elle. Un usage que sa femme n'apprécierait pas du tout, si elle venait à découvrir ses intentions.

Ce fut seulement lorsqu'elle eut achevé la pièce et l'eut mise à refroidir dans le four de recuit que la jeune femme se retourna pour l'accueillir.

— C'est très beau, lui dit-il.

Remarque qui fut récompensée par un sourire furtif…

— J'aime beaucoup le rouge, admit Laren, mais c'est la couleur la plus difficile à obtenir. Je voudrais trouver un procédé qui ne le rende pas aussi sombre. Il ne laisse pas filtrer la lumière comme les autres couleurs.

Elle se dirigea vers la surface de travail en pierre, où elle avait disposé les morceaux de verre déjà coupés. Alex put voir se dessiner l'image de la Crucifixion, et tout autour, diverses scènes représentant le jardin d'Éden, Moïse ouvrant la mer Rouge et une représentation de la Vierge Marie. Mais aucun des saints ni des apôtres ne possédait encore de visage et il se demanda si le cadeau qu'il avait projeté d'offrir à Laren serait ou non le bienvenu.

— Mes cousins vont bientôt venir pour emmener Mairin, lui annonça-t-il. Un messager est arrivé ce matin. Elle partira pour le Nord, ainsi que nous l'avons décidé.

Laren reposa son outil de découpe et quand elle s'approcha, Alex lut l'épuisement sur son visage. Comme lui, elle avait travaillé depuis l'aube. Très pâle, elle s'appuya contre la table.

— Je sais qu'elle doit partir, mais j'aurais tellement préféré qu'elle reste.

Alex s'avança derrière elle et lui pressa les épaules dans un geste de réconfort.

— Elle sera plus en sécurité là-bas, vous le savez bien.

Laren ne répondit pas, la tête basse. Alex remarqua alors quelque chose d'anormal dans sa posture. Elle semblait chanceler, au bord du malaise.

— Qu'y a-t-il ?

Soudain, les jambes de la jeune femme ployèrent et Alex dut la rattraper avant qu'elle ne tombe sur le sol. Son cœur se mit à cogner d'angoisse lorsqu'il la vit inerte dans ses bras. Laren revint à elle au bout d'un instant et il l'aida à s'asseoir sur le banc à côté de lui.

— Respirez à fond, ordonna-t-il.

Tout en lui frottant les épaules, il remarqua de nouveau la pâleur de son teint et se demanda si elle prenait bien soin d'elle.

— Vous êtes malade ?

— Non, cela va aller mieux.

Alex n'était pas convaincu. Il s'appuya contre la table,

Laren toujours dans ses bras. Loin de se détendre, elle semblait de plus en plus nerveuse.

— Tout va bien, Alex, le rassura-t-elle enfin. J'ai juste eu un petit vertige.

— Cela vous est-il déjà arrivé ?

Elle haussa les épaules.

— Il n'y a vraiment pas de quoi s'inquiéter.

— Je n'aime pas vous voir vous évanouir ainsi. Vous auriez pu vous cogner la tête.

Il avait des raisons de s'inquiéter. Certes Ramsay était aux côtés de Laren la plupart du temps, mais il y avait tout de même des moments où elle travaillait seule à l'intérieur de la grotte.

— Je vous enverrai Dougal demain matin, déclara-t-il. Avec Ramsay et lui pour vous assister, vous termineriez plus vite votre commande.

Laren secoua la tête.

— Votre frère s'intéresse davantage aux chevaux et aux autres animaux qu'au travail du verre. Tout se passera bien, n'ayez crainte. Je vais mieux à présent.

Mais Alex n'était pas du tout d'accord. Laren semblait de plus en plus fatiguée au fil des jours. Ce matin-là encore elle avait eu du mal à se réveiller.

Il l'aida à se relever, sans lui lâcher la taille.

— Vous mettez trop de cœur à l'ouvrage, Laren. Je vois bien que vous êtes épuisée.

— J'ai promis de finir les fenêtres pour la nouvelle église au début de l'été, insista-t-elle. Personne d'autre ne peut faire ce travail.

Alex ne comprenait pas sa hâte, car il restait suffisamment de temps. En dépit des protestations de Laren, il était bien décidé à lui trouver d'autres personnes pour la seconder. Savoir qu'elle n'œuvrait pas seule aurait au moins le mérite de le tranquilliser.

— Vous n'avez pas besoin de vous laisser dévorer par votre tâche, Laren.

— Il faut que je termine. D'ici à quelques mois, je pourrai faire livrer les vitraux à l'abbé.

Alex n'en doutait pas. Mais il décelait une note inhabituelle d'agitation dans la voix de sa femme.

— Quelque chose d'autre vous préoccupe, n'est-ce pas ?

Laren appuya les mains sur la table, révélant ainsi ses cicatrices.

— Nairna est venue me voir aujourd'hui pour me demander des conseils, admit-elle enfin. Elle désire un bébé.

Prenant l'un des morceaux de verre déjà coupés, elle le plaça dans la mosaïque qui composait le vitrail.

— Cela ne me semble pas juste. Je suis bénie avec nos enfants, alors qu'elle donnerait tout au monde pour en avoir un seul.

— Je suis sûr que Bram et elle auront bientôt leur propre famille, la rassura Alex.

Bram et Nairna passant toutes leurs nuits ensemble, seuls dans leur chaumière, c'était simplement une question de temps, il en était sûr.

— Peut-être, soupira Laren.

Alex posa les mains sur ses épaules, puis tâta les nœuds de tension dans son cou. Elle se relaxa peu à peu, tandis qu'il lui massait la nuque.

— Je vous ai apporté quelque chose.

Fouillant sous sa cape, il lui tendit le cadeau qu'il lui destinait.

— Je voulais vous offrir cela.

Laren prit le paquet enveloppé d'étoffe.

— Qu'est-ce que c'est ?

— Quelque chose dont vous avez besoin.

Elle lui jeta un regard intrigué et défit l'emballage. La toile s'ouvrit, révélant trois minces pinceaux dont les manches en bois poli luisaient comme du satin. À l'autre extrémité, les poils délicats pouvaient tracer une fine ligne de peinture. Il lui avait acheté ces instruments, sachant qu'ils l'aideraient à dessiner les visages des saints.

Laren les posa sur la table et tourna vers Alex un regard noyé.

— Est-ce que j'ai commis un impair ? s'inquiéta-t-il.

Elle secoua la tête.

— C'est exactement ce dont j'avais besoin !

Elle baissa les yeux et une larme coula sur sa joue, puis une autre. Alex l'observait, décontenancé. Il ne comprenait pas. *Elle ne pouvait pas traiter les ombres complexes sur les visages sans les outils adéquats, n'est-ce pas ?*

— Pourquoi pleurez-vous ?

— Je… Je ne sais pas, sanglota-t-elle.

— Vous êtes fatiguée ? Vous avez mal quelque part ?

Laren essuya ses larmes.

— Non. J'ignore ce qui m'arrive.

Elle se leva, les pinceaux dans les mains.

— C'est tellement gentil à vous de me les offrir…

Ne sachant que répondre, Alex hocha simplement la tête et s'apprêta à partir. Mais Laren lui saisit la main avant qu'il ne s'éloigne, mêlant ses doigts aux siens tandis qu'elle se rapprochait de lui.

— Le manoir sera fini ce soir, n'est-ce pas ?

— Oui, confirma-t-il en lui pressant la main. Les hommes ont travaillé dessus nuit et jour pour l'achever aussi vite que possible.

— Vous craignez une autre attaque ?

— Nous savons tous que cela va se produire. Mais nous ignorons quand.

Et comme il la voyait pâlir :

— Je ferai ce qu'il faut pour assurer votre sécurité, murmura-t-il, lui enlaçant la nuque dans un geste de silencieux réconfort.

Laren leva vers lui un regard soupçonneux.

— Vous ne voulez pas vous rendre à Lord Harkirk, n'est-ce pas ?

— Ce n'est pas mon intention.

Mais elle secoua la tête, devinant qu'il lui cachait la vérité.

— Ne faites pas cela, Alex !

— Il faudra bien que je l'affronte tôt ou tard, répliqua-t-il. Cela ne peut pas continuer ainsi.

Il n'avait pas l'intention de finir en martyr, mais il ne voulait pas non plus que son clan et sa famille souffrent à cause de lui.

— Qu'allez-vous faire ?

Il ne répondit pas, de crainte de la bouleverser davantage. Au lieu de cela, il lui caressa le dos pour apaiser la tension de ses muscles. Si seulement il pouvait chasser aussi ses tourments…

— Je ne veux pas qu'il vous arrive quoi que ce soit, Alex, murmura-t-elle. Vos filles ont besoin de vous.

Et plongeant ses grands yeux bleus dans les siens :

— Moi aussi, j'ai besoin de vous.

Alex se figea, touché jusqu'au cœur par ce tranquille aveu. Il sentait la douceur du corps de Laren pressé contre lui et le désir flamba soudain en lui, aussi violent qu'inattendu. La dernière fois qu'ils avaient fait l'amour ensemble, c'était elle qui l'avait séduit, lui faisant perdre la tête jusqu'à ce qu'il oublie tout ce qui n'était pas elle.

Laren lui saisit les mains et les guida autour de sa taille. Puis elle leva la tête vers lui et il lut dans ses yeux un désir aussi fort que le sien. Il la voulait là, tout de suite, avec une telle intensité qu'il en tremblait. Mais elle lui semblait si pâle, si fragile ! Il ne voulait pas qu'elle se croie obligée…

— Alex… Vous voulez bien m'embrasser ?

Il secoua la tête, tout en lui caressant la nuque.

— Si je commence à vous toucher, je ne pourrai plus m'arrêter.

— Je ne veux pas que vous arrêtiez, murmura-t-elle en se pressant contre lui.

Même s'il l'avait voulu, Alex n'aurait pas pu réprimer la réponse immédiate de son corps. Il posa les mains sur les hanches de Laren et elle ondula contre lui, frottant son ventre sur le sien en une sensuelle danse de séduction.

— Laren…, chuchota-t-il contre ses lèvres.

Elle s'abandonna doucement lorsqu'il s'empara de sa bouche et leurs langues s'enlacèrent, chaudes et humides, voluptueux prélude à tout ce qu'il brûlait de lui faire.

Lorsque Alex s'écarta enfin, rompant le baiser, il dut lutter pour reprendre sa respiration. La tentation de déshabiller Laren pour sentir sa peau nue contre la sienne était si forte qu'il en tremblait, déchiré.

— Vous ne vous sentez pas bien, fit-il en la lâchant. Je vais dire à Ramsay de venir s'occuper des fours. Ainsi, vous pourrez rentrer à la maison vous reposer.

Mais Laren lui barra résolument le passage.

— Non. Je ne veux pas que vous partiez, Alex.

Le désir flambait en lui avec une telle violence que Laren le sentait près de perdre tout contrôle sur lui-même. Doucement, elle lui caressa le torse et sentit le cœur d'Alex cogner avec frénésie sous ses doigts. Glissant les mains sous sa tunique, elle effleura sa peau nue.

— Je ne vous ai pas vu ces dernières nuits. Vous avez repris vos anciennes habitudes.

— Nos défenses ne sont pas encore terminées, argua Alex. Si les Anglais ou n'importe qui d'autre nous attaquent de nouveau…

Il s'interrompit, secouant la tête.

— Je dois m'assurer que tout le monde est protégé.

— Combien de temps cela prendra-t-il encore ?

— Je l'ignore. Le mur extérieur est achevé, mais la construction en pierre du château exigera encore de nombreux mois de travail.

Laren soupira. Elle s'était efforcée de croire qu'ils avaient pris un nouveau départ et que les choses allaient redevenir ce qu'elles étaient auparavant. Au lieu de cela, il semblait qu'Alex soit bien parti pour recommencer à passer tout son temps loin de sa famille, exactement comme s'ils ne s'étaient pas parlé. En fait, rien n'avait changé !

— Je fais cela pour vous, Laren. Et pour nos filles.

Il l'étreignit avec force, l'empêchant de s'éloigner.

— J'ai besoin d'être sûr que j'ai fait tout mon possible pour assurer votre sécurité.

Laren lui toucha la joue, laissant sa main s'attarder un instant sur sa peau râpeuse, ombrée d'une légère barbe.

— Je me sens seule la nuit quand vous n'êtes pas là, chuchota-t-elle.

Elle ressentait un besoin désespéré de le lier à elle, de rallumer la flamme d'antan. Elle craignait de le perdre, s'il la quittait pour aller affronter Harkirk. C'était déjà assez dur de s'endormir le soir sans l'avoir à côté d'elle, mais s'il devait mourir, surtout maintenant…

Alex ferma les yeux, soulevant la main de Laren pour poser les lèvres au creux de sa paume. Elle se pencha pour l'embrasser, souhaitant de tout son cœur qu'il se laisse enfin aller.

Et son vœu fut exaucé.

La bouche d'Alex plongea sur la sienne, tandis qu'il retroussait sa robe d'un geste fébrile. Tout entière absorbée par le baiser de son mari, Laren en oublia son récent malaise. Un tourbillon de sensations s'éveilla dans son corps, qui se mit à réclamer plus, beaucoup plus…

— Alex, chuchota-t-elle, je préfère un mari en chair et en os qu'un mari qui n'est jamais là.

Elle lui saisit la main et la posa sur sa poitrine, en un geste d'invite sans équivoque.

Alex lui effleura la joue d'un baiser, mettant la main en coupe sur le renflement de sa poitrine. Elle le sentait trembler de désir, ce désir farouche qu'il ne voulait pas avouer. Pour une fois, elle voulait le pousser au-delà de ses limites, l'unir à elle afin qu'il se rende compte de ce qu'il perdait quand il passait tant d'heures loin d'elle.

Il y avait si longtemps qu'ils ne s'étaient pas retrouvés ainsi ! Laren voulait qu'il lui fasse confiance, qu'il lui permette d'alléger le fardeau de responsabilités qui pesait sur ses épaules. Alex avait beau enfouir tout cela en lui, elle sentait bien la tension qui l'habitait. Soulevant sa tunique, elle lui massa les épaules pour le décontracter, essayant d'apaiser la douloureuse raideur de ses muscles. Il avait physiquement changé ces dernières semaines, les biceps durcis d'avoir soulevé tant de pierres. Laren laissa courir ses doigts sur cette peau chaude et ferme. Alex n'avait jamais eu la chair flasque, mais son corps avait récemment acquis une force surprenante.

— Laren…

Il lui emprisonna les mains, les immobilisant contre ses flancs.

— Je crains de ne pas me montrer très doux. Cela fait trop longtemps...

— Soyez avec moi, c'est tout, le pressa-t-elle.

Elle défit sa robe, qui glissa sur le sol. Alex, l'air émerveillé, lui caressa la peau. Elle avait les seins sensibles et lorsqu'il prit l'un des mamelons dans sa bouche, elle exhala un gémissement en retour, tâtonnant pour lui ôter ses braies, dans sa hâte de le sentir tout entier contre elle.

Alex lui écarta les cuisses, effleurant son mont de Vénus.

— Vous rappelez-vous la première fois que je vous ai fait l'amour ?

— Bien sûr. C'était au cercle de pierres, juste après notre mariage.

— Je ne parvenais pas à me rassasier de vous cette nuit-là, murmura-t-il en la caressant.

Laren gémit, vacillant sous le toucher intime de ses doigts. Alex empila leurs vêtements sur le sol sablonneux pour former une couche moelleuse et l'aida à s'étendre.

— Je n'arrivais pas à croire que vous étiez enfin mienne !

— Et moi je n'arrivais pas à croire que vous m'aviez choisie, moi, parmi toutes celles que vous auriez pu avoir.

Elle l'attira sur elle et le corps d'Alex, viril et puissant, recouvrit entièrement le sien. L'espace d'un instant, elle demeura immobile sous lui, en souhaitant que cela puisse durer toujours. Mais déjà les mains d'Alex remontaient le long de ses jambes, bientôt suivies par sa bouche semant sur sa peau nue une longue traînée de baisers. Lorsqu'il atteignit son entrejambe, il la caressa de nouveau et la réponse instantanée de Laren dépassa en intensité tout ce qu'elle avait connu jusqu'alors.

Alex eut les doigts mouillés et elle rougit, confuse de sa propre réaction.

— Alex, n'allez pas trouver Harkirk. Restez avec moi !

— Je ne me cacherai pas comme un poltron. Il faut en finir avec cela. Et quand ce sera terminé, vous n'aurez plus à craindre d'invasion anglaise.

Son ton farouche réduisit Laren au silence. Glissant une main sous elle, Alex lui souleva les reins pour la pénétrer, stimulant du bout du pouce le point le plus sensible de sa féminité pour la conduire plus vite vers la jouissance.

Laren gémit sous son toucher. Ces longues semaines sans lui exacerbaient ses sensations, leur conférant une plénitude qu'elle n'avait pas connue depuis longtemps. Alex savait exactement où la titiller pour la rendre folle de désir. C'était comme être caressée partout en même temps !

Elle se cambra vers lui pour l'inciter à se mouvoir plus vite, mais au lieu de cela, Alex ralentit encore pour mieux la tourmenter. Pantelante de désir, Laren lui enserra plus étroitement les hanches et il l'en récompensa d'une puissante poussée qui la fit crier de plaisir, le corps secoué de vagues et fondant comme le verre sous le feu incandescent de la passion.

Les genoux remontés jusqu'à la poitrine, elle s'offrit aux coups de boutoir redoublés qui ébranlaient son corps tandis qu'Alex accélérait frénétiquement le rythme, soulevant en elle une tempête où la raison n'arrivait plus à lutter contre le flot montant de l'extase. Elle se tendait vers lui, tandis que le plaisir déferlait en elle en ondes brûlantes.

— Vous êtes mienne, Laren. Quoi qu'il m'arrive ensuite, aucun homme ne vous donnera jamais cela.

Laren ne s'appartenait plus, ne pouvait plus rien

faire d'autre que s'abandonner aux sensations aveugles qui l'entraînaient plus haut, toujours plus haut vers l'ineffable jouissance. Alex ne lui laissa pas un seul instant de répit, la martelant encore et encore, plus violemment qu'il ne l'avait jamais fait. En cet instant, il était devenu le conquérant et elle l'esclave. Enfin, quand elle sentit la bouche chaude d'Alex sur ses seins, Laren eut l'impression que son corps éclatait en une gerbe flamboyante tandis qu'elle se soulevait vers lui dans les soubresauts de l'orgasme. Quelques mouvements de pénétration encore et Alex gémissait à son tour avant de se répandre en elle.

Jamais, pendant toutes leurs années de mariage, il ne s'était laissé aller aussi totalement, perdant tout contrôle sur lui-même. Mais les mots qu'il avait prononcés la terrifiaient.

« Quoi qu'il m'arrive ensuite. »

Il ne voulait pas lui dire ce qu'il comptait faire et elle se sentait frustrée qu'il puisse encore lui refuser une partie de lui-même.

— Rentrez au manoir avec moi, chuchota-t-il en l'embrassant avec ferveur.

Laren se toucha les lèvres comme pour y retenir son baiser.

— Dans un petit moment, répondit-elle. Je vais rester près des fours pendant que vous allez chercher Ramsay.

Alex se retira d'elle pour se rhabiller et elle sentit la distance se rétablir entre eux une fois de plus. Elle lui avait donné le soulagement physique dont il avait besoin, mais ce n'était pas assez.

Comment briser la carapace qu'il avait érigée autour de lui pour atteindre enfin son cœur ? songea-t-elle avec tristesse.

Lorsque Alex eut disparu, Laren voulut se lever, mais ses genoux se dérobèrent sous elle. Le vertige familier déferla telle une vague et elle baissa la tête, luttant pour retrouver son équilibre.

Tu aurais dû le lui dire, lui chuchota la voix de sa conscience.

Elle n'avait pas eu ses menstrues depuis deux mois et ses seins étaient devenus terriblement sensibles. Les signes habituels de grossesse étaient bien là. L'enfant naîtrait sans doute en automne.

Cela la surprenait qu'Alex n'ait pas déjà deviné. Elle pleurait pour tout et n'importe quoi. Ses larmes surgissaient sans crier gare. Ce jour-là, cela avait été particulièrement difficile. Nairna essayait depuis si longtemps d'avoir un enfant et Laren l'avait écoutée, luttant pour refouler ses émotions.

Cela semblait si injuste que Nairna désire aussi désespérément un bébé, quand elle-même n'avait aucun effort à fournir, tant sa fertilité semblait aller de soi. Elle n'avait rien dit, ne voulant pas ajouter à la peine de son amie.

Mais c'était pour d'autres raisons qu'elle ne l'avait pas annoncé à Alex. Elle se sentait en permanence épuisée et les nausées ne lui laissaient aucun répit depuis le moment où elle se réveillait le matin jusqu'à celui où elle s'endormait enfin. C'était si différent de ses précédentes grossesses qu'elle se sentait effrayée pour la première fois de sa vie.

Alex se ferait trop de souci, l'obligeant sans doute à rester au lit. Et comment finirait-elle le vitrail ?

Encore un peu de temps, songea-t-elle.

Quelques semaines de plus et ces symptômes pénibles

s'apaiseraient. Elle finirait d'abord le vitrail, puis elle lui parlerait du futur bébé.

Posant la main sur son ventre, Laren éleva une silencieuse prière pour la survie de l'enfant.

Chapitre 12

Découragé, Finian contemplait d'un air morne les braises du feu qui se mourait. Il ne se rappelait même pas quand il avait mangé pour la dernière fois et ne savait plus que faire. Leur attaque avait échoué. Il avait sous-estimé la force de leurs adversaires, et s'emparer d'un otage ne semblait plus guère possible. Il le fallait bien, pourtant. Mais qu'il soit damné s'il savait comment s'y prendre à présent.

La voix de son frère Brochain le tira de ses réflexions.

— Finian ! Des soldats anglais sont arrivés.

Finian se leva d'un bond, la main sur la garde de son épée.

— Que veulent-ils ?

— Ils viennent de la part de Harkirk. Ils apportent un message du baron.

Brochain lui tendit un paquet enveloppé d'étoffe. Finian sentit sa gorge se nouer. De quoi s'agissait-il encore ?

Il posa le paquet sur la table, et lorsqu'il eut écarté le tissu, il découvrit au milieu la robe qui avait appartenu à sa fille. Le vêtement était en loques.

Alors il comprit — on avait ôté à la fillette ses vêtements et les soldats profitaient d'elle. C'en était trop pour lui.

Il ferma les yeux, envahi par une telle fureur qu'il arrivait à peine à penser. Son frère, livide, contemplait la robe.

— C'est celle d'Iliana ?

— Oui.

Finian agrippa le vêtement, en essayant de réprimer la nausée qui lui tordait l'estomac. La seule pensée qu'un homme puisse poser la main sur sa fille lui était intolérable. En tout cas, le message était clair.

Il ne lui restait plus beaucoup de temps.

L'intérieur du nouveau manoir était plus chaud que Laren ne s'y attendait. Tout le clan MacKinloch semblait s'être rassemblé dans la grande salle. Bien que la structure eût été construite en bois dans un premier temps, les hommes avaient déjà commencé à ériger des pierres autour des murs en planches. Laren se glissa dans la pièce et resta à l'écart, cherchant ses filles du regard.

Elle les découvrit assises près d'Alex à l'autre bout de la salle. Leur père discutait avec Bram, pendant que Nairna s'affairait à faire circuler les plats. Laren appuya son dos contre le mur de bois, en essayant de ne pas encombrer le passage. Un fumet de viande rôtie flottait dans l'air. Laren déglutit convulsivement pour réprimer un nouvel accès de nausées.

Il aurait fallu qu'elle s'assoie pour calmer son estomac et la sensation de vertige qui s'était de nouveau emparée d'elle, mais il n'y avait ni bancs ni fauteuils. Les gens allaient et venaient autour d'elle, buvant et bavardant, et elle sentit sourdre en elle l'angoisse familière. Le besoin de fuir la foule montait en elle et elle dut lutter contre cette réaction instinctive.

Pour se distraire, elle fixa son attention sur les murs. L'odeur du bois fraîchement coupé la soulagea et elle passa les mains sur la surface rugueuse. Même s'il fallait encore doubler les planches par de la pierre, du moins les protégeaient-elles. Ce soir, ils auraient un toit étanche au-dessus de leurs têtes.

Un sourire artificiel plaqué sur le visage, Laren s'avança en longeant les murs. Tandis qu'elle s'approchait d'Alex, elle repéra Vanora debout non loin des petites.

— Vanora…

Mais la matrone, qui lui tournait le dos et parlait à son époux, ne sembla pas remarquer sa présence.

— Il l'attend, mais elle n'est pas encore rentrée, disait-elle. Je ne sais pas pourquoi il nous a tous rassemblés ici, mais c'est au sujet de Laren, à ce que j'ai cru comprendre.

Laren se figea à ces mots, s'interrogeant. Quel rapport ce repas festif pouvait-il bien avoir avec elle ? Elle avait cru qu'il s'agissait là d'une célébration, une cérémonie de bienvenue dans le nouveau manoir.

Un nouvel accès de nausées lui tordit l'estomac. Elle se trouvait maintenant assez près d'Alex pour qu'il puisse la voir, et quand elle aperçut le paquet enveloppé d'étoffe posé devant lui, elle sentit son cœur défaillir.

Non, il ne pouvait pas lui faire cela !

— Vous avez été nombreux à vous demander d'où venait l'argent qui a financé la reconstruction de Glen Arrin, commença Alex, d'une voix qui porta par-dessus le brouhaha de la foule. Je crois qu'il est temps que vous l'appreniez.

Sans doute entendait-il lui faire ainsi honneur, songea Laren, mais elle ne voulait pas que les autres voient ses premiers essais d'artiste verrière. Ils n'étaient pas assez bons. Les couleurs ne convenaient pas et les vitres risquaient de craquer à la moindre égratignure.

Alex dévoila le vitrail coloré — une représentation de la madone à l'enfant, qu'elle avait créée un an plus tôt. La Vierge sans visage n'était guère plus qu'une femme en capuchon serrant dans ses bras un précieux fardeau.

— C'est Laren qui a fabriqué cela, expliqua Alex. Elle a vendu ses vitraux et nous a ramené l'argent.

Il ne fallut pas plus d'un instant pour que tous les visages se tournent vers elle. Le regard soudain noyé de larmes de Laren rencontra celui de son mari. Les membres du clan se mirent à parler, mais elle n'entendit pas leurs paroles. Déjà, elle fuyait vers la sortie. Qu'Alex eût ainsi mis son âme à nu devant tout le monde représentait pour elle une véritable trahison. Oh ! pourquoi avait-il fait cela ? Il savait bien à quel point elle avait horreur de se retrouver au centre de l'attention. Rien ne la mettait plus mal à l'aise que d'être ainsi exposée au feu des regards. Elle ne pouvait tout simplement pas le supporter !

Dehors, il tombait une neige mêlée de pluie, mais Laren ne sentait pas le froid, absorbée par ce qui se passait dans son cœur, car jamais, jamais, elle n'aurait voulu se dévoiler ainsi aux yeux de tous.

La voix d'Alex retentit derrière elle.

— Laren ! Revenez, voulez-vous ? Il faut qu'ils sachent enfin pourquoi vous vous absentez tant d'heures chaque jour. Et vous avez besoin de gens pour vous aider.

Il voulut lui enlacer la taille, mais elle le repoussa.

Derrière lui, elle aperçut des visages curieux et entendit des chuchotements. Bienveillants ou pas, elle s'en moquait. Et lorsque Alex tenta de nouveau de la ramener vers le donjon, elle tourna les talons et s'enfuit en courant, incapable d'affronter tous ces gens.

Alex attendit encore une heure avant de partir à la recherche de Laren. Il pensait qu'il valait mieux lui laisser le temps de se calmer, d'accepter ce qui venait de se passer. Il n'avait jamais compris pourquoi elle en avait fait un tel secret. Il n'y avait aucune raison de ne pas parler des vitraux aux autres membres du clan.

Tous s'étaient montrés fascinés par l'œuvre, se répandant en compliments que Laren n'était plus là pour entendre. Tous sans exception étaient venus toucher le verre, posant des questions auxquelles Alex était incapable de répondre, et sans doute beaucoup d'entre eux voudraient-ils voir les autres œuvres.

Quelques-uns refusaient tout bonnement de le croire avant d'avoir constaté de leurs propres yeux que c'était bien là le fruit du savoir de Laren, et cette attitude dubitative troubla Alex. Peut-être avait-il agi avec précipitation ? Mais il voulait trouver de l'aide pour Laren, et il avait besoin du clan pour cela. Elle ne pouvait achever cette tâche seule, quoi qu'elle en pense.

— Vitrail ou pas, elle n'est guère une épouse pour vous, observa aigrement quelqu'un dans son dos.

Alex se retourna et vit Grizel s'avancer vers lui, les deux fillettes à ses côtés.

Il tança sa mère du regard.

— Vous n'avez pas le droit de parler ainsi de Laren. Surtout devant les petites.

— Pourquoi ? Elles savent bien que leur mère n'est jamais là.

Alex vit les yeux de Mairin s'emplir soudain de larmes. Arrachant sa main de l'étreinte de sa grand-mère, la fillette lança à Grizel un coup d'œil furibond.

— Le verre de ma maman est magnifique. C'est juste que vous êtes jalouse parce que vous ne savez pas en faire autant !

L'enfant s'enfuit sur ces mots, gagnant à toutes jambes la berge du loch en direction de la grotte. Voyant sa sœur disparaître, Adaira commença à sangloter.

— Laissez-nous, ordonna Alex à sa mère. Vous avez causé assez de mal comme cela.

Il réconforta Adaira en la soulevant dans ses bras et en frottant ses petites épaules.

— J'ai tout de même le droit d'exprimer mon opinion, non ? argua Grizel.

— Vous n'avez pas le droit de vilipender ma femme, rétorqua Alex. Et si vous voulez garder votre place ici, vous feriez bien de vous entendre avec Laren.

Il s'éloigna à grands pas sans ajouter un mot. Avec sa langue de vipère, Grizel ne manquerait pas de le faire sortir de ses gonds s'il était assez stupide pour rester près d'elle.

En quelques enjambées, il rattrapa Mairin. Les joues striées de larmes, la petite lançait des cailloux dans l'eau.

— Je déteste notre *seanmhair*, déclara-t-elle en pleurant.

— Grand-mère s'excuse pour ce qu'elle a dit, prétendit Alex.

Ce mensonge lui avait échappé sans qu'il sache pourquoi, car il doutait que Grizel éprouvât le moindre regret. Sa malveillance empoisonnait l'atmosphère, jusqu'au moment où il devenait impossible à quiconque de vivre auprès d'elle.

Mairin leva vers son père un regard inquiet.

— Elle m'a dit ce matin qu'on allait m'envoyer au loin. C'est vrai ?

Alex s'approcha d'elle et posa une main sur son épaule. Sa fille lui arrivait déjà au-dessus de la taille et il s'étonna soudain qu'elle ait grandi aussi vite. Ses cheveux roux étaient en train de perdre les reflets dorés de l'enfance et devenaient plus foncés.

— C'est seulement pour ton éducation, Mairin. Tu vas aller dans le Nord, sur les îles Orkney. Mon cousin est d'accord pour t'accueillir.

Voyant les pleurs de l'enfant redoubler, il la serra contre lui.

— Tu seras plus en sécurité là-bas, comprends-tu ?

— Je ne veux pas partir ! s'obstina Mairin.

Alex déposa un baiser sur ses cheveux ébouriffés.

— Tu rencontreras de nouveaux camarades, filles et garçons. Peut-être un futur mari, qui sait ?

Le visage de Mairin exprima une telle horreur au mot *mari* qu'Alex réprima un rire.

— Viens, allons retrouver ta mère.

Il espérait que Laren se serait calmée entre-temps et accepterait plus volontiers l'idée de prendre un autre apprenti. Au début, il avait pensé que Dougal serait le meilleur choix, mais c'étaient les yeux de Monroe, l'un des plus jeunes garçons du clan, qui avaient scintillé à la vue du verre. Même quand les autres avaient eu fini de contempler le vitrail, il avait continué à l'examiner, l'effleurant comme s'il doutait de sa réalité. Visiblement, il était ébloui. Restait à savoir si Laren voudrait bien le prendre comme deuxième apprenti.

Avant d'arriver à la grotte, Alex aperçut Laren qui revenait vers lui depuis l'autre bout du loch. Mairin courut se jeter dans les bras de sa mère, qui la souleva et la cala sur sa hanche en lui parlant doucement. Lorsqu'elle rejoignit Alex, elle le délesta d'Adaira, mais ne lui adressa pas un seul mot. La froideur qui émanait d'elle était presque palpable, même si elle se garda de prononcer un seul mot devant leurs filles.

Alex ne parvenait pas à lire sur son visage ; il lui fut impossible de deviner ses pensées.

Il l'arrêta comme elle s'apprêtait à entrer dans la maison de Ross.

— Avez-vous oublié que nous dormons au manoir ce soir ?

Laren rougit, mais avant qu'elle n'ait eu le temps de répondre, Mairin battit des mains.

— Est-ce qu'on va avoir notre lit à nous, papa ?

— Pas encore. Mais si j'ai le temps, je tâcherai de vous en fabriquer un sous peu.

Cette restriction n'assombrit pas l'excitation des fillettes et Mairin entraîna vivement sa mère vers le bâtiment en bois. Dès qu'ils furent à l'intérieur, Alex disposa sur le sol des matelas de paille et des couvertures pour les filles. Laren avait choisi un coin bien chaud de la salle pour les coucher toutes deux. Elle attendit qu'elles s'endorment avant de se lever et de suivre Alex de l'autre côté du manoir, où il avait aménagé une pièce pour eux deux.

— Vous êtes en colère, fit-il en lui saisissant le bras.

Laren ne répondit pas, les poings serrés contre ses flancs. Alex sentait les émotions bouillonner au tréfonds d'elle et douta de pouvoir l'apaiser par ses paroles.

— Je ne veux pas m'excuser pour ce que j'ai fait, poursuivit-il. Il fallait qu'ils sachent.

Il voulut lui toucher l'épaule mais Laren ferma les yeux, comme sous l'effet d'une vive douleur.

— Quatre d'entre eux m'ont suivie jusqu'à la grotte. Ils étaient curieux de voir.

Alex se plaça devant elle, l'obligeant à lui faire face.

— C'est compréhensible. Pour eux, ce que vous faites est quasiment de la magie.

— Je ne veux pas qu'ils m'observent ! s'écria-t-elle.

Et baissant la voix dans un chuchotement farouche :

— J'ai commencé une fusion, mais ils n'arrêtaient pas de me poser des questions. C'est comme si j'avais perdu mon sanctuaire !

— De quoi avez-vous peur, Laren ?

— Je déteste me sentir épiée. J'imagine bien ce qu'ils pensent. Ils trouvent que ce que je fais n'est pas assez bon.

Elle tourna légèrement la tête et Alex vit scintiller des larmes dans ses yeux.

— Même s'ils ont raison, je n'arrive pas à oublier qu'ils déblatéraient autrefois contre ma famille, quand mes sœurs et moi étions enfants. Et maintenant, il va falloir que je supporte chaque jour leurs regards !

Alex se pencha vers elle à la toucher. Laren laissa échapper un souffle tremblant quand elle sentit son torse se presser contre ses seins.

— Je n'ai jamais rien cru de ce que l'on disait sur vous, fit-il d'un ton ferme. Vous n'étiez pas responsable des fautes de votre père.

— Il faisait de son mieux, mais ce n'était pas assez, murmura-t-elle.

Elle lui fit face, et dans son regard bleu, Alex lut une insondable souffrance.

— Je ne devrais pas prêter attention à ce qu'ils pensent de moi, n'est-ce pas ?

— Votre savoir les a intrigués. Même le père Nolan n'aurait pas été capable d'accomplir ce que vous faites. Monroe a demandé si vous vouliez bien lui permettre de vous aider, Ramsay et vous.

— Tout de même, je ne comprends pas. Pourquoi leur en avez-vous parlé maintenant au lieu d'attendre que j'aie achevé ces fenêtres ?

— Parce que vous avez besoin d'aide ! Et parce que je préférerais que vous restiez plus près de la forteresse.

Il vit la colère flamber dans les yeux de Laren et la calma d'un geste.

— Écoutez-moi avant de vous emporter ! Je ne suis pas en train de vous interdire de finir ces vitraux. Vous pouvez découper les morceaux ici, au manoir.

— Mais le verre…

— Vous avez toutes les couleurs voulues pour mener à bien presque tout le travail, affirma Alex.

Il avait vu lui-même les douzaines de carreaux qu'elle avait achevés.

— Ramsay et Monroe peuvent fabriquer le verre et vous l'apporter ici.

Laren le dévisagea d'un regard aigu.

— Qu'est-ce que vous ne me dites pas, Alex ?

Il s'éclaircit la gorge.

— Je pars dans quelques jours avec mes frères. Je ne laisserai pas Harkirk nous menacer plus longtemps.

Le vent d'hiver balayait les collines, poussant des nuages gris annonciateurs de neige. Le père Stephen, le prêtre de l'abbaye, était revenu la veille pour voir où en était le travail de Laren, mais Alex, cette fois encore, ne lui avait pas permis de s'attarder plus d'une heure. Il ne voulait plus voir ce moine rôder autour de sa femme.

Après avoir pénétré dans la grotte, il ordonna à Monroe et Ramsay de regagner le manoir.

— Je veux parler à Laren en privé.

Monroe s'éclipsa aussitôt, mais Ramsay acheva de mettre un creuset au four avant de regarder Laren, sollicitant ainsi sa permission.

— Tu peux y aller, acquiesça-t-elle. Ce ne sera pas prêt avant des heures. Tu reviendras après le coucher du soleil.

Lorsque le gamin eut disparu, Alex s'approcha de la table et posa les mains dessus, attendant que Laren lève les yeux vers lui. Soudain, les mains de la jeune femme s'immobilisèrent sur le verre et elle laissa tomber son ciseau. Alex la vit blêmir, les doigts soudain tremblants. Fermant les yeux, elle se laissa choir sur le banc, la tête inclinée vers les genoux comme si elle était saisie de vertige.

— Laren, que se passe-t-il ?

Il se précipita vers elle, s'agenouilla et lui passa un bras autour de la taille pour la soutenir.

— C'est toujours la même chose. Si je reste debout trop longtemps, je me sens faible.

Alex n'aimait pas cela. Les longues heures de travail se faisaient visiblement sentir. Il effleura le visage de Laren, remarquant les cernes sous ses yeux.

— Il faut que vous ralentissiez un peu. L'église ne sera pas achevée avant cet été, il reste encore du temps. Vous n'avez aucune raison de travailler tous les jours du matin au soir.

Au lieu de se montrer rassurée par ces mots, Laren enfouit son visage dans ses mains.

— Il faut que je continue à ce rythme, sinon ce ne sera pas fini.

— Je ne vois pas en quoi il est utile que vous vous épuisiez au labeur. Nous pouvons nous passer de cet argent, vous savez.

Devant l'expression de son visage, Alex craignit qu'elle ne lui cache encore quelque chose.

— Laren, qu'y a-t-il ?

Elle resta un moment silencieuse, respirant plusieurs fois à fond avant de lever son visage vers lui.

— Je vais avoir un autre bébé.

Une joie inattendue brilla un instant sur le visage d'Alex, puis disparut soudain.

— Cela ne vous réjouit pas, n'est-ce pas ?

Le ton accusateur blessa Laren. Ce n'était pas qu'elle ne désirât pas ce bébé. Elle adorait ses enfants et accueillait avec joie la venue d'une nouvelle vie. Mais ce qu'elle redoutait par-dessus tout, c'était que cet enfant-là ne vive pas. Elle ne l'avait pas encore senti bouger et les malaises mettaient son corps à rude épreuve. Que répondre à Alex ? Elle ne pouvait que se taire mais son silence semblait donner raison à son mari.

Elle vit l'expression de son visage et eut l'impression de lui avoir enfoncé un poignard en plein cœur.

— Est-ce parce que vous ne voulez pas d'autre enfant de moi ?

Laren aurait voulu protester, lui dire que ce n'était pas cela du tout. Mais si elle lui exprimait ses craintes, il ne la laisserait plus fabriquer ses vitraux. La tentation de se taire était si forte qu'elle faillit y céder. Mais quand elle vit Alex tourner les talons, elle sentit que si elle le laissait partir ainsi, rien ne serait plus jamais comme avant.

— Attendez ! s'exclama-t-elle. Vous vous trompez.

Pendant si longtemps, elle avait enfoui en elle ses soucis et ses angoisses, ne voulant pas faire peser ce fardeau sur lui. Pour elle, c'était devenu aussi naturel que de respirer, même quand elle se sentait dévastée par la souffrance.

Il faut qu'il sache, la pressa sa conscience. *Si tu ne le lui dis pas, tu vas le perdre.*

Et Dieu sait qu'elle ne le supporterait pas.

— J'ai peur, avoua-t-elle à mi-voix.

Alex se retourna vers elle et elle lut sur son visage un mélange de colère et de peine.

— Peur de quoi ?

— De perdre cet enfant.

Elle crispa les doigts sur la table de pierre, se forçant à le regarder en face, sans lui cacher le terrible chagrin, le désespoir qui l'accablait depuis trois ans.

Alex ne réagissait toujours pas. Il attendait la suite et Laren hésita, cherchant ses mots.

— Je me sens épuisée et j'ai toujours l'impression de manquer de sommeil. Je me suis évanouie plusieurs fois. Jamais je n'avais ressenti cela avant, lors de mes grossesses précédentes.

Et exprimant sa crainte la plus secrète, elle confessa enfin :

— Je n'ai pas senti bouger l'enfant. Je crains qu'il ne soit déjà mort dans mon ventre.

Des larmes se répandirent soudain sur ses joues. Quand Alex la vit pleurer, il revint sur ses pas et s'agenouilla devant elle. Dans ses yeux, elle décela les ombres de la souffrance et se pencha vers lui pour lui enlacer le cou, puisant du réconfort dans la chaleur de ce corps masculin. Tendrement, il referma ses bras autour d'elle.

— Je ne voulais pas vous causer de peine, chuchota-t-elle. Je ne sais pas si je vais perdre cet enfant ou non, mais je ne voulais surtout pas vous charger de ce fardeau.

Alex s'écarta, une lueur de colère dans les yeux.

— Vous n'êtes pas un fardeau, vous êtes ma femme !

Il essuya les larmes de Laren et enserra son visage dans ses mains.

— Quand David est mort, vous êtes restée des jours sans m'adresser la parole. Ce n'est pas seulement un fils que j'ai perdu cette nuit-là. Je vous ai aussi perdue.

Laren tremblait, submergée de chagrin.

— Je me sentais responsable de sa mort. Toutes les nuits, je passais mon temps à me demander ce que j'avais pu faire de mal et pourquoi nous l'avions perdu.

Elle enfouit le visage dans l'épaule d'Alex, trempant sa tunique de larmes sans y prendre garde.

— Comment aurais-je pu être avec vous quand tout était ma faute ?

Il se rapprocha d'elle, la joue contre la sienne.

— Comment avez-vous pu penser un seul instant que je croyais cela ?

— Moi, je le croyais.

Elle refoula ses larmes, rassemblant son courage.

— Quand Adaira est arrivée, j'ai à peine dormi la première année. Je ne cessais de la veiller, l'écoutant respirer.

— Je ne vous ai jamais blâmée, affirma Alex. Jamais.

Il s'empara de sa bouche en un baiser d'absolution.

— Tout ira bien avec cet enfant, Laren. Je prendrai soin de vous.

Elle posa les deux mains sur son torse.

— Je ne demande pas mieux que de le croire, murmura-t-elle.

— Étendez-vous à présent et reposez-vous. Je vais veiller sur vous.

Laren obéit, et lorsqu'elle fut allongée sur le côté, Alex lui massa le dos et les épaules. Rompue de fatigue, elle se détendit peu à peu sous la magie des mains de son mari. Elle savait qu'elle ne devait pas fermer les yeux ni succomber à l'intense apaisement que lui prodiguaient ces caresses, mais elle ne put résister plus de quelques instants et s'endormit enfin, vaincue par l'épuisement.

Lorsqu'elle se réveilla, il faisait déjà nuit dehors. Alex avait déployé sur elle une couverture sortie de Dieu sait où. Sans doute était-il retourné la chercher à la forteresse, avec les quelques aliments qu'elle aperçut sur la table.

Laren s'assit. La seule lumière dans la grotte était celle qui émanait du four.

— Combien de temps ai-je dormi ?

— Quelques heures. Vous deviez en avoir grand besoin.

Alex prit le plateau de nourriture et le lui apporta. Lorsqu'elle en détailla le contenu, Laren constata qu'il avait évité les mets à l'odeur forte ou ceux qui auraient pu lui retourner l'estomac. Il n'y avait là que des fromages choisis, du pain, des gâteaux d'avoine et des cerises séchées.

— Vous vous êtes rappelé !

Elle sourit en picorant quelques cerises, émue par cette sollicitude inattendue. Lorsqu'elle attendait Adaira, elle avait dévoré toute leur provision de cerises séchées, sa fringale ne semblant jamais satisfaite.

— Et vous ?

— J'ai déjà mangé. Je sais que vous n'aimez pas la viande pendant ces périodes-là.

Le morceau de pain aiguisa l'appétit de Laren, et quand son estomac fut à peu près calmé, elle voulut tâter du reste.

— Vous vous sentez mieux ?

Beaucoup mieux ! Et à présent qu'elle avait commencé à manger, elle avait l'impression de ne plus pouvoir s'arrêter. Les cerises réunissaient un parfait mélange d'acide et de sucré et elle en savoura de pleines poignées.

Enfin rassasiée, elle releva les genoux sous ses jupes et regarda Alex, qui l'observait d'un air amusé.

— Qu'est-ce donc ?

— Je craignais presque de laisser ma main près de la nourriture, de crainte que vous ne la dévoriez aussi !

Elle eut un sourire malicieux.

— Ne vous interposez jamais entre une femme enceinte et sa pitance !

Alex s'assit près d'elle, un bras autour de sa taille. Réconfortée par sa chaleur, Laren s'appuya contre lui.

— Je me souviens de nos promenades autour du loch pendant que vous attendiez David. Vous apportiez de petits morceaux de nourriture, que vous n'arrêtiez pas de grignoter tout le long du chemin.

Le cœur de Laren se serra à cette réminiscence, mais elle comprit ce qu'Alex tentait de faire. La douleur d'avoir perdu David ne disparaîtrait jamais, mais il restait tout de même quelques bons souvenirs auxquels se raccrocher.

— Vous vous moquiez de moi, lui rappela-t-elle. On voit bien que vous ne savez pas ce que c'est. Vous êtes envahi par une fringale inhabituelle, comme vous n'en avez jamais connu auparavant. Irrésistible !

Elle lui prit la main et mêla ses doigts aux siens. La paume d'Alex était chaude. Il lui étreignit doucement les phalanges.

— C'était un beau bébé, n'est-ce pas ?

Elle hocha la tête.

— Je me suis toujours demandé s'il aurait eu vos yeux ou les miens. À la naissance, tous nos enfants avaient les yeux bleus.

Alex lui essuya une larme, tandis qu'elle s'efforçait de sourire.

— Il gardera toujours un peu de mon cœur avec lui. Même au Ciel.

— Il a emporté aussi un morceau du mien, reconnut Alex.

Joignant le geste à la parole, il porta la main de Laren à son cœur, voulant visiblement qu'elle le sente battre sous sa paume. Le visage assombri, il lui avoua :

— Nous partons demain matin à la recherche des MacLachor. Bram viendra avec moi, mais Callum, Ross et les autres hommes resteront ici pour garder Glen Arrin. Maintenant que les murs sont finis, vous devriez être en sécurité.

Laren sentit son estomac se nouer.

— Et si nous sommes attaqués pendant ce temps ?

— S'il arrive quoi que ce soit, envoyez-nous Callum. Nous rentrerons aussi vite que nous pourrons.

— Oh ! Alex…

Elle se cramponna à lui. Si seulement il pouvait ne pas partir !

— Revenez-moi, j'ai besoin de vous. Surtout si la grossesse tourne mal. Si le pire devait arriver… Je ne crois pas que je pourrais endurer cela une deuxième fois.

Alex lui posa une main sur la hanche.

— Vous êtes plus forte que vous ne croyez, Laren. Mais je prie pour que tout se passe bien avec l'enfant.

Doucement, il laissa sa main glisser sur le ventre de Laren et la laissa là un instant, comme pour conjurer le sort et ordonner qu'il en soit bien ainsi.

Chapitre 13

— Maman, je ne veux pas partir, sanglota Mairin, les bras noués autour du cou de Laren.

Elle étreignit éperdument sa fille, comme si elle avait pu retenir ainsi les derniers restes de son enfance. Bien sûr, Mairin leur rendrait visite de temps à autre, mais cela lui brisait le cœur de la voir s'en aller. Elle serait si loin désormais !

— Tu vas vivre une aventure, lui dit-elle en souriant à travers ses larmes.

— Maman, est-ce que vous aussi vous êtes partie pour faire votre éducation ailleurs ?

Laren secoua la tête.

— Mon père n'a pu m'envoyer nulle part. Nous étions trop pauvres et n'avions pas de famille pour nous accueillir. Mais pense à ce que ce sera ! Tu vas voir les endroits où ont débarqué les envahisseurs norvégiens. Et tu auras tout ce dont tu as besoin.

Alex et elle avaient offert aux Sinclair des bœufs et des moutons, ainsi qu'un cheval pour Mairin.

Laren fouilla dans un pli de sa cape et en tira un disque de verre blanc et jaune qu'elle avait façonné en forme de fleur.

— J'ai fait cela pour toi.

Et embrassant de nouveau sa fille :

— Nous nous reverrons cet été.

Le chariot s'ébranla lentement et Laren leva la main en un geste d'adieu, tandis que s'éloignait sa fille. Des larmes froides coulaient sur ses joues.

Alex lui pressa la main.

— Ils s'occuperont bien d'elle, n'ayez crainte.

— Je sais, murmura Laren.

Elle n'aurait pas laissé partir Mairin si elle n'avait pas été certaine que la petite serait plus en sécurité dans le Nord. Mais le pire, c'était qu'elle allait devoir aussi se séparer de son mari à présent. Alex avait tenu sa promesse de dire au revoir à Mairin avant de se mettre lui-même en route avec Bram.

— Il faut que j'aille vérifier nos provisions de voyage avant le départ, lui dit-il.

Laren acquiesça, et elle s'apprêtait à attendre près des chevaux, quand Grizel s'approcha.

— Alex, je voudrais dire un mot à votre femme.

Laren n'intervint pas, étonnée par le ton de sa belle-mère, mais elle n'en regagna pas moins le manoir avec elle. À l'intérieur, elle sentit flotter les relents de viande du repas de la veille et dut lutter contre un regain de nausées. Grizel la conduisit vers un fauteuil.

— Asseyez-vous !

— Quelque chose ne va pas ? s'inquiéta Laren.

Grizel appela une servante et lui chuchota quelques instructions. Puis elle tira une chaise et s'assit en face de Laren, qui trouva difficile de soutenir son regard perçant.

— Ce n'est jamais facile de laisser partir son enfant, commença Grizel. Mais c'est indispensable, surtout si vous voulez que Mairin acquière le statut qui vous a manqué quand vous étiez vous-même enfant.

Laren s'empourpra. Quand donc sa belle-mère lui

épargnerait-elle enfin ses critiques ? Elle ne répondit pas, ne voulant pas commencer une dispute.

La servante revint avec un gobelet de tisane bouillante, que Grizel lui prit des mains avant de le tendre à Laren.

— Buvez ceci.

Laren renifla le breuvage, qui dégageait un fort parfum d'herbes.

— Qu'y a-t-il dedans ?

— De la camomille, de la menthe et d'autres herbes pour faciliter la gestation.

Laren jeta un regard acéré à Grizel, qui se croisa les bras sur la poitrine.

— Je sais encore reconnaître une femme enceinte. Et je sais aussi que ce n'est pas une grossesse facile. Vous avez été très malade, n'est-ce pas ? Je suppose que vous avez peur de perdre l'enfant.

Blessée, Laren s'obligea à avaler une gorgée pour éviter de parler. Pourquoi Grizel disait-elle une chose pareille ? C'était vrai qu'elle avait peur pour l'enfant. Mais elle ne l'avait pas encore perdu…

— Vous ne niez pas, triompha la matrone. Mais si vous buvez cette tisane tous les matins, vous vous sentirez mieux. Cela soulagera vos nausées et affermira l'enfant dans votre ventre. Je vous apporterai les herbes.

Laren prit une autre gorgée, en se demandant où Grizel voulait en venir. Sa belle-mère ne lui avait jamais adressé un seul mot aimable ni n'avait fait le moindre effort pour lui donner l'impression d'être acceptée en tant qu'épouse d'Alex.

Grizel se leva.

— Vous aimeriez avoir votre mère ou votre sœur avec vous quand le bébé viendra, je suppose ?

Laren serra sa timbale, trop émue pour parler. Elle

n'avait pas revu sa mère Roz ni sa sœur Suisan depuis leur départ pour Sainte-Anne.

— Elles me manquent, admit-elle.

— Je les enverrai chercher à la fin de l'été.

Grizel la salua d'une sévère inclination de tête et s'éloigna sur ces mots. Laren acheva la tisane, consciente que c'était sans doute là le maximum que pouvait faire Grizel en matière d'excuses.

— Je n'aime pas abandonner ainsi notre clan, confia Alex à Bram, tandis qu'ils se hissaient tous deux en selle.

La dernière attaque l'avait fortement troublé. Il ne savait pas s'il devait croire ou non les propos du MacLachor assurant que sa tête était mise à prix. En partant à la recherche du chef MacLachor, il se jetait peut-être dans la gueule du loup.

Mais il avait besoin d'informations. Si Harkirk était en train d'inciter les autres clans à se soulever contre les MacKinloch, il devait se tenir prêt. Les MacLachor représentaient sa meilleure chance d'apprendre ce que fomentait le baron anglais.

Le cœur lourd, Alex jeta un dernier regard en arrière vers la muraille de pierre qui entourait Glen Arrin. Laren se tenait au portail, sa chevelure de flamme brillant sur le décor figé du paysage d'hiver. D'ici à quelques mois, son ventre s'arrondirait. Il avait toujours aimé la façon dont les contours de son corps s'adoucissaient pendant ces semaines-là, sa poitrine épanouie et généreuse, tandis que l'enfant croissait en elle.

— Les choses s'arrangent-elles entre Laren et toi ? s'enquit Bram, comme ils franchissaient le sommet de la colline.

— Oui, répondit Alex.

Il se rappela la façon dont il avait fait l'amour à Laren dans la caverne quelques jours auparavant. Le seul fait d'y penser lui donnait envie de revenir vers elle à bride abattue et de la caresser jusqu'à ce qu'elle en perde le souffle. Il lui avait donné un baiser d'adieu, mais ce n'était pas assez. Il avait l'impression d'avoir laissé derrière lui un morceau de lui-même.

— Nous attendons un autre enfant, confia-t-il à Bram.

Son frère hocha la tête en marmonnant ses meilleurs souhaits, mais Alex sentit autre chose sous son sourire nonchalant.

— Et Nairna ?

— Je ne sais pas. Elle ne veut pas me dire si elle est enceinte ou non. Elle en a tellement envie…

— J'espère que tout ira bien pour vous deux.

Et comme Bram se contentait d'émettre un grognement, il ajouta :

— Ce n'est jamais facile. Même quand l'enfant n'est pas encore né.

Plus il pensait à Laren, plus il s'inquiétait. Elle avait admis qu'elle ne se sentait pas dans son assiette ; pourtant, depuis la nuit qu'ils avaient passée ensemble, elle lui avait paru tranquillisée.

« Tout ira bien, lui avait-elle affirmé pour tenter de le rassurer. Je ne prendrai pas de risques avec le bébé, je vous le promets. »

Elle lui avait semblé plus pâle que d'habitude, mais lorsqu'il l'avait questionnée, elle l'avait simplement embrassé en lui avouant :

— Vous allez me manquer, voilà tout.

Il aurait tant voulu rester avec elle, mais c'était impossible. La seule solution qu'il avait était de prier pour que tout se passe bien.

Ils chevauchèrent vers l'ouest pendant la plus grande partie de la journée, et le soir tombait lorsqu'ils atteignirent les limites de Moristerry, la forteresse des MacLachor.

— Restons cachés, dit Alex à son frère, en faisant bifurquer leurs chevaux vers la frange boisée qui bordait les montagnes.

Il voulait glaner des informations avant de s'approcher le lendemain matin de la forteresse.

Bram arrêta son cheval.

— Nous devrions monter un peu plus haut pour établir notre camp. Nous pourrions alors les observer et voir ce qui se passe.

Alex suivit son frère, se frayant un chemin entre les arbres jusqu'à ce qu'ils atteignent une surface plus plate où coulait une minuscule cascade, endroit idéal pour désaltérer les chevaux.

Ils préparèrent leur campement pour la nuit. Alex fouillait dans sa cape pour en extraire un morceau de silex destiné à allumer le feu, quand sa main rencontra quelques gouttelettes de verre. Certaines étaient transparentes, d'autres couleur d'émeraude, de rubis et de saphir. Laren avait dû les glisser là pendant qu'ils se faisaient leurs adieux. C'étaient les gouttes de verre qu'il lui avait offertes bien des années plus tôt.

Le souvenir physique de sa femme s'empara de lui avec une force inattendue. Il serra les petits morceaux de verre dur comme s'il pouvait ainsi se relier à elle. Et il sut avec certitude qu'elle pensait à lui, exactement comme il ne cessait de penser à elle.

Finian contemplait la petite fille dans la claire lumière de l'après-midi. Avec son sourire radieux et son innocence, elle lui rappelait sa propre fille. Il serra les poings au souvenir d'Iliana. Il la revoyait toute petite, courant se jeter dans ses bras pour qu'il la soulève. Il se souvint de son rire lorsqu'il la faisait sauter en l'air et de la façon dont elle s'accrochait à son cou en retombant.

La gorge nouée, Finian se demanda ce qu'elle avait dû endurer depuis qu'elle était aux mains de Harkirk. Était-elle vivante ? Lui avaient-ils fait du mal ?

Cela faisait trop longtemps. Le départ du chef MacKinloch et de son frère lui offrait l'opportunité rêvée. Il devait agir tout de suite, car la vie de sa fille en dépendait.

Finian sourit à l'enfant et lui tendit la main. Elle le regarda un moment, incertaine. Mais lorsqu'il tira de sa cape une poignée de cerises sèches, elle s'approcha d'un pas.

— C'est bien, mon petit, fit-il d'une voix caressante. Viens donc goûter cela.

Oh ! Seigneur, pria-t-il, *pardonne-moi pour ce que je suis en train de faire…*

— Où est Adaira ? s'enquit Laren.

Vanora lui jeta un regard surpris.

— Je pensais qu'elle jouait avec Grizel près du loch. Ce n'est pas le cas ?

— Grizel ne l'a pas vue depuis une heure.

Laren sentit son sang se glacer. Au tréfonds d'elle-même, une intuition lui disait que quelque chose n'allait pas. Elle courut vers le loch, mais aucune trace d'Adaira. Son cœur se mit à battre de plus en plus douloureusement tandis qu'elle cherchait l'enfant, déchirée à la seule pensée qu'il ait pu lui arriver du mal.

J'aurais dû rester avec elle ! se reprocha-t-elle.

Une douleur lui cisailla le flanc tandis qu'elle continuait sa course éperdue, en priant pour retrouver la fillette saine et sauve. Essoufflée, elle pénétra en titubant dans la caverne et son cœur se figea. Sur son verre, un morceau de parchemin avait été déposé, recouvert d'une écriture qu'elle ne pouvait lire.

Et sur le vélin, une boucle de cheveux d'Adaira…

Laren saisit la mèche et la fureur s'empara d'elle. Quelqu'un avait emmené sa fille. Mais où ? Et pourquoi ? Celui qui avait osé prendre Adaira en otage pouvait déjà se considérer comme un homme mort !

S'emparant du parchemin, Laren retourna le plus vite qu'elle put à Glen Arrin. La colère bouillonnait un peu plus en elle à chacun de ses pas.

— J'ai besoin de quelqu'un qui sache lire, haleta-t-elle lorsqu'elle vit Dougal.

N'importe qui. Quelqu'un qui puisse déchiffrer l'écriture et comprendre le message…

Le jeune homme parut interloqué.

— Qu'est-il arrivé ?

— Adaira a été enlevée. Il faut que je sache par qui. Aidez-moi ! répéta-t-elle en agitant le parchemin.

Dougal la dévisagea d'un air stupéfait et Laren s'aperçut qu'elle avait crié. Elle serra convulsivement la mèche de cheveux d'Adaira en regrettant de tout son cœur qu'Alex soit déjà parti. S'il était ici, il s'élancerait sur-le-champ à la poursuite du ravisseur.

Laren prit une profonde inspiration, essayant de puiser en elle la force nécessaire pour ne pas tomber dans l'hystérie. Adaira était son bébé, la douce petite fille qui rampait souvent dans son lit alors qu'elle était supposée dormir avec sa sœur.

Dougal s'éloignait déjà en courant. Mais il avait à peine parcouru quelques toises que Laren vit approcher un cheval et son cavalier. Vêtu en moine, l'homme continua jusqu'au portail avant de mettre pied à terre et de s'avancer vers eux, un paquet dans les mains. Lorsqu'il les aborda, se présentant comme le père Ossian d'Inveriston, Laren fut incapable de rassembler ses idées. En cet instant, elle n'avait aucune envie de discuter de la nouvelle église ou de répondre à des questions sur l'avancement de son travail. Toutes ses pensées étaient centrées sur Adaira.

Calme-toi, se reprit-elle. *Ce prêtre saura lire le message, tout autant qu'un autre.*

— Pouvez-vous me dire ce qui est écrit sur ce parchemin ? demanda-t-elle avec calme, le cœur battant.

— Ce sont les armoiries des MacLachor, répondit le moine, après avoir examiné le document. Ils veulent rencontrer votre laird et ses frères à la forteresse de Lord Harkirk.

Laren serra les lèvres. Ses mains tremblaient. Elle parvint à remercier le prêtre, mais ses pensées revinrent aussitôt vers Adaira. Comment la retrouver ? Il y avait à peine un jour qu'Alex était parti chez les MacLachor. Trouverait-il Adaira là-bas ? Ou l'avaient-ils déjà emmenée à la forteresse de Lord Harkirk ?

La voix du père Ossian la tira de ses réflexions.

— Je suis venu parler avec votre artiste verrier.

— Le père Stephen a déjà examiné les vitraux, rétorqua Laren.

Elle n'arrivait pas à se concentrer. Comment songer au verre quand sa fille avait été capturée ?

Le moine lui jeta un regard perplexe.

— Le père Stephen ?

— Oui, l'un de vos frères, expliqua Laren.

Elle le dévisagea, interloquée. Comment pouvait-il

ne pas connaître le père Stephen ? L'abbaye ne comptait même pas une vingtaine de moines !

— Vous l'avez envoyé avec les mesures et des instructions pour les fenêtres de l'église.

— Nous n'avons pas de prêtre de ce nom, assura le père Ossian. Et les plans dont vous parlez ont été volés il y a près d'un mois. Le prêtre que nous avions envoyé s'est fait dérober son cheval et ses affaires après être venu en aide à un homme blessé. Il a regagné l'abbaye et nous avons dû refaire tous les croquis.

Laren en eut le souffle coupé. Le père Stephen n'était donc pas celui qu'il avait prétendu être ! *Oh ! Seigneur !* songea-t-elle avec effroi.

Un juron s'échappa de sa bouche. Elle en était sûre à présent — le prétendu moine s'était subrepticement introduit dans leur enceinte et avait enlevé sa fille.

Quand Alex se réveilla le lendemain matin, un groupe d'hommes les encerclait. Il dégaina son glaive et se leva, aussitôt imité par son frère. Puis il se déplaça lentement, se positionnant jusqu'à se trouver dos à dos avec Bram.

— Nous sommes venus discuter avec votre chef au sujet de Harkirk, déclara-t-il. Je veux en savoir plus sur la mise à prix qui aurait été faite sur ma tête.

Un homme grand et blond s'avança vers eux, une épée et un bouclier à la main.

— Je suis Brochain MacLachor, le *tánaiste*[1] de notre clan.

D'un coup d'œil, il fit déployer ses hommes.

1. Mot irlandais qui désignait l'héritier du chef dans le système gaélique de la tanistrie.

— Quant à la mise à prix, elle vous concerne tous les quatre, vous et vos frères.

— Nous ne sommes pas venus nous battre, répliqua calmement Alex. Mais si vous frappez les premiers, nous nous défendrons. Et je ne pense pas que vous vouliez perdre d'autres hommes.

Le visage de Brochain se crispa, mais ni ses hommes ni lui ne bougèrent.

— Harkirk essaie de créer des troubles au sein des clans, poursuivit Alex. Il cherche à nous dresser les uns contre les autres pour nous affaiblir en nous divisant.

Son arme fermement en main, il ne quittait pas Brochain des yeux.

— Il n'est même pas certain que la fille de votre chef soit encore vivante. Pourquoi voulez-vous nous attaquer au lieu de requérir notre aide ?

— Nous avons perdu une douzaine d'hommes en essayant de nous introduire dans la forteresse de Harkirk, admit Brochain. Même en joignant nos forces, nous ne serions pas de taille.

— Où se trouve votre chef à présent ? questionna Alex.

Il n'avait jamais rencontré Finian MacLachor, qu'il ne connaissait que par ouï-dire.

— Il nous a laissés il y a quelques jours pour partir de son côté à la recherche d'Iliana.

Le visage de Brochain exprimait le doute. Visiblement, il considérait l'action de son frère comme une tentative désespérée.

— Notre jeune frère, Callum, a été le prisonnier de Harkirk, intervint Bram. Il connaît l'intérieur de la forteresse mieux que personne. Nous l'en avons sorti vivant. Il n'y a pas de raison que nous ne puissions en faire autant pour la fille de votre chef.

L'expression de Brochain refléta son scepticisme. De toute évidence, il conservait peu d'espoir.

— Et pourquoi nous aideriez-vous ? Surtout après l'attaque que nous avons lancée contre vous !

— Parce que nous avons davantage besoin d'alliés que d'ennemis. Vous possédez des informations sur Harkirk. Si nous nous unissons, nous pouvons mettre un terme à ses menaces contre les clans.

— Comment pouvons-nous être sûrs que vous tiendrez votre parole ?

— Vous ne le pouvez pas, rétorqua Bram. Mais si vous nous tuez ici, quelles chances avez-vous de revoir votre chef vivant ?

Brochain parut peser le pour et le contre, et après un long moment, il rengaina son arme. Un par un, ses compagnons reculèrent.

— Suivez-nous à Moristerry et nous discuterons, déclara enfin le *tánaiste*.

Le regard qu'il jeta à ses hommes alerta Alex, qui se sentit encore moins enclin à lui faire confiance. Il garda la main sur son glaive tandis qu'il descendait la colline derrière les autres, vers la forteresse des MacLachor.

Laren mit pied à terre, Callum et Dougal à ses côtés. Ils avaient passé des heures à fouiller les alentours, en vain. Pas la moindre trace d'Adaira. Laren sentait son estomac se soulever à la seule pensée qu'il pourrait arriver quelque chose à sa petite. Elle n'avait pas le choix. Elle devait affronter les MacLachor et ramener Adaira.

— Rassemblez les hommes du clan, ordonna-t-elle à Nairna. Je veux leur parler.

Même si ses vieilles angoisses lui nouaient encore

la gorge, elle ne pouvait plus se retrancher derrière sa timidité. Elle avait besoin des hommes restés à Glen Arrin. Sans eux, sa fille risquait le pire.

— Je suis désolée pour Adaira, murmura Nairna, très pâle. Je n'ose même pas imaginer votre douleur.

— Je vais la retrouver et la ramener à la maison, fit Laren d'un ton ferme. Peu importe le temps qu'il faudra.

Bien qu'elle se sentît encore épuisée par sa grossesse, du moins ses nausées s'étaient-elles enfin calmées. Seuls Alex et Grizel étaient au courant et elle se réjouissait d'avoir gardé son secret. Si elle avait révélé son état, personne ne voudrait la laisser quitter Glen Arrin à présent.

Elle n'avait pratiquement pas dormi. Comment l'aurait-elle pu, quand sa petite fille avait disparu ?

Pendant que Nairna rassemblait les membres du clan, Laren fit les cent pas en réfléchissant à ce qu'elle allait pouvoir leur dire. Jamais elle ne s'était adressée ainsi à tous les MacKinloch et cette perspective la terrifiait. Depuis qu'Alex leur avait dévoilé ses occupations, ils étaient devenus encore plus distants avec elle, l'observant avec méfiance comme si elle se livrait à la sorcellerie au lieu de fabriquer du verre.

Un par un, ils vinrent se rassembler autour d'elle et Laren les étudia du regard. *Ils ont eux aussi des enfants*, songea-t-elle. S'ils comprenaient, ne fût-ce qu'en partie, la peur qui la dévastait, ils seraient peut-être prêts à l'aider.

— Les MacLachor ont enlevé Adaira, commença-t-elle.

Un léger remous dans la foule lui apprit qu'elle n'avait pas parlé assez fort et elle s'obligea à forcer le ton. Elle ne parvint pas à réprimer le tremblement dans sa voix, mais les hommes et les femmes qui l'écoutaient ne semblèrent pas lui en tenir grief.

— J'ai besoin de votre aide pour la ramener à la maison.

— Ont-ils demandé une rançon ? questionna Ross.

Laren lut de la compassion sur son visage ridé, ainsi qu'une silencieuse offre d'aide. Pendant les quelques mois où ils avaient vécu chez Vanora et lui, Ross en était venu à considérer les fillettes comme ses petites-filles.

— Non, répondit-elle.

Elle montra le parchemin avec le sceau des MacLachor et la mèche de cheveux d'Adaira.

— Voici la seule preuve dont je dispose.

Un murmure s'éleva parmi les hommes, comme s'ils doutaient de la culpabilité des MacLachor.

— Je vais retrouver Alex, reprit-elle. Mais il faudrait que quelques-uns d'entre vous se joignent à moi, au cas où nous devrions nous battre pour récupérer Adaira.

Callum s'avança aussitôt, tenant son arc et un carquois de flèches empennées de noir. Laren voulut protester, car on avait besoin de lui à Glen Arrin. Mais lorsqu'elle tenta de parler, il posa un doigt sur ses lèvres pour lui imposer le silence. Puis il promena un regard sur les autres hommes, comme pour les mettre au défi de refuser.

— Je viens avec vous ! proposa Ramsay, les yeux pleins d'espoir.

Mais il était bien trop jeune pour affronter un tel danger.

— J'ai besoin de toi pour entretenir les fours, lui dit Laren. Je compte sur Monroe et toi pour continuer la fabrication du verre.

Le gamin parut désappointé, mais son offre avait produit un effet sur les autres, leur faisant honte de leurs réticences. Deux hommes vinrent se joindre à Callum. Laren se tourna vers Ross.

— Défendez Glen Arrin en notre absence !

Il inclina la tête en signe d'assentiment.

Laren libéra longuement son souffle et examina les gens autour d'elle. Leur parler ne s'était pas révélé aussi difficile qu'elle l'avait imaginé. Elle n'avait lu ni jugement ni reproches dans leurs yeux — seulement de la compréhension.

— Je vais retrouver ma fille, acheva-t-elle, sans se soucier des larmes qui coulaient sur ses joues.

À sa grande surprise, elle vit Grizel s'approcher d'elle. La matrone lui pressa la main.

— Oui, vous allez la retrouver. Et Dieu vienne en aide à quiconque voudrait empêcher une mère de sauver son enfant !

Chapitre 14

Finian MacLachor tenait la fillette endormie dans ses bras. L'enfant avait pleuré presque tout l'après-midi, jusqu'au moment où elle était tombée dans le sommeil, épuisée. Il tira sa cape sur elle pour lui tenir chaud et examina la forteresse qui se dressait devant lui. Il aurait tellement voulu tourner les talons ! Mais le délai qu'on lui avait accordé était déjà dépassé et il avait peur de ce qui avait pu arriver à Iliana.

L'enfant toujours drapée dans sa cape, il s'avança vers le portail. Les sentinelles dégainèrent leurs armes à sa vue et deux soldats lui barrèrent le passage. Finian les dévisagea.

— J'apporte un otage à Lord Harkirk en échange de ma fille.

Les gardes parurent dubitatifs, mais ne l'en conduisirent pas moins vers la tour principale.

À l'intérieur, Finian vit des hommes vêtus de haillons qui posaient des pierres les unes sur les autres, érigeant ainsi des murs destinés à consolider la défense du château. L'un d'eux lui jeta un regard réprobateur, le maudissant en silence pour ce qu'il s'apprêtait à faire. Il avait raison, cette enfant était innocente, admit-il à part lui. Il se haïssait de la livrer ainsi à l'ennemi, mais il ne voyait pas d'autre possibilité. Il n'avait pas assez d'hommes à sa disposition pour sauver Iliana. Tout ce qu'il pouvait espérer, c'était que Harkirk accepterait d'échanger une fille contre une autre.

Les soldats l'emmenèrent dans une pièce où Harkirk s'entretenait avec un groupe d'hommes. Le baron portait une cotte de mailles et un heaume conique, comme s'il revenait tout juste du combat. Lorsqu'il aperçut Finian, une lueur d'intérêt s'alluma dans ses yeux.

— Que m'avez-vous amené ?

— La fille du chef MacKinloch. Rendez-moi Iliana en échange.

Le baron eut un mince sourire.

— C'est donc un marchandage. Qu'est-ce qui vous fait penser que je l'ai gardée vivante après tout ce temps ?

— Vous voulez la tête des MacKinloch, non ? Et ils se battront pour cette enfant. Ils viendront vers vous. Tous…

Le sourire du baron se fit amusé.

— Emmenez-la, ordonna-t-il à l'un des soldats.

D'instinct, Finian resserra son étreinte autour de la fillette. Ce geste réveilla l'enfant, qui recommença à pleurer lorsque le garde s'empara d'elle. Harkirk adressa un geste à l'homme, qui disparut avec la petite. Finian sentit sa gorge se nouer. Les cris de cette petite fille le hanteraient longtemps, car il avait commis l'impardonnable — livrer une innocente au diable en personne.

— Cette gamine pourrait appartenir à n'importe qui, reprit Harkirk. Qu'est-ce qui me prouve que c'est une MacKinloch ?

— C'en est une, affirma Finian. Vous avez ma parole.

Son sang se glaça dans ses veines, car il s'apercevait un peu tard qu'il avait commis une erreur fatale. Il avait cru que Harkirk accepterait l'échange et lui rendrait

Iliana. Or il devenait clair que le baron n'avait pas la moindre intention d'honorer ce marché.

— Mettez-le avec les autres, ordonna Harkirk. Et nous verrons si quelqu'un se présente pour l'enfant.

Quatre hommes se saisirent de Finian, qui, en sentant sur ses bras le contact froid de leur armure, lutta pour se libérer. Mais il ne fut pas de taille contre ses adversaires.

— Et ma fille ? hurla-t-il, comme les soldats l'entraînaient.

— Trop tard ! Elle n'est plus de ce monde.

— Les hommes de Harkirk nous ont attaqués une quinzaine de jours après avoir brûlé Glen Arrin, expliqua Brochain. Ils ont capturé Iliana, la fille de Finian, et ils ont exigé que nous leur apportions vos têtes en échange.

Il jeta un paquet de tourbe sur le feu. Pour Alex, les intentions du baron étaient claires.

— En vous confiant la mission de nous tuer, il gardait les mains propres.

— Oui, confirma Brochain, dont le regard s'étrécit. Il a quasiment anéanti notre clan. Nous n'avons presque plus d'hommes.

Il ajouta d'un ton amer :

— Mon frère a emmené un groupe pour attaquer les forces de Harkirk et sauver sa fille. Il a été le seul à en revenir vivant.

Alex but une gorgée d'ale dans la corne qu'il avait apportée et la passa à Brochain. Le *tánaiste* hésita un instant — partager la boisson signifierait une alliance entre eux. Mais il finit par boire et tendit la corne à chacun de ses hommes tour à tour.

— Les autres clans sont-ils au courant de cette mise à prix ?

Brochain haussa les épaules.

— Je ne sais pas. Et maintenant, je ne suis pas sûr de revoir mon frère vivant.

D'un signe de tête, il montra le groupe clairsemé de ses hommes. À peine une douzaine !

— Nous ne pouvons pas tenter un autre sauvetage, ce serait un suicide.

Alex réfléchissait.

— Avez-vous parlé aux autres clans ?

— Ils ont refusé de nous prêter assistance.

Brochain posa son poignet sur son genou, le regard perdu dans les flammes.

— Je crains que notre seule chance de survie, ce soit d'abandonner Finian à son sort. Mais c'est mon frère, soupira-t-il.

— Nous allons vous apporter notre coopération pour les délivrer, déclara Bram, qui ajouta après un coup d'œil à Alex : Je jure de libérer tous les prisonniers de Harkirk.

Il leva les poignets pour montrer à Brochain les cicatrices laissées par les fers qu'il avait portés pendant sept ans.

— Mais nous n'allons pas attaquer directement. Il faudra nous infiltrer dans la forteresse d'une autre façon.

Alex tenta de lire dans les pensées de son frère.

— Tu veux que les MacLachor nous y introduisent en tant que prisonniers ?

— Non. Nous allons demander l'aide du père de Nairna.

Le chef des MacPherson avait conclu une fragile trêve avec Harkirk, mais cette alliance battait déjà de l'aile.

Bram commença à expliquer son idée. Brochain y

ajouta les informations que Finian avait ramenées de ses deux rencontres avec Harkirk. Ils passèrent plusieurs heures à mettre leur plan au point, et lorsqu'ils eurent terminé, Alex se sentit satisfait. S'ils réussissaient à libérer les prisonniers de Harkirk, le pouvoir du baron en sortirait affaibli. De plus, lorsque ces hommes regagneraient, reconnaissants, leurs clans respectifs, cela leur permettrait de consolider des alliances avec eux.

Ils achevaient le dîner préparé par la sœur de Brochain, quand ils entendirent résonner un claquement de sabots. Alex se leva et empoigna son bouclier et ses armes. Brochain et lui sortirent de la forteresse. À la lueur du soleil déjà bas sur l'horizon, Alex vit approcher Callum avec deux autres hommes du clan… et Laren !

Le visage bouleversé de sa femme lui apprit que quelque chose de terrible était arrivé.

— Que faites-vous ici ?

Laren était d'une pâleur de spectre et ses lèvres tremblaient.

— Adaira a disparu. Elle a été emmenée en otage par les MacLachor.

Pétrifiée, Laren regarda Alex empoigner l'un des MacLachor par le col de sa tunique.

— Vous ne m'avez pas parlé de l'enlèvement de ma fille, Brochain !

Il resserra son étreinte, étouffant son interlocuteur, qui aurait été bien en peine d'articuler un mot. Laren mit pied à terre et courut vers son mari.

— Alex ! Nous avons besoin de l'entendre.

Alex lâcha prise et le visage de Brochain retrouva des couleurs. Il toussa un long moment, penché en avant, tandis qu'il luttait pour retrouver sa respiration.

— Finian…

Ce fut le seul mot qu'il parvint à prononcer.

Le visage d'Alex exprimait toujours la même fureur. Laren lui encercla la taille pour le calmer. Au bout d'un moment, il parut enfin reprendre son sang-froid.

Agrippant Brochain par le bras, il le força à se redresser.

— Vous étiez au courant ?

Le *tánaiste* secoua la tête.

— Non, mais… Quand nous avons attaqué Glen Arrin, Finian avait l'intention de s'emparer d'un otage. Cela n'a pas fonctionné cette fois-là et il a dû y retourner.

Il s'assit et prit une coupe d'ale pour s'éclaircir la gorge.

— Je suppose qu'il voulait échanger sa fille contre la vôtre.

Laren, vacillante, se cramponna au bras d'Alex. Un otage ? Sa petite fille ? Sa propre colère, contenue jusqu'ici à grand-peine, menaça soudain de rompre ses digues. Le baron de Harkirk était un homme sans cœur, un Anglais qui détenait des Écossais en esclavage et vénérait l'argent. Imaginer sa fille dans le voisinage d'un tel monstre la rendait malade.

Callum se tenait près de Bram. L'indignation qui émanait de lui était presque palpable. Laren se rappela qu'il ne savait que trop ce qu'Adaira allait subir dans la forteresse de Harkirk. Même si les cicatrices de son corps guérissaient, nul ne savait de quelles horreurs Callum avait été le témoin. Il avait aidé les autres à reconstruire Glen Arrin, mais Laren voyait bien que c'était un homme hanté.

— Nous allons la ramener, déclara Brochain. Finian avait l'esprit troublé lorsqu'il a fait cela.

Il jeta un coup d'œil vers Alex, en se frottant la gorge.

— Nous nous mettrons en route à l'aube, c'est promis.

Alex conduisit Laren dans l'une des chaumières abandonnées et alluma un feu dans la cheminée. Les mains de la jeune femme tremblaient, le désespoir se lisait sur son visage. Alex lui passa un bras autour des épaules.

— Je vais retrouver Adaira. J'en fais devant vous le serment.

— *Nous* la retrouverons, corrigea-t-elle. Je n'ai pas l'intention de rester en arrière alors que ma fille se trouve entre les mains de ce monstre.

Alex lui prit la main.

— Si vous pensez que je vais vous laisser mettre votre vie en danger en vous amenant dans la forteresse de Harkirk, vous vous trompez.

Et posant la main sur son ventre légèrement arrondi :

— Avez-vous oublié que vous avez un autre enfant à protéger ?

— Je ne rentrerai pas à la maison sans elle, insista Laren, dont les yeux s'embuèrent de larmes. Quelle sorte d'homme faut-il être pour enlever un bébé et le livrer à l'ennemi ?

— Un homme dont la fille a elle-même été capturée, répliqua Alex d'un ton neutre.

Son apparente placidité exaspéra visiblement Laren.

— Comment pouvez-vous rester aussi calme ?

Alex ignora la question, ne voulant pas songer à ce qui pourrait arriver à Adaira. Pour le moment, il devait refouler ses sentiments personnels pour se concentrer sur l'action à entreprendre.

— Demain, vous rentrerez à la maison avec votre escorte. Seul Callum restera avec nous.

Laren serra les poings.

— Je ne vous comprends pas, Alex. Vous vous

comportez comme si rien n'était anormal, comme si vous alliez simplement participer à une bataille !

— Je *vais* à la bataille, Laren.

— Cela ne vous fait donc rien ? C'est notre fille, au nom du Ciel !

— Je ne sais que trop bien ce qui est en jeu, Laren.

Il n'avait pas besoin qu'on lui rappelle que la vie de leur petite fille dépendait de lui. S'il commettait une erreur, Adaira pouvait la payer de sa vie.

Laren secoua la tête et s'écarta de lui.

— Vous étiez déjà ainsi quand David est mort. C'était comme si sa vie vous importait peu.

— Bien sûr que si, cela m'importait.

Il s'exprimait sans trace d'émotion, mais au tréfonds de lui, il ressentait encore le chagrin du deuil. Plus Laren revenait sur le passé, plus la douleur s'enfonçait en lui, telle une lame acérée.

— Mais pour l'instant, il faut que je réfléchisse à la façon dont nous allons nous introduire dans la forteresse de Harkirk. Et dont nous allons libérer Adaira.

Il prit un gros bâton pour tisonner le feu, faisant jaillir une gerbe d'étincelles.

— Vous n'avez jamais pleuré David, n'est-ce pas ? Vous êtes allé sur sa tombe… C'est tout.

L'accusation transperça Alex, brisant la carapace de son cœur. Il saisit Laren par les poignets.

— Ne me reprochez jamais de n'avoir pas aimé notre fils, entendez-vous ? Oui, je l'ai pleuré !

Il la tenait trop fort, s'en aperçut et la relâcha. La colère montait en lui.

— Mais je suis le chef du clan. Je ne peux laisser voir à personne ce que j'éprouve à l'intérieur de moi. Ni à eux, ni à vous.

Chaque mot qu'elle avait prononcé le blessait

profondément. Ne comprenait-elle donc pas qu'il souffrait autant qu'elle, même s'il ne pouvait pas le montrer ?

— Je suis votre femme, Alex, chuchota-t-elle, les yeux embués de larmes. Si vous ne vous confiez pas à moi, à qui le ferez-vous ?

Elle lui enserra le visage et il l'étreignit soudain, plongeant le visage dans ses cheveux.

— Nous ne perdrons pas un autre enfant, je vous le jure.

En dépit de ses efforts pour écarter son image, Alex revit le petit visage d'Adaira, se rappela la douceur de son sourire, sa façon enfantine de gambader au lieu de marcher. Pour elle, il donnerait jusqu'à la dernière goutte de son sang. Comme il le ferait aussi pour sa femme.

Il lut le désappointement dans les yeux de Laren. Qu'attendait-elle de lui ? Ressasser le passé ne le changerait pas.

Mais peut-être... Peut-être qu'en lui cachant ses pensées, il la blessait encore davantage ?

— Quand nous avons perdu notre fils, il n'y avait rien que je pusse faire pour vous réconforter, reprit-il enfin. Rien que je pusse dire pour alléger votre peine.

— J'avais peur de me tourner vers vous, avoua Laren. Vous n'en parliez jamais.

— Je vivais le pire moment de ma vie. J'avais tant désiré un fils ! Et le perdre si tôt…

La seule chose qui pût être pire que de perdre David, c'était de la perdre, elle. Sa compagne. Sa femme.

Elle prit son visage entre ses mains.

— Nous aurons un autre fils, promit-elle. Et il grandira pour devenir aussi fort que son père !

Alex l'embrassa.

— Un jour, peut-être.

Laren s'empara de sa main et la posa sur son ventre. Il la caressa doucement, traçant des cercles sur sa peau.

— L'avez-vous senti bouger ?

Elle secoua la tête.

— Non, mais je me sens un peu mieux. Moins lasse et nauséeuse.

Pendant quelques instants, Alex laissa sa main là, comme pour protéger leur futur enfant.

— Vous pouvez compter sur moi, Laren. Je ramènerai Adaira à la maison.

Elle voulut qu'il s'allonge près d'elle, mais il garda ses distances, lissant les cheveux de Laren en arrière pendant qu'elle entrelaçait ses jambes aux siennes. L'avenir lui semblait encore trop incertain. Il ignorait quelles menaces les attendaient et ce qui avait déjà pu arriver à leur fille.

Laren fixait sur lui un regard intense, ses grands yeux bleus débordant d'émotions indicibles. Il lui effleura le visage, la dévisageant comme s'il voulait incruster son image en lui à jamais. Dieu, qu'il l'aimait !

Il l'embrassa sur la bouche avant de laisser glisser ses lèvres le long de sa gorge. Bien que l'étoffe de la robe de sa femme le séparât de sa peau nue, il embrassa sa poitrine et la rondeur de sa hanche, avant de s'attarder sur son ventre, chuchotant à leur futur bébé :

— Tu vivras et tu deviendras fort, je te le promets. Quoi qu'il m'arrive…

Laren l'obligea à se redresser pour la regarder dans les yeux.

— Vous parlez comme si vous n'alliez pas revenir !

Il ne pouvait pas lui mentir sur ce point. Tout en caressant sa joue, il plongea ses yeux dans les siens.

— Je ferais n'importe quoi pour vous la rendre.

— Ne me mettez pas devant un choix pareil ! protesta

Laren d'une voix tremblante. Ne m'obligez jamais à choisir entre la vie d'Adaira et la vôtre.

Elle ferma les yeux et pressa un baiser dans la paume d'Alex.

— Nous n'en viendrons pas là, assura-t-il.

Mais aurait-il le choix ? N'importe quel père se sacrifierait pour son enfant. Exactement comme Tavin avait sacrifié sa vie pour Bram.

Lorsque Alex était un jeune garçon, il n'avait pas compris. C'était lui qui avait trouvé sa mère se lamentant sur le corps de son mari. Il avait regardé dans les yeux sans vie de son père, incapable d'imaginer que Tavin ait pu prendre le coup d'épée destiné à son frère.

Maintenant, il comprenait. Et même s'il avait bien l'intention de mettre tout en œuvre pour survivre à cette épreuve, il acceptait le risque.

— Vous pensez qu'elle est vivante ? demanda anxieusement Laren.

La détresse qu'Alex lut sur le visage de sa femme s'imprima au fer rouge dans son cœur. Il la pressa contre lui pour ne pas voir son angoisse.

— Elle est vivante, affirma-t-il. Harkirk va se servir d'elle pour nous attirer.

Mais il ne doutait pas du plaisir que prendrait le baron à tuer Adaira devant lui, s'il en avait l'occasion. Cette pensée le glaça. Il sentit les larmes de Laren imbiber sa tunique.

— Soyez prudent, chuchota-t-elle d'une voix à peine audible.

Puis elle l'embrassa désespérément. Alex goûta le sel de ses larmes, essayant d'incarner la force dont elle avait besoin en cet instant. Laren entoura sa langue de la sienne et glissa ses mains sous ses vêtements. Il l'aida à écarter les couches d'étoffe qui les séparaient jusqu'à ce qu'ils se retrouvent nus, peau contre peau. Il sentait la transformation de son corps de femme, sa pleine et généreuse beauté. Bien que son ventre ne présentât encore qu'une légère rondeur, ses seins étaient déjà plus lourds, plus volumineux.

Laren lui enlaça la nuque, tandis qu'il laissait glisser les mains dans son dos, la caressant jusqu'au creux des reins.

— Vous me donnez une raison de revenir, *a ghràidh*[1], chuchota-t-il.

Et lorsqu'elle l'attira vers elle, l'incitant à l'aimer, il savoura chaque caresse, chaque moment, sachant que ce serait peut-être leur dernière nuit ensemble.

Les yeux secs, Laren avait regardé partir Alex. Rien n'était pire que de vivre ainsi jour après jour, quand son cœur était avec sa fille et son mari. À présent, elle regrettait de n'avoir pas envoyé Adaira au loin avec Mairin — au moins, sa petite serait en sécurité. Son désir de profiter encore un peu d'Adaira s'était soldé par un affreux cauchemar.

Elle ne pouvait même plus se consacrer au travail du verre. Cela avait été jadis une façon de s'évader, mais désormais, elle avait perdu le désir de créer. Elle passa la première journée à l'intérieur du manoir, vaquant à ses diverses tâches. Lorsqu'elle s'assit devant la table à tréteaux, elle vit des lumières bleues et or danser sur ses mains. Levant les yeux, elle constata que Ross avait fait installer l'un de ses vitraux dans la salle. L'image de la madone à l'enfant se trouvait au-dessus d'eux, ses couleurs illuminées par le soleil qui filtrait à travers

1. « Cher, chéri » en gaélique.

les verres. La désolation de Laren s'en accrut encore. Le désespoir assombrissait chaque aspect de sa vie.

Un peu plus tard dans la matinée, Nairna vint lui tenir compagnie. Devant le bonheur qui inondait son visage, Laren devina ce que sa belle-sœur allait lui apprendre. Cela la conforta dans sa décision de ne pas lui révéler où se trouvaient Bram et Alex. À quoi bon la bouleverser ? Mieux valait que Nairna les croie en train de négocier avec les MacLachor…

— Cela va faire deux mois, lui chuchota Nairna d'une voix vibrante d'excitation.

Elle posa une main sur son ventre, le visage illuminé d'un ardent espoir.

— Mais je n'ai pas été du tout malade. Vous pensez que je peux me tromper ?

— Certaines femmes ne sont pas du tout malades, la rassura Laren. Vous comptez peut-être parmi les chanceuses.

Elle toucha son propre ventre. Oh ! comme elle comprenait la joie de Nairna !

— Au début de l'hiver, vous tiendrez un bébé dans vos bras, prédit-elle.

Éclatant en sanglots, Nairna la serra dans ses bras. Laren remua sur son banc, mal à l'aise.

— C'est magnifique. Vous désirez cela depuis longtemps, je le sais.

— Jc ne peux pas m'arrêter de pleurer, gémit Nairna. Et je suis pourtant si heureuse !

— Il ne faut pas grand-chose pour faire pleurer une femme enceinte, affirma Laren, dont les yeux se brouillèrent de larmes.

Elle aurait tant voulu se trouver avec Alex en cet instant, en dépit du danger ! Il avait beau être accompagné de ses hommes et des MacLachor, ce n'était pas suffisant.

Laren s'était rendu compte qu'il en était parfaitement conscient lorsqu'ils avaient partagé leur dernière nuit ensemble.

Quelque chose tressaillit en elle à cette pensée. Que faisait-elle assise là, à attendre qu'ils meurent tous ? Elle s'était toujours tenue en retrait, laissant les autres prendre des décisions à sa place. Si elle ne faisait rien, Alex et les autres ne reviendraient pas.

Une ardeur soudaine l'envahit. Elle n'était pas obligée de rester à Glen Arrin. Ils avaient d'autres alliés. Elle ne connaissait pas très bien les autres clans, mais il lui restait des pièces d'argent provenant de la vente de ses vitraux.

Oui, elle pouvait rémunérer des hommes pour aider Alex et ses compagnons. Un brusque élan d'énergie la parcourut et elle se leva d'un bond. Pour commencer, elle irait parler à Kameron MacKinnon, le seigneur de Locharr. Il avait été autrefois un ami aussi bien qu'un allié. Il pourrait certainement lui fournir une douzaine d'hommes pour prêter main-forte à Alex.

— Qu'est-ce qui ne va pas ? s'inquiéta Nairna. Vous vous sentez bien ?

Laren risqua un sourire.

— Oui, très bien.

Elle avait un but à présent, recruter des défenseurs et ainsi aider les hommes. Tout ce qu'elle avait à faire, c'était assumer son véritable rôle de maîtresse de Glen Arrin, en rassemblant son courage pour accomplir son devoir.

— Il faut que je parle à Grizel, déclara-t-elle.

Sa belle-mère était liée d'amitié avec Kameron MacKinnon. Sans doute accepterait-elle de l'accompagner chez le baron afin de lui parler.

Nairna lui jeta un regard soucieux.

— Si vous voulez parler à Grizel, c'est vraiment que vous ne vous sentez pas bien.

Laren se contenta de lui sourire.

Quatre jours plus tard

Le baron de Harkirk avait agrandi ses domaines, mais la forteresse initiale était encore construite en bois. Avec son haut donjon et ses nombreuses dépendances entourées d'une palissade en bois, elle ne serait pas facile à infiltrer.

Alex et ses compagnons avaient établi leur camp au sommet d'une haute colline, ce qui leur assurait une vue plongeante sur la forteresse. Ils pouvaient observer que des groupes de soldats s'entraînaient à l'intérieur des murs d'enceinte, tandis que de la fumée s'élevait des feux d'extérieur.

Bram était parti recruter de l'aide auprès du père de Nairna, Hamish MacPherson. Callum contemplait les murailles d'un air impénétrable.

— Est-ce qu'ils lui ont coupé la langue ? s'étonna Brochain MacLachor. Il ne peut donc rien nous dire sur leurs défenses ?

Callum ne prononça pas un mot, mais ses doigts se crispèrent sur son arc. Alex savait que son frère comprenait parfaitement leurs paroles. D'un geste de la main, il enjoignit aux autres de ne pas bouger et s'approcha de son cadet.

— Harkirk avait combien de soldats, quand tu étais son prisonnier ? Deux douzaines ?

Callum leva quatre doigts. Donc, près de cinquante, calcula Alex.

— Combien de douzaines d'esclaves ?

Son frère leva un seul doigt, puis en plia un autre.

Alex lui posa une main sur l'épaule pour le remercier silencieusement de cette information. Callum s'assit pour examiner ses flèches et en vérifier les extrémités empennées de noir pour s'assurer que ses armes étaient opérationnelles.

Alex éprouvait pourtant des doutes. Était-il raisonnable de demander à son frère de retourner dans la forteresse où il avait été retenu prisonnier ? Il ne croyait pas que ce soit là une bonne idée.

— Je voudrais que tu restes à l'arrière avec ton arc, lui dit-il.

Callum se raidit, le visage soudain crispé de colère.

— Ce n'est pas que je te croie incapable de combattre, précisa en hâte Alex, mais je ne fais pas confiance à Harkirk. S'il nous emprisonne, il faudra quelqu'un dehors pour nous sortir de là.

Et comme Callum refusait d'un geste de la tête :

— Tu as besoin de cette distance pour décocher tes flèches, non ?

Pour toute réponse, Callum s'empara de l'épée d'Alex, la tirant du fourreau. Il avait les bras minces, mais on sentait en eux une force inflexible. Alex lut une farouche détermination sur son visage, un implacable désir de vengeance.

— Je te comprends. Je ressentirais la même chose si j'étais à ta place, soupira-t-il en tendant la main pour récupérer son arme.

Callum garda l'épée un instant de plus avant de la lui rendre.

— Mais tu ne peux pas venir si tu ne nous parles pas, poursuivit Alex.

Le regard de Callum flamboya, mais même alors, il ne proféra pas un mot.

— Si tu te trouves en mauvaise posture, tu ne pourras pas nous appeler, insista Alex. Et tu es incapable de me fournir les renseignements dont j'ai besoin sur la forteresse et ses défenses.

Callum désigna du doigt la direction qu'avait prise Bram lorsqu'il s'était mis en route pour le domaine des MacPherson. Alex comprit ce que voulait dire son frère. Le père de Nairna devait parfaitement connaître les points faibles de Harkirk.

Callum se remit à inspecter ses flèches, dans une attitude de refus évident. Alex ne disposait pas d'autre argument pour le convaincre de rester en arrière. Sentant qu'il n'avait pas le choix, il retourna au camp et s'assit.

Brochain vint s'installer en face de lui.

— Quand voulez-vous affronter Harkirk ?

— Quand il fera sombre. Nous descendrons dans la vallée et nous nous déploierons autour de la forteresse. Il faut que nous sachions si Finian et Adaira se trouvent à l'intérieur.

— Et Iliana ?

— Si elle est vivante, nous ferons notre possible pour la sortir de là. Mais si votre chef tente de sacrifier ma fille pour sauver la sienne, soyez sûr que je le retrouverai. Et qu'il n'en reviendra pas vivant !

Alex ajusta son heaume conique et agrippa fermement sa lance avant de pénétrer dans la forteresse de Harkirk. Brochain MacLachor avait occis un soldat anglais qui les avait repérés, et Alex avait dépouillé le mort de son armure. Ce déguisement lui permettrait de s'introduire dans la place sans être reconnu, aussi longtemps qu'il baisserait la tête et se comporterait comme les autres.

Bram était revenu avec quelques-uns des MacPherson et ils s'étaient déployés tout autour des fortifications, cherchant des indices qui leur confirmeraient la présence d'Adaira à l'intérieur. Alex s'avança dans la cour et cilla un instant, ébloui par la lumière des flambeaux.

Il était près de minuit, à en juger par la position de la lune dans le ciel. Une douzaine d'hommes environ patrouillaient près du rempart. À l'intérieur de l'enceinte, Alex distingua une immense tour qui devait abriter les quartiers de Harkirk. Était-ce là que le chef des MacLachor avait conduit Adaira ? Ou avait-il fait demi-tour, renonçant à son dessein ?

Silencieusement, Alex traversa la cour en essayant autant que possible de rester dans l'ombre. À plusieurs reprises, il se joignit à d'autres soldats, obéissant aux ordres lorsqu'on l'envoya surveiller une autre partie des fortifications.

Il atteignait enfin la partie intérieure de la forteresse, lorsqu'il entendit soudain une respiration saccadée. Dans un coin obscur, il vit un prisonnier ligoté qui saignait sur les pavés. Son dos nu était lacéré et il grelottait dans le froid hivernal.

C'était le laird Finian MacLachor. Alex reconnut aussitôt l'homme qui s'était fait passer pour le père Stephen. Son premier mouvement fut de l'abandonner à son sort. Il méritait la mort pour ce qu'il avait commis. Mais il représentait aussi son meilleur espoir d'obtenir des réponses. Aussi s'approcha-t-il de lui avec réticence, posant un genou à terre.

— MacLachor !

L'homme leva la tête et parut le reconnaître avant de dériver de nouveau vers les limbes de la semi-conscience.

— Elle est… morte.

Submergé de crainte et de colère, Alex le saisit par la gorge.

— Adaira ?

— Non. Ma fille, Iliana. Harkirk détient la vôtre.

Alex hésita, partagé entre la gratitude de savoir sa fille encore vivante et la fureur de la savoir prisonnière de Harkirk.

— Où est-elle ?

Finian leva les yeux vers la tour, dont une seule fenêtre avait vue sur la forteresse.

— Avec... Lady Harkirk.

Alex ignorait que Harkirk eût amené sa femme avec lui. Cela signifiait que les Anglais avaient l'intention de s'établir en Écosse, non en avant-poste, mais de façon permanente.

Les volets de la fenêtre étaient hermétiquement clos et Alex ne voyait ni parapets ni remparts à proximité pour accéder à la tour. Deux solutions se présentaient à lui : s'introduire dans le donjon... ou escalader le mur. Il écarta cette dernière idée, qui aurait tout simplement fait de lui une cible facile.

Abandonnant MacLachor, il se dirigea vers la tour. Parvenu à l'entrée, il prêta l'oreille, mais ne perçut aucun bruit. Il savait que ses compagnons encerclaient la forteresse, mais il n'osa pas se glisser dans le bâtiment. Trop risqué. Il lui fallait attendre une opportunité...

Alex passa les heures suivantes à monter la garde avec les autres soldats, les oreilles et les yeux en alerte dans l'espoir d'apercevoir Adaira. Tant qu'il ne l'avait pas vue lui-même, il ne pouvait être certain qu'elle se trouvait vraiment là. Finian avait peut-être menti pour l'inciter à rester et le livrer à son ennemi. Mais si tel avait été le cas, il aurait déjà alerté les hommes de Harkirk, leur révélant sa présence. Or, il gardait le silence.

Alex tourna de nouveau les yeux vers le prisonnier. Dans la posture brisée de Finian, il crut revoir son propre état d'esprit au moment de la mort de David. Le chef des MacLachor ne semblait plus éprouver le moindre désir de vivre, comme si cela lui était désormais égal.

Peut-être serait-il amené à le regretter ensuite, songea Alex, mais il se sentit incapable d'abandonner cet homme ainsi. Il traversa la cour et dégaina son poignard.

— Je ne vais pas vous laisser mourir encore, même si c'est ce que vous souhaitez. Vous allez m'aider à leur reprendre Adaira.

Il trancha les cordes qui ligotaient MacLachor. Mais l'homme ne bougea pas, la tête inclinée vers le sol.

— Vous avez enlevé une enfant innocente à sa famille, et tout cela pour rien ! lui reprocha Alex.

Et le tirant par le poignet pour l'obliger à se redresser :

— Votre fille est peut-être morte, mais pas la mienne. Honorez la mémoire de votre enfant en réparant le mal que vous avez fait !

Finian tourna vers lui un regard vide.

— Je ne peux rien faire.

— Trouvez-la ! Et ramenez-la-moi.

Le chef des MacLachor leva les yeux vers la tour, hésitant.

— Il n'y a qu'un escalier, déclara-t-il enfin. Avec votre armure, vous avez plus de chances que moi de pénétrer à l'intérieur.

Avant qu'Alex n'ait eu le temps de répondre, l'un des capitaines aboya un ordre de loin.

— Éloignez-vous du prisonnier et reprenez votre garde !

Le visage détourné, Alex obéit. MacLachor était

tombé à genoux, feignant d'être encore attaché. Il était trop tôt pour tenter une incursion, songea Alex. Pas avant d'en avoir appris davantage sur ce qui l'entourait et sur la disposition de la forteresse. Mais plus il attendait, plus il courait le risque de se faire prendre.

Laren se frayait un chemin dans la forêt, bien qu'elle y vît à peine. La lune répandait une faible lueur, mais les nuages la voilaient par intermittence. Elle avait ordonné aux hommes de Lord Locharr de rester en arrière jusqu'à ce qu'elle en apprenne davantage sur les projets d'Alex.

Usant de ses vitraux et des pièces d'argent comme moyen de paiement, elle avait loué les services de trois douzaines de soldats. Mais pour l'instant, elle n'avait gardé pour toute escorte que Sion MacKinnon, l'un des hommes de confiance de Lord Locharr.

Laren rejeta son capuchon en arrière. Ses cheveux flamboyants aideraient peut-être les hommes d'Alex à la reconnaître de loin. Sion et elle gravirent la montagne sans utiliser de torche.

— Comment savez-vous que nous les trouverons là-haut ? demanda Laren à son compagnon.

Sion désigna du menton le sommet de la colline.

— Depuis les hauteurs, ils peuvent évaluer les défenses de Harkirk. C'est donc là qu'ils ont dû s'établir.

Ils continuèrent à monter en silence. La pente devenait de plus en plus abrupte et Laren commençait à peiner. Bien qu'elle ne fût enceinte que de quelques mois, l'effort physique commençait à lui coûter. Sion lui vint en aide. Lorsqu'ils atteignirent la clairière, une flèche vint se ficher à leurs pieds.

— Un avertissement, commenta Sion.

Il repoussa Laren en arrière et examina le trait. Laren reconnut aussitôt les plumes noires familières.

— Callum ? appela-t-elle.

Quelques secondes plus tard, le jeune homme émergea des arbres, son arc à la main. Laren traversa la clairière pour le serrer dans ses bras. Callum parut stupéfait de la voir. D'un geste, il désigna Sion, une question dans les yeux.

— Nous avons amené des renforts, lui expliqua Laren. Lord Locharr nous a donné quelques-uns de ses hommes et j'ai recruté d'autres soldats.

Elle lui présenta Sion avant d'ajouter :

— Où est Alex ?

Callum désigna la forteresse en contrebas et Laren sentit son cœur se serrer d'angoisse.

— Et les autres ?

Le jeune homme écarta les mains, expliquant par gestes que ses compagnons encerclaient la forteresse.

— Vous voulez bien conduire mes soldats vers Alex ? chuchota-t-elle. Il va en avoir besoin.

Callum hésita et pointa son doigt sur elle.

— Tout va bien aller pour moi, le rassura-t-elle. Il fait nuit et personne ne me verra. Je vais rester à l'écart.

Callum la fit asseoir un peu plus loin et alluma un petit feu derrière une pile de pierres. Laren sentit son cœur fondre devant cette gentillesse. Lorsque le foyer commença à diffuser de la chaleur, elle ôta ses gants et tendit les doigts vers les flammes.

Callum posa une main sur son épaule et lui fit comprendre par signes qu'il allait conduire Sion et les autres en bas. Puis il posa l'index sur sa propre poitrine avant de le pointer vers elle.

— Inutile de revenir pour moi, lui dit-elle. Je sais que vous brûlez de vous joindre à eux.

Callum secoua la tête, le visage soudain assombri. Laren remarqua alors qu'il serrait quelque chose dans sa main gauche. Elle tendit le bras et lui ouvrit doucement la paume. À l'intérieur, elle découvrit un ruban de soie bleue.

— Il appartenait à Lady Marguerite, n'est-ce pas ?

Callum hocha simplement la tête, pressant de nouveau le morceau d'étoffe. Son visage exprimait la mélancolie résignée d'un homme conscient qu'il ne pourrait jamais avoir la femme qu'il désirait. En tant que troisième fils, il ne possédait rien à lui. Jamais il ne pourrait épouser la fille d'un duc, en dépit de son souhait le plus cher.

Laren sentit son cœur se serrer pour lui, car elle savait exactement ce qu'il ressentait. Elle-même s'était crue si longtemps inférieure à Alex qu'être à ses côtés lui semblait une impossibilité. Leurs mondes étaient si éloignés l'un de l'autre ! Pourtant, Alex n'avait jamais fait le moindre cas de la pauvreté de sa belle-famille, contrairement à elle.

Le regard rivé sur la forteresse de Harkirk, elle songea à tout le travail qu'avait accompli Alex pour Glen Arrin. Pour lui, le lieu valait la peine d'être reconstruit. Il avait vu plus loin que les ruines, conscient qu'il pourrait faire de cet endroit quelque chose de beau, sous ces apparences désolantes.

De la même façon, il avait vu plus loin que l'humble environnement familial de Laren et s'était battu pour elle.

Il m'aime, comprit-elle soudain. Et elle qui s'était cachée de tous, refusant de croire qu'elle méritait cet amour !

Mais je le mérite, se dit-elle, tandis qu'une inébranlable résolution s'emparait d'elle. Tant qu'il lui resterait un souffle de vie dans le corps, elle ne laisserait pas mourir Alex.

Une nouvelle vérité s'était fait jour en elle, tandis qu'elle visitait les clans. Être la dame de Glen Arrin, ce n'était pas donner des ordres aux gens ni afficher une fausse assurance. C'était prendre soin de ceux qui lui étaient chers. Pour cela, elle avait toujours su comment s'y prendre. C'était en elle depuis toujours.

Le clan avait besoin d'Alex, exactement comme elle avait besoin de lui. Et elle n'hésiterait pas à se battre pour l'homme qu'elle aimait.

Elle saisit la main de Callum, la refermant de nouveau sur le ruban.

— Marguerite vous aime, lui affirma-t-elle. Quand tout ceci sera fini, allez la trouver et dites-lui ce que vous ressentez dans votre cœur.

Une expression de regret sur le visage, le jeune homme secoua la tête et posa un doigt sur ses lèvres, lui rappelant ainsi qu'il avait perdu la capacité de parler.

— Cela lui est égal et vous le savez très bien, le rassura-t-elle en lui pressant la main. Être séparé d'elle vous cause une grande souffrance, n'est-ce pas ? ajouta-t-elle en risquant un sourire. Je suis sûre qu'elle adorerait que vous l'enleviez pour la ramener avec vous. Elle trouverait cela très romantique.

Callum lui jeta un regard incrédule et mima le passage d'une lame sur sa gorge.

— Son père peut vous tuer, c'est vrai.

Le sourire de Laren s'élargit.

— Mais au moins, vous mourriez heureux !

Callum éclata d'un rire guttural. Cette réaction inattendue stupéfia Laren et Callum lui-même porta la main à son cou comme s'il ne pouvait croire qu'un tel son ait pu sortir de sa gorge.

— Vous reparlerez, lui prédit Laren. Vous aurez

une raison encore plus impérieuse de le faire, si vous retrouvez Lady Marguerite.

Leurs regards se croisèrent. Dans celui de Callum, Laren trouva le reflet de la personne qu'elle avait été jadis. Quelqu'un qui ne croyait pas qu'on pouvait l'aimer.

Callum saisit soudain sa main et y plaça le ruban. Un instant plus tard, il avait disparu dans l'obscurité avec Sion.

Chapitre 15

Laren se leva d'un bond en percevant un bruit de pas qui approchait. Elle ne pouvait voir la personne, mais ce n'était ni Alex ni l'un des autres. D'un mouvement preste, elle se cacha au milieu des arbres, accroupie derrière un buisson. Quelques secondes plus tard, elle entendit quelqu'un jeter de la terre sur son feu. L'obscurité régna autour d'elle et son pouls s'accéléra.

— Je sais que vous êtes là, chuchota une voix. Vous n'auriez pas dû allumer un feu. Ils le verront depuis la forteresse.

Laren ne répondit pas, ignorant s'il s'agissait d'un piège. Elle agrippa un tronc et il lui fallut un moment pour que sa vue s'ajuste à l'obscurité. Une odeur de cendres épaississait l'air, relent écœurant qui augmentait sa peur.

Soudain, elle sentit une main se poser sur son épaule et laissa échapper un cri. Un jeune garçon se tenait devant elle, plus âgé que Mairin, mais pas encore un adolescent. Ses cheveux retombaient en désordre dans son cou et il portait des vêtements chauds contre le froid.

— Il faut que vous veniez avec moi, déclara-t-il. Elle ne voudrait pas que vous restiez toute seule ici.

— Elle ?

— Lady Harkirk.

Laren ne faisait confiance à aucun Harkirk, lady ou pas. Mais que faisait un enfant tout seul dans ces montagnes ?

— C'est ta mère ?

Le garçonnet la prit par la main.

— Non. Venez ! Ils peuvent voir votre feu depuis la forteresse. Je vais vous emmener dans un abri où vous serez en sécurité.

Laren dégagea sa main.

— Je dois attendre ici, protesta-t-elle.

Même si le froid devenait plus mordant à présent que le feu était éteint, elle pouvait se blottir parmi les feuilles mortes s'il le fallait. Puis une autre idée inquiétante lui vint à l'esprit.

— Lady Harkirk sait-elle que je suis ici ?

Le gamin secoua la tête.

— Je suis venu de mon propre chef. Je voulais savoir ce que c'était que ce feu.

— Qui es-tu ? Tu n'es pas anglais. Tu es l'un des prisonniers de Harkirk ?

Il haussa les épaules.

— Plus maintenant. Elle m'a aidé à me cacher.

Étant donné son âge, Laren s'en réjouissait pour lui. Aucun enfant n'aurait dû être forcé à trimer avec les adultes.

— Où habites-tu alors ? Et où sont tes parents ?

Le garçonnet ne répondit pas et Laren devina qu'ils étaient morts. Comme il s'éloignait déjà entre les arbres, elle le rappela.

— Attends ! Ne t'en va pas encore !

— Il faut que je parte. Si vous venez avec moi, je vous promets que vous n'aurez rien à craindre. Mais les soldats arrivent. Ils ont aperçu votre feu.

Laren ne savait que faire. Elle avait cru que le foyer

allumé par Callum ne serait pas visible derrière les pierres, mais de toute évidence, le gamin l'avait vu. S'il avait su la trouver, les soldats de Harkirk pouvaient en faire autant.

— Où vas-tu ? demanda-t-elle en lui emboîtant le pas.

— Suivez-moi et je vous montrerai.

Une autre pensée traversa l'esprit de Laren, augmentant ses craintes.

— As-tu... As-tu vu d'autres enfants dans la forteresse ? Une petite fille de près de deux ans ?

Le garçon hocha la tête.

— Oui. C'est Lady Harkirk qui s'en occupe. Elle prend soin d'elle.

Le sang cognant dans ses tempes, Laren s'appuya contre un arbre. *Merci, mon Dieu !* Adaira était vivante. Des larmes brûlantes jaillirent de ses yeux.

— C'est ma fille, avoua-t-elle. Il faut que je la reprenne. Se trouve-t-elle à l'intérieur de la forteresse ?

— Oui, répondit le gamin, qui lui offrit de nouveau la main. Venez, je vais vous conduire à mon abri. Lady Harkirk viendra demain matin et vous pourrez l'interroger au sujet de votre fille.

Une note de regret attristait sa voix. Peut-être songeait-il à sa propre famille ?

Laren hésitait encore, partagée. Rester là où Alex et les autres pourraient la retrouver, ou glaner d'autres informations concernant Adaira ? L'air nocturne se faisait plus froid et elle connaissait le danger de dormir dehors sans feu pour se réchauffer. Sans abri, ce serait une nuit bien difficile à passer.

— D'accord, je te suis, accepta-t-elle enfin.

S'il existait la moindre chance d'en apprendre un peu plus à propos d'Adaira, elle devait la saisir.

— Mais il faut que je sois de retour ici avant le jour.

Elle ne savait pas si Alex la rejoindrait le lendemain, mais elle voulait être là pour l'attendre.

Le jeune garçon lui tendit la main et elle se laissa emmener, dévalant la pente jusqu'au bas de la montagne.

— Vous, là-bas ! ordonna une voix. Prenez votre lance et joignez-vous aux autres.

D'un geste, le capitaine désigna un groupe d'une demi-douzaine d'hommes qui s'apprêtaient à quitter la forteresse.

Alex attendit la suite des instructions et le soldat anglais ajouta :

— L'un de nos hommes a cru voir un feu sur le versant de la montagne. Il faut savoir qui s'est introduit sur nos terres.

Alex courba la tête, dissimulant ses traits. Callum avait-il été assez stupide pour allumer un feu ? Certes, il devait geler à pierre fendre dehors, mais il ne voyait pas pour quelle raison son frère aurait commis une telle imprudence. À moins que ce ne soit un signal quelconque…

Pestant en son for intérieur, il saisit une torche. Sous son armure, Callum ne le reconnaîtrait pas dans le noir et il était capable de lâcher sur eux une volée de flèches avant qu'ils n'aient atteint le pied de la montagne.

— Vous n'avez pas besoin de cela, grogna l'un des autres en lui ôtant sa torche.

Alex faillit protester, puis se reprit. Pour le moment, il devait éviter d'être démasqué. Mieux valait se laisser distancer ensuite et disparaître dans les bois dès qu'il en aurait l'opportunité.

Les hommes marchaient par deux et Alex s'arrangea pour se trouver à la queue de la colonne. Mais quand il voulut s'écarter, le soldat qui se tenait à sa droite s'élança derrière lui.

— Où allez-vous ?

— Je crois que j'ai entendu un bruit de ce côté, prétendit Alex. Je vais aller voir.

— Non, nous restons ensemble, c'est plus sûr, répliqua l'autre d'un ton ferme.

Mais lorsqu'une des flèches de Callum abattit le soldat qui marchait en tête, Alex n'hésita plus. Arrachant son heaume, il courut hors de portée de tir de son frère. Le vent mordant lui glaçait la peau. Il plongea sur le sol pour se mettre à couvert et se dépouilla en hâte de sa cotte de mailles, ne gardant que ses braies et une mince tunique. Il gelait alentour, mais Alex ignora l'inconfort et demeura sous les arbres pendant que les soldats chargeaient.

— Callum, garde tes flèches ! cria-t-il en gaélique, langue que les Anglais ne pouvaient comprendre.

La pluie de traits cessa abruptement et Alex s'aperçut que son frère ne se trouvait pas près du camp, là où il l'avait laissé.

Les deux soldats qui restaient battirent en retraite vers la forteresse. Il ne leur faudrait pas longtemps pour ramener du renfort, songea Alex. Il fallait qu'il emmène son frère avant que les autres ne le repèrent.

Soudain, Callum apparut entre les arbres, avec un autre highlander à son côté.

— Qui est-ce ? questionna Alex.

L'homme se présenta.

— Je suis Sion MacKinnon. Votre épouse nous a recrutés après avoir parlé à Lord Locharr. Il y a aussi des membres des clans voisins.

Il pointa le doigt vers les bois et Alex distingua quelques hommes déployés en éventail.

— Nous sommes environ trois douzaines.

« Votre épouse ? » Alex cilla sans comprendre. Laren était allée chercher des hommes pour les aider ?

— Elle a donné à Lord Locharr l'un de ses vitraux en échange de nos services, continua Sion, et a payé les guerriers des autres clans en argent.

Alex se taisait, stupéfait que Laren ait été capable de s'aventurer hors de Glen Arrin et surtout de parler aux chefs des clans !

— Sont-ils tous là ? interrogea-t-il.

— Non. Certains attendent à un quart de lieue d'ici. Nous prévoyions d'attaquer de plusieurs côtés à la fois.

— Où est Laren ? s'inquiéta Alex, en priant pour qu'elle soit restée à Glen Arrin.

Callum se retourna et désigna le flanc de la montagne, là où devait certainement brûler le feu un peu plus tôt.

— Tu l'as laissée là-bas toute seule ? fulmina Alex.

Furieux, il voulut empoigner son frère et le secouer, mais Callum dégaina sa dague et la brandit dans un geste d'avertissement. Puis il posa un doigt sur ses lèvres et montra la forteresse, rappelant ainsi à Alex que les soldats n'allaient pas tarder à revenir.

— Aide-moi à la retrouver, ordonna Alex.

Callum rengaina sa lame, tandis qu'Alex se tournait vers Sion.

— Allez dire à vos hommes de se joindre aux nôtres tout autour de la forteresse.

Il acheva de donner ses instructions et le guerrier MacKinnon disparut pour exécuter ses ordres, pendant que lui-même gravissait le versant à la recherche de Laren. Callum le conduisit à l'endroit où la jeune femme devait les attendre, mais le foyer était déjà froid. Il faisait trop sombre pour repérer les traces de pas de Laren. Alex l'appela à voix basse, mais il n'obtint pas la moindre réponse. Il fouilla les bois, sa peur augmentant à chaque instant qui passait. Il aurait dû écouter ses propres craintes, songea-il. À présent, il risquait de perdre à la fois sa fille et sa femme !

Et si cela arrivait, la vie lui deviendrait tout simplement insupportable.

Laren n'arrivait pas à dormir, malgré la paillasse que le gamin lui avait offerte. Le vent soufflait par les fentes de l'abri rudimentaire de terre et de bois, que le garçonnet semblait avoir construit lui-même.

— Depuis combien de temps vis-tu ici ? s'enquit-elle, lorsqu'elle eut constaté que son jeune compagnon ne dormait pas non plus.

— Je ne m'en souviens pas, répondit l'enfant.

Blotti sous une vieille couverture de laine, il serrait les pans contre lui pour ne pas avoir froid.

— Tu ne devrais pas rester ici. Tu n'y es pas plus en sécurité que moi.

— Et où irais-je ? Tout le monde est mort, fit-il en ramenant ses genoux contre sa poitrine.

Sa voix tremblait, comme s'il réprimait des larmes.

— Tu pourrais venir chez moi. Dis-moi comment je peux récupérer Adaira et je t'offrirai un endroit pour vivre.

L'enfant inclina la tête vers ses genoux et au bout d'un moment, Laren s'aperçut qu'il pleurait. Elle s'approcha de lui et lissa ses cheveux emmêlés.

— Tout ira bien, tu verras.

Elle lui chuchota des paroles de réconfort et le gamin finit par s'étendre sur la paillasse. Laren le couvrit avec le plaid, observant qu'il avait des traits plus enfantins qu'elle ne l'avait cru d'abord. Il semblait si jeune, à peine quelques années de plus que Mairin. Laren regretta de ne pas lui avoir demandé son nom.

Elle ferma les yeux un instant et la tête se mit à lui tourner. Ce soir-là, elle avait oublié de manger et se sentait affamée. Son dos la faisait souffrir et la terreur latente qui l'habitait se réveilla soudain.

Je n'aurais pas dû quitter Glen Arrin, songea-t-elle. *Alex sera furieux quand il saura.*

Avec tant de highlanders pour la défendre, elle s'était crue en sécurité. Maintenant, elle n'en était plus aussi sûre.

Accablée, elle s'étendit près du garçonnet. Au bout d'un moment, l'épuisement l'emporta en elle sur la peur et elle sombra dans un profond sommeil.

Lorsque Laren se réveilla, l'aube pointait déjà et elle vit devant elle une noble dame qui l'observait.

— Qui êtes-vous ? interrogea cette dernière en gaélique, avec un fort accent anglais.

Laren s'assit lentement auprès du garçonnet endormi. La femme portait une robe de damas rouge sombre bordée de fourrure. Ses mains fines étaient gantées et ses cheveux bruns étaient noués sous une coiffe brodée d'or et parsemée de rubis.

— Je suis Laren MacKinloch. Vous êtes Lady Harkirk, je suppose ?

La femme hocha la tête, une ombre de désapprobation dans les yeux.

— Vous n'auriez pas dû venir ici. C'est dangereux.

— Lord Harkirk retient ma fille prisonnière. Où est-elle ?

— Si vous parlez de la toute petite fille, je l'ai laissée

avec ma chambrière. Elle a les cheveux roux comme les vôtres. Et les yeux bleus.

— Elle s'appelle Adaira.

Lady Harkirk baissa la tête.

— Mon mari veut se servir d'elle pour attirer les MacKinloch ici. Après ce qui s'est passé il y a quelques mois, il désire se venger à tout prix.

— J'ignore si vous avez vous-même des enfants, mais ma fille est une innocente. Et je ferai tout ce qu'il faut pour la délivrer.

Lady Harkirk jeta un coup d'œil vers la forteresse et frissonna.

— Ce ne sera pas facile.

À cet instant, le jeune garçon bâilla et s'étira sur la paillasse. Lady Harkirk écarta les pans de son manteau, révélant le sac qu'elle avait apporté. Un peu de nourriture se trouvait à l'intérieur et Laren faillit fondre en larmes à cette vue tant son estomac criait famine. Mais le gamin avait besoin de manger et elle se tut, le laissant prendre ce dont il avait envie.

L'enfant dévora la viande, puis rompit un morceau de pain, qu'il tendit à Laren.

— Pour vous !

Laren savoura le petit bout de croûte, qui n'apaisa guère sa faim. Cette sensation lui rappela les soirs où elle se couchait affamée avec ses sœurs. Depuis qu'elle avait épousé Alex, elle n'avait jamais manqué de rien.

Elle se leva, mais dès qu'elle fut debout, ses jambes se dérobèrent sous elle. Le gamin la rattrapa avant qu'elle ne s'affaisse sur le sol. La tête entre les genoux, elle laissa échapper un juron.

— Vous voilà bien pâle, observa Lady Harkirk. Si j'avais un peu plus de nourriture, je…

— Non, interrompit Laren. Il faut que je retrouve mon mari.

Elle luttait pour rester consciente, irritée contre elle-même et cette faiblesse physique due à sa grossesse. Surtout, ne pas s'évanouir… Elle respira plusieurs fois à fond, lentement, puis se tourna vers Lady Harkirk.

— Ils vont attaquer votre forteresse, déclara-t-elle, priant pour qu'il y eût de la compassion dans le cœur de cette femme. Si vous pouvez m'aider à faire évader ma fille, j'empêcherai le combat.

Une expression amère se peignit sur le visage de Lady Harkirk.

— L'empêcher ? Si mon époux pouvait mourir dans la bataille, ce serait une bénédiction.

Et se dirigeant vers la porte de la hutte :

— Je vais faire mon possible pour vous aider, mais je ne peux pas faire sortir votre fille de la forteresse. J'ai déjà pris trop de risques en venant seule ici.

— Amenez-la près de l'entrée à la nuit tombée, supplia Laren. Nous trouverons bien un moyen de la faire sortir.

Lady Harkirk la regarda longuement, puis baissa la tête.

— Non, je ne crois pas que je pourrai. Pas sans éveiller ses soupçons.

— Si ma fille meurt…, commença Laren.

— Elle ne mourra pas, la rassura la dame, qui montra le jeune garçon. J'ai protégé celui-ci, j'en ferai autant pour votre fille.

Frissonnante, elle s'enveloppa plus étroitement dans son manteau.

— Je ne sais pas comment je vais m'y prendre, mais préparez-vous à venir la chercher à la tombée de la nuit.

Laren se leva, plongeant les yeux dans ceux de la femme du baron.

— Ce n'est qu'un bébé. Je ne veux pas la perdre. Vous comprenez ?

Lady Harkirk lui pressa la main.

— Il ne lui arrivera rien, je m'en occupe.

Les yeux secs et irrités par le manque de sommeil, Alex dut abandonner les recherches. Il avait passé la forêt au peigne fin, sans trouver trace de Laren nulle part.

Avait-elle été capturée quand Callum l'avait laissée seule ? *S'il lui arrivait quelque chose, ce serait ma faute de toute façon,* se reprocha Alex. Imaginer que Laren pouvait tomber entre les mains de Harkirk le rendait fou.

— Si elle se trouve à l'intérieur de la forteresse, nous la trouverons, lui dit Bram.

Il était revenu au petit matin, avec une promesse d'aide de la part du père de Nairna. Il saisit Alex par le bras, en un geste de silencieux réconfort.

— Tout laisse à supposer qu'elle est là-bas, tu ne crois pas ?

Alex sentit sa raison vaciller. La seule pensée de Harkirk touchant Laren, la molestant… Il comprenait pourquoi Bram avait perdu son sang-froid dans la bataille, quelques mois plus tôt, lorsque Nairna s'était trouvée menacée.

L'image du doux visage de Laren, de sa chevelure flamboyante retombant sur ses épaules, lui serra le cœur. Il se rappela la façon dont il avait dormi dans ses bras, la main posée sur leur futur enfant. La seule idée de les perdre le faisait bouillonner de rage.

Incapable de se contenir davantage, il se rua vers Callum, plaquant son jeune frère contre un tronc d'arbre.

— Pourquoi l'as-tu abandonnée ? Elle est peut-être déjà morte à cause de toi !

Bram et Brochain le tirèrent en arrière, mais Alex ne se contrôlait plus, la respiration haletante. Et l'incompréhension qu'il lisait dans le regard de son cadet ne faisait qu'accroître sa vindicte.

Callum ne savait pas ce que c'était que d'aimer une femme. Il ne pouvait pas comprendre.

S'il perdait Laren, ce serait comme si on lui arrachait le cœur. Il ne lui resterait qu'un vide que rien ne pourrait plus jamais combler.

— Si nous voulons les retrouver, il faut que tu te contrôles, insista Bram. Ce n'est pas en frappant l'un de nous que tu aideras Laren.

Alex en était bien conscient. Mais le diable l'emporte, le besoin de donner des coups de poing le tenaillait ! Au moins, cela l'aurait soulagé.

— Cette nuit, pendant que tu étais à l'intérieur, nous avons trouvé un moyen pour essayer de nous introduire dans leur forteresse, reprit Bram.

Il adressa un signe de tête à Brochain MacLachor, qui expliqua :

— Une partie de la bâtisse a subi des dégâts dus à l'eau. Le bois pourrit. À certains endroits, il s'effrite presque.

Alex se tourna vers lui, ne voyant pas où il voulait en venir.

— Continuez !

— J'ai brisé certaines planches. Les madriers au-dessous ne sont pas stables. Si nous y mettons le feu, les murs s'écrouleront.

Alex hocha la tête.

— Parfait. Nous allons diviser nos troupes et distraire les hommes de Harkirk par une attaque directe, pendant que vous prendrez l'autre partie de la forteresse.

— Et mon frère ? s'enquit Brochain. L'avez-vous trouvé cette nuit ?

— Il est blessé mais vivant, le renseigna Alex sans fournir de plus amples informations.

Il ne pardonnait pas au chef des MacLachor d'avoir mis Adaira en danger.

— Et sa fille ?

— Morte, à ce que j'ai cru comprendre.

Brochain se rembrunit et posa la main sur son épée.

— Nous devons délivrer Finian. Ainsi que votre fille.

— Nous les libérerons, assura Alex. Et aussi les autres esclaves abandonnés à leur sort, qui n'ont pas de clan pour les défendre.

Il jeta un coup d'œil vers Callum, qui agrippa son arc en un silencieux acquiescement.

— J'ai parlé avec Hamish MacPherson cette nuit, reprit Bram. Il m'a promis une douzaine de ses hommes pour faire diversion pendant que nous attaquerons la forteresse.

— Quel genre de diversion ?

Bram haussa les épaules.

— Il ne l'a pas précisé.

Alex n'aimait guère tous les facteurs inconnus qui risquaient d'influer sur leur action et une impression de malaise s'insinua en lui.

— Harkirk nous attendra de pied ferme, déclara-t-il. Il a envoyé des soldats enquêter sur le feu qu'ils avaient aperçu. Comme ces hommes ne sont pas revenus, il saura que nous nous trouvons dans les parages.

— Possible, admit Bram. Mais nous n'avons pas le choix. À moins que tu n'aies une autre idée ?

— Moi, j'en ai une, intervint soudain une voix féminine, qui s'éleva du côté des arbres.

Alex se retourna prestement. Laren se tenait là, debout, à l'orée des bois. Il se précipita vers elle et la serra éperdument dans ses bras, sans se soucier de ce que pensaient les autres.

Chapitre 16

— Où étiez-vous ? Et pourquoi avez-vous quitté Glen Arrin ?

Alex la pressait contre lui avec tant de force qu'elle pouvait à peine respirer. Laren l'étreignit, émue par l'expression inquiète de son visage et les cernes sous ses yeux, témoignant de sa nuit sans sommeil.

Elle lui effleura les cheveux et déposa un tendre baiser sur ses lèvres.

— Vous aviez besoin d'aide, murmura-t-elle. Je ne pouvais pas vous laisser affronter les soldats de Harkik avec si peu d'hommes.

Alex avait les traits si tirés qu'il semblait avoir pris quinze ans à la seule idée de la perdre. Laren essaya de le réconforter, même si quelque chose en elle se réjouissait en secret qu'il se soit fait autant de souci pour elle.

— Je ne pouvais pas rester près du feu qu'avait allumé Callum, c'était trop dangereux, poursuivit-elle. Un gamin est venu me mettre en garde. Il m'a conduite jusqu'à un abri où j'ai passé la nuit.

— Qui était-ce ? Et où se trouve cet abri ?

Laren secoua la tête.

— J'ignore son nom, mais ce n'était pas un Anglais.

Elle indiqua où se situait la hutte, puis saisit son mari par les épaules.

— Alex, il savait où est retenue Adaira. C'est pour cela que j'ai accepté de le suivre.

Elle aurait suivi n'importe qui possédant la moindre information qui puisse conduire à sa fille. Qu'importait qu'elle ne connaisse pas le nom du garçon ?

— C'est Lady Harkirk qui s'occupe d'Adaira. La dame est venue nous voir dans l'abri tôt ce matin et a promis de nous aider.

Alex se raidit lorsqu'elle mentionna l'épouse de Harkirk.

— Pourquoi s'aventurerait-elle hors de la forteresse, si ce n'est à la demande de son mari ?

Face aux soupçons de son mari, Laren secoua la tête.

— Non. Elle était furieuse contre Harkirk. Elle m'a même affirmé qu'elle se réjouirait s'il était tué au combat.

— À moins qu'elle n'ait voulu capter votre confiance pour vous attirer dans un piège !

Mais Laren refusait de le croire.

— Elle m'a promis d'amener notre fille près de l'entrée de la forteresse au coucher du soleil.

— Où Lord Harkik nous attendra avec ses soldats pour nous tailler en pièces…

— Je ne pense pas. Elle a déjà sauvé la vie de ce petit garçon, qu'elle garde caché.

— Vous êtes trop confiante, Laren.

De toute évidence, Alex n'avait pas l'intention de se fier à Lady Harkirk, et il n'était pas impossible, du reste, que cette femme ait menti. Mais Laren en doutait. Elle avait lu un tel regret sur son visage, comme si elle voulait se désolidariser des actes de son époux.

— Est-elle au courant de l'attaque que nous préparons ?

— Elle sait que nous sommes ici, mais ignore combien nous sommes.

Alex se rembrunit et échangea un coup d'œil avec Bram.

— Les MacPherson vont bientôt arriver, lui rappela son frère. Nous devons placer nos hommes.

— Vas-y. Je vous rejoins dans un moment.

Bram obéit, emmenant Brochain avec lui. Callum ramassa son arc, mais Alex le rappela d'un geste.

— Toi, tu restes avec Laren. Et Dieu m'est témoin, tu ferais mieux de ne pas la quitter d'un pouce !

Callum hocha la tête, crispant les doigts sur la poignée de son arme. Laren voulut protester, mais Alex lui coupa la parole.

— Faites-moi confiance, Laren. Reposez-vous sur moi pour délivrer Adaira.

Il l'attira contre lui, laissant glisser sa main sur la légère rondeur de sa taille.

— Vous ne pouvez pas savoir ce que j'ai ressenti quand j'ai cru vous avoir perdue. Je craignais que vous ne soyez prisonnière de Harkirk et qu'il ne vous ait fait du mal d'une façon ou d'une autre.

Il caressa doucement son ventre avant d'ajouter :

— Je ne permettrai pas que cela arrive. Même si je dois mourir aujourd'hui, du moins saurai-je que vous êtes saine et sauve et que cet enfant vivra.

Laren lut dans son regard le désir farouche de la savoir en sécurité, à l'abri des entreprises de Harkirk.

— Très bien, acquiesça-t-elle. Je vais rester à l'arrière avec Callum.

Il posa son front contre le sien.

— Allez au sommet de la montagne et attendez derrière les rochers. Surtout, cachez-vous bien.

Elle se blottit contre lui. Alex lui lissa les cheveux, repoussant ses boucles en arrière.

— Quoi qu'il arrive au reste d'entre nous, promettez-moi que vous ne vous en mêlerez pas.

— Si votre vie est menacée…

— Je suis prêt à affronter ce risque. Mais pas à vous savoir en danger.

Et pressant un baiser sur sa bouche :

— Jurez-le !

Laren sentit ses yeux s'humidifier de larmes refoulées, mais elle inclina la tête en une silencieuse promesse.

Alex attendait à côté de Bram. Il vit approcher au loin les hommes de Hamish MacPherson, conduits par leur laird en personne. Hamish portait de riches vêtements entrelacés de fils d'or et des bagues ornées de pierres précieuses à ses doigts. Alex s'avança à sa rencontre et le chef MacPherson, visiblement mal à l'aise, lui adressa un faible sourire.

— Harkirk est au courant de vos intentions, commença-t-il sans autre préambule. Ses hommes ont pris position de chaque côté de la forteresse. Si vous y pénétrez avec nous, vous n'en sortirez pas vivant.

Alex lui jeta un regard résolu.

— Nous avons des renforts tout près. Si je peux faire sortir Adaira, c'est tout ce qui importe.

— Comme vous voudrez.

Hamish fit signe à l'un de ses serviteurs, qui mit pied à terre et offrit son cheval à Alex.

— Bram se trouve-t-il avec vous ? Nairna ne me pardonnera jamais si son mari se fait tuer.

— Ce n'est pas le combat de Bram.

— Bien sûr que si, grogna Hamish, du moment que vous y êtes impliqué. Je le connais trop bien !

Il remua sur sa selle et Alex amena sa monture près de la sienne.

— Je ne sais pas s'il existe assez d'argent dans toute l'Écosse pour satisfaire la rapacité de Harkirk, reconnut Hamish avec un lourd soupir. Ou pour sauver votre peau, ajouta-t-il d'un ton grave. Vous êtes sûr que vous voulez faire cela ?

Alex n'hésita pas.

— Je vais délivrer Adaira, quel qu'en soit le prix.

Il éperonna son cheval, et Hamish n'eut pas d'autre choix que de le suivre. Ils gravirent le sentier qui menait au portail et les archers tendirent leurs arcs à leur approche. Sans Hamish à son côté, Alex ne doutait pas que ces hommes l'auraient tué sur place. S'ils retenaient leurs flèches, c'était pour respecter la fragile trêve entre les MacPherson et eux.

Lorsqu'ils atteignirent la muraille, d'autres soldats surgirent et se postèrent derrière eux, leur coupant toute possibilité de retraite. Alex regarda les lances en se demandant s'il sentirait s'enfoncer leurs froides pointes de métal entre ses côtes avant que ses hommes n'aient eu le temps de lancer leur assaut. À moins qu'on ne lui tranche la gorge ?

Il repoussa ces pensées morbides, étouffant en lui toute émotion. Qu'importait le sort qui lui était réservé ? Il accepterait son destin, du moment qu'Adaira était sauve.

Lord Harkirk l'attendait en haut de l'escalier de la tour. Il portait une cotte de mailles et son visage barbu rayonnait de satisfaction. Lady Harkirk se tenait à côté de lui, Adaira dans les bras.

— Pa ! cria aussitôt la petite fille, en tendant les bras vers son père.

Elle se mit à pleurer et Alex sentit vaciller son sang-froid. Il regarda les fins cheveux roux teintés de reflets d'or. La vue de ces petites mains suppliantes lui rappela soudain David.

Je ne te laisserai pas mourir, promit-il silencieusement à sa fille. *Je ne le laisserai pas te faire du mal.*

Elle était née de Laren et de lui, de leur chair et de leur sang. Un jour, elle deviendrait une belle jeune femme, comme sa mère. Même s'il n'était plus là pour la voir.

— J'ai entendu dire que vous vouliez ma tête, Harkirk. Je vous l'apporte. Mais d'abord, vous allez confier ma fille à Hamish MacPherson.

— Vraiment ?

Le baron descendit lentement quelques marches, comme s'il savourait cet instant.

— Et si je refuse ?

— Vous vous en prendriez à une enfant innocente ? intervint Hamish. Juste pour satisfaire votre soif de vengeance ?

— Le sang des MacKinloch coule dans ses veines. En ce qui me concerne, moins il y aura de MacKinloch, mieux ce sera.

Il s'empara de l'enfant, pour la plus grande inquiétude d'Alex mais aussi, visiblement, de Lady Harkirk, qui ne quittait pas son mari des yeux.

Le baron souleva la petite au-dessus des marches.

— Si vous la voulez, venez la chercher ! intima-t-il à Alex.

Alex hésita, sachant que sa vie ne tiendrait plus qu'à un fil dès qu'il ne serait plus sous la protection des soldats MacPherson. Mais il ne pouvait pas laisser Harkirk violenter sa fille.

— Si je la lâche, elle se brisera le cou. C'est cela que vous voulez ?

Alex descendit de cheval et s'avança, surpris de constater que les soldats de Hamish lui emboîtaient le pas. Il ne s'attendait pas à les voir risquer leur vie pour le protéger. Après avoir remercié Hamish du regard, il se dirigea vers les degrés de pierre.

— Vous la voulez ? Eh bien, attrapez-la ! cria Harkirk en lançant la petite dans l'escalier.

Alex plongea en avant, rattrapant sa fille juste avant que sa tête ne heurte une marche. Il étreignit de toutes ses forces l'enfant en larmes, le cœur battant à se rompre à la pensée qu'Adaira venait de frôler la mort.

Lady Harkirk foudroya son mari du regard avant de disparaître à l'intérieur de la tour. Le baron ne parut même pas remarquer son départ.

— Passez la gamine à Hamish MacPherson, ordonna-t-il à Alex, ou mes archers vont vous occire tous les deux.

Les soldats du baron se rapprochèrent, prêts à passer à l'action.

Alex resserra son étreinte autour d'Adaira.

— Je t'aime, *a nighean*[1], ma chérie, lui chuchota-t-il à l'oreille. Que Dieu te protège !

Il confia Adaira à Hamish, murmurant à l'oreille du chef :

— Donnez aux autres le signal de l'attaque !

C'était plus difficile qu'il ne l'avait imaginé, car c'était sans doute la dernière fois qu'il voyait sa fille. Au moins, Adaira vivrait. Il avait tenu la promesse qu'il avait faite à Laren, quoi qu'il advienne de lui.

Un étrange engourdissement s'empara de lui, tandis que les soldats le saisissaient, lui liant les mains derrière le dos. Des coups s'abattirent sur lui et il tomba à genoux, un âcre goût de sang dans la bouche.

1. « Ma fille » en gaélique.

Lady Harkirk n'éprouvait plus le moindre scrupule à trahir son mari et ses compatriotes. Quand Robert avait jeté cette petite fille dans l'escalier, les derniers vestiges de loyauté qu'elle avait jamais pu éprouver à son égard s'étaient définitivement évanouis.

Maintenant que Hamish MacPherson avait récupéré l'enfant, il fallait espérer que celle-ci ne risquait plus rien. Mais connaissant son époux, Lady Harkirk tenait à s'en assurer.

Traversant la grande salle, elle descendit l'escalier en colimaçon qui desservait les celliers où l'on entreposait la nourriture. Robert avait fait construire un passage secret pour quitter la forteresse, dans l'éventualité d'un siège. En cet instant, elle ne désirait rien tant que s'éloigner de ce lieu.

Un cliquetis de chaînes attira soudain son attention. Elle jeta un coup d'œil, scrutant la pénombre, et aperçut le prisonnier que son mari avait fait fouetter. On l'avait descendu là dans la nuit et Lady Harkirk songea tout à coup que cet homme pourrait se révéler utile malgré son état de faiblesse.

Le captif grelottait, secoué de violents frissons, et son souffle formait un nuage de vapeur blanche dans l'air glacé de la cave. Si elle le laissait là, il ne tarderait pas à mourir. Déjà, il semblait à demi engourdi de froid.

Je m'apprête à commettre une erreur, songea-t-elle en s'emparant des clés suspendues à l'extérieur du cellier. L'homme était plus large de carrure que Robert et son corps lourdement musclé, bien qu'affaibli.

— Si je vous délivre, me promettez-vous de ne me faire aucun mal ? demanda-t-elle à voix basse.

Le prisonnier releva brusquement la tête, comme s'il remarquait seulement sa présence. Elle le vit ciller et se demanda s'il la distinguait dans le noir.

— Qui… êtes-vous ?

— Alys Fitzroy, dame de Harkirk.

Frissonnant elle-même dans le froid, elle tendit la main vers le poignet menotté et ouvrit le bracelet de fer.

— N'espérez pas m'utiliser comme otage. Je veux quitter cet endroit, exactement comme vous.

L'homme la regarda et elle vit frémir une ombre dans ses yeux.

— Quel est votre nom ? s'enquit-elle en libérant le second poignet.

— Finian. Je suis le chef des MacLachor. Du moins je l'étais, corrigea-t-il. Avant tout cela.

Une expression de lassitude se peignit sur ses traits, comme si tout lui était égal désormais.

Les mains enfouies dans les plis de sa jupe, Alys recula.

— Si vous voulez me suivre, je vais vous montrer un passage pour sortir de la forteresse. C'est tout ce que je peux faire pour vous. Ensuite, il faudra vous débrouiller seul.

— Pourquoi voulez-vous m'aider ? demanda Finian, luttant pour se relever.

Il esquissa un pas, puis un autre, en grimaçant de douleur.

— Harkirk va être furieux !

— Cela fait quatre ans que je suis sa prisonnière, répliqua Alys. Je ne veux pas que quelqu'un d'autre endure ce que j'ai subi.

Elle déglutit avant d'ajouter :

— Si je pouvais, je libérerais aussi les autres. Mais il les tient enfermés ailleurs, plus près de ses soldats. Je ne sais pas pourquoi il vous a mis ici.

— Parce qu'ils m'ont repris hier soir, comme je tentais de m'évader. Harkirk veut faire un exemple avec moi.

Finian s'appuya au mur d'une main et un nouveau

frisson lui secoua le corps. Alys ôta sa cape pour la lui draper sur les épaules.

Finian la dévisagea, surpris. Alys n'aurait pas su dire pourquoi elle agissait ainsi. La pitié qu'elle avait ressentie au début pour le prisonnier s'était transformée en une sorte de nécessité. Il y avait chez cet homme quelque chose qui la touchait, presque comme si elle se sentait obligée de le sauver.

— Je ne peux pas accepter, fit-il en lui rendant sa cape.

Alys haussa les épaules.

— Gardez-la, vous en avez plus besoin que moi.

Elle s'esquiva sur ces mots, mais il la rattrapa avant qu'elle n'ait atteint la sortie.

— Pourquoi moi ? Je suis la dernière personne qui mérite cette bonté.

Alys ne répondit pas, ne tourna pas même les yeux vers lui. Le ton sombre de sa voix l'effrayait.

Finian frappa le mur avec son poing.

— C'est ma faute. Cette bataille… Ces morts…

Il lui rendit sa cape avec horreur, comme si le vêtement l'avait brûlé.

— Si la fille de MacKinloch, meurt, j'aurai cela sur la conscience.

Alys faillit parler, mais se ravisa. Elle aurait voulu le condamner pour ce qu'il avait commis, mais elle lut le désespoir dans ses yeux et un farouche sentiment de culpabilité.

— Alors expiez ce que vous avez fait en restant ici. Ou partez, si tel est votre souhait !

— Je mérite de mourir.

Alys lui tendit de nouveau sa cape.

— Ce n'est pas à moi de décider. Le choix vous appartient…

Cette fois, Finian accepta le vêtement, et elle fut

émue de le voir se serrer dans la chaude étoffe de laine. Elle lutta pour refouler les mots qu'elle aurait voulu lui dire. Ce n'était pas de réconfort qu'il avait besoin, c'était de rédemption. Et parfois, se racheter n'était pas chose aisée.

— Si vous regrettez vraiment ce que vous avez fait, vous pouvez les aider, suggéra-t-elle.

Elle l'entraîna dans l'escalier et lui montra l'endroit où son mari entreposait ses armes.

— Voulez-vous vous racheter ? Ou préférez-vous tourner le dos à ceux qui souffrent par votre faute ?

Laren était restée blottie derrière les rochers. Au bout d'un long moment, elle perçut du mouvement en bas de la montagne et se glissa hors de sa cachette. Hamish MacPherson émergea de la forteresse à cheval, une petite silhouette dans les bras, et Laren entendit sangloter Adaira. Ses yeux se brouillèrent de larmes à ce son. Elle aurait voulu sortir des bois pour se précipiter vers sa fille. Mais elle avait fait une promesse à Alex. Elle lui avait donné sa parole qu'elle ne quitterait pas le couvert des arbres.

En voyant Hamish partir avec Adaira, elle entreprit de gravir le versant, ignorant la douleur qui lui poignait le flanc. Callum voulut la suivre.

— Vous n'êtes pas obligé de venir avec moi, lui dit-elle. Je veux juste monter plus haut pour les regarder.

Lorsqu'elle atteignit le sommet, elle vit s'éloigner le petit groupe de cavaliers. De son poste d'observation, elle constata qu'Alex ne se trouvait pas parmi eux et comprit qu'il s'était rendu pour sauver leur fille.

Une terrible douleur lui cisailla le cœur, aussi brûlante que du verre en fusion. Était-il déjà mort ? Elle s'affaissa, ses genoux lâchant sous elle. Même si elle connaissait le risque depuis le début, elle avait ardemment prié pour que cela n'arrive pas.

Des images jaillirent dans son esprit, celles du temps où ils marchaient ensemble dans les bois, faisant l'amour près du cercle de pierres. Elle revit les gouttelettes de verre qu'il lui avait offertes, les répandant telles des gemmes sur sa peau nue.

En se rappelant l'après-midi où il lui avait apporté des cerises sèches pour apaiser sa fringale, elle ne put contenir davantage sa peine et laissa libre cours à ses larmes, la main posée sur son ventre. Et ce fut alors qu'elle sentit quelque chose bouger légèrement sous ses doigts, comme si une main minuscule se tendait pour saisir la sienne.

Alex lui avait fait le cadeau d'un enfant. Et maintenant, c'était sa vie à lui qu'il avait sacrifiée. Elle lui avait promis de ne pas quitter la forêt, mais elle ne pouvait pas rester assise là, à le laisser mourir.

Il faut que je sache, songea-t-elle. *Même si le pire est déjà arrivé, j'ai besoin de savoir.*

Callum se tenait à quelques pas, son arc bandé à la main. Laren le rejoignit.

— Il faut que vous découvriez ce qui est arrivé à Alex. J'ai vu qu'ils avaient fait sortir Adaira, mais… j'ignore si mon époux est encore en vie.

Callum lui prit la main pour l'aider à redescendre. Lorsqu'ils eurent regagné l'orée de la forêt, il pointa le doigt vers la forteresse en reniflant l'air et Laren comprit ce qui était en train de se passer. Même si elle ne voyait pas trace de Bram ni des autres, elle sentait l'odeur âcre de la fumée.

— Ils ont mis le feu au bâtiment, n'est-ce pas ?

Les hommes du clan se vengeaient en brûlant la forteresse de Harkirk, comme il avait brûlé la leur.

— Mais que sont devenus les autres ? Les renforts que je leur ai envoyés ?

Callum lui fit signe de patienter. Sans doute les hommes attendaient-ils un signal quelconque pour attaquer, supposa-t-elle. Le feu gagnait en force, ondulant depuis l'arrière de la forteresse, comme alimenté par de l'huile ou un autre combustible.

Callum vérifia son carquois de flèches, laissant courir ses doigts sur les extrémités empennées de noir. Il allait se mettre à la recherche de son frère, Laren n'en doutait pas, certaine qu'elle pouvait lui faire confiance. Mais elle avait beau essayer de se persuader que tout irait bien, elle n'arrivait pas à surmonter son angoisse.

Comme en réponse à ses craintes, elle vit soudain une douzaine de soldats jaillir à cheval de la forteresse et s'élancer sur la route, à la poursuite de Hamish et de sa troupe.

— Callum ! exhala-t-elle dans un souffle, en pointant le doigt vers eux.

Horrifiée, elle regarda les soldats attaquer le cortège des MacPherson et ne put retenir le cri qui lui monta à la gorge en entendant hurler sa fille.

Chapitre 17

Alex s'était préparé au pire. Les hommes de Harkirk l'avaient ligoté à un poteau de bois. Il savait qu'ils allaient le tuer lorsque ses frères arriveraient.

Le feu faisait rage le long du mur extérieur, pendant que Bram et les autres se battaient pour pénétrer à l'intérieur de l'enceinte. Déjà un groupe de soldats avaient quitté la forteresse, sans doute pour fouiller la zone à la recherche des intrus.

Alex ne voulait pas rester leur prisonnier. Pas sans se battre pour sa vie ! Si Harkirk ne l'avait pas encore tué, c'était sans doute pour l'utiliser comme appât, afin d'attirer ses frères dans un piège.

De ses doigts glacés, Alex palpa à tâtons les nœuds bien serrés qui le ligotaient. Il était attaché avec les deux mains au-dessus de la tête, et celles-ci étaient déjà engourdies par le manque de sang. L'extrémité d'une lance était pointée sur sa gorge et on l'avait dépouillé de sa cape et de sa tunique.

— Si vous réussissez à vous libérer, j'ai l'ordre de vous poignarder avec cette lame, le prévint le garde. Alors épargnez-vous cet effort.

— Quelle sorte de prisonnier serais-je si je ne tentais aucun effort ? répondit Alex avec un sourire torve.

Et désignant de la tête le mur extérieur :

— Le feu se rapproche.

Le garde haussa les épaules.

— Alors vous brûlerez vif.

Une fumée noire s'élevait dans l'air. Alex tordit désespérément ses poignets, guettant un signe de Callum. Il tourna les yeux vers la forêt et un léger mouvement attira son attention. Laren ! Elle se tenait là, debout entre les arbres, sur le versant de la montagne. Elle ne s'avançait pas mais observait depuis son poste, ses longs cheveux roux fouettés par le vent.

Dieu, comme il l'aimait ! Belle, talentueuse, tendre et compatissante… Il voulait passer le reste de sa vie auprès d'elle. Leur mariage était un cadeau du Ciel qu'il avait trop longtemps négligé.

Cette vision de Laren renforça sa détermination. Il allait se libérer, il le fallait ! Son regard tomba sur la lance du soldat et il crispa les mains sur les cordes au-dessus de sa tête, cherchant un appui.

Puis il souleva les pieds du sol et lança les jambes en avant, percutant l'homme en plein visage. Le soldat tituba et Alex frappa de nouveau, jusqu'à ce que le garde s'affaisse inconscient sur le sol. La lance gisait à présent par terre. Au prix de quelques contorsions, Alex réussit à l'attraper avec ses pieds. Le reste de l'opération s'avéra difficile, mais il parvint à soulever l'arme plus haut, tranchant ses liens avec la lame.

Lorsqu'il eut dégagé l'une de ses mains, il dénoua les autres cordes et empoigna la lance des deux mains. Son sang ne circulait plus et une douleur violente lui cisaillait les bras, mais il l'ignora, usant de sa lance pour abattre un deuxième soldat, dont il saisit le bouclier et l'épée.

— Alex !

Alex, reconnaissant la voix terrifiée de Bram, fit volteface juste à temps pour parer une estocade. Plongeant vers le sol, il assena un coup de pied dans les jambes de son agresseur, qu'il fit choir sur le sol avant de lui enfoncer son glaive dans la poitrine. Le mouvement de la bataille lui brouillait la vue, mais il se rendait compte que d'autres soldats s'avançaient vers eux, les encerclant peu à peu. Il leva son bouclier pour bloquer leurs flèches, tout en cherchant une issue.

Campé au milieu de ses hommes, Lord Harkirk avait tiré son arme, et à la façon dont il maniait sa lame pour se tailler un passage, il était clair que l'homme était bien entraîné.

— Nous sommes trop nombreux, MacKinloch. Et quand tout ceci sera terminé, les autres clans sauront que je ne tolère aucune rébellion contre nos troupes. Vos têtes seront exposées à l'extérieur de la forteresse.

— Il vous faudra d'abord les prendre, rétorqua Alex en s'élançant vers lui, l'épée à la main.

L'acier de la lame frappa le bouclier de Harkirk. Déjà d'autres soldats se joignaient au combat, forçant le prisonnier à se défendre de tous les côtés à la fois.

Bram s'avança vers Alex et ils combattirent dos à dos, tandis que les flammes se déplaçaient vers le quartier des esclaves.

— Nairna sera furieuse si je me fais tuer, haleta Bram en brandissant sa claymore des deux mains. Je ne lui ai pas dit que j'avais l'intention de me battre contre Harkirk.

— En ce cas, tu ferais mieux de ne pas mourir, répliqua Alex, levant son bouclier.

Il para un nouveau coup d'épée. L'image de Laren dansait devant ses yeux. Il luttait avec tout ce qu'il lui restait de force, désireux de survivre à cette bataille. Et il se retrouva enfin en face de Harkirk.

Ce chien avait menacé plus d'une fois sa famille. Sans lui, l'Écosse deviendrait un pays plus sûr. Et tant pis pour les conséquences ! Alex fixa l'homme droit dans les yeux, guettant l'opportunité de lui assener un coup mortel. L'éclat de la cotte de mailles l'éblouit un instant tandis qu'il levait son épée.

Ce fut alors qu'il entendit sa fille l'appeler. Il sursauta, jetant un coup d'œil autour de lui, mais ne vit ni Hamish MacPherson ni aucun des autres. Personne pour protéger Adaira ! Il tourna des yeux hagards vers l'endroit d'où provenait le son et un cri primitif jaillit de sa gorge quand il découvrit Adaira, tenue par un soldat qui pointait une dague sur sa gorge.

— Ne faites pas cela, intima une voix de femme.

Laren se retourna et vit Lady Harkirk debout derrière elle, à la lisière de la forêt.

— Je sais que vous voulez pénétrer dans la forteresse. Mais dès que vous y aurez posé un pied, mon époux se servira de vous pour réduire le vôtre à sa merci. Il ne sera que trop heureux de vous tuer tous les deux.

— Je ne laisserai personne menacer ma fille ! s'exclama Laren.

— Vous ne pourrez pas l'aider si vous êtes morte ! rétorqua Lady Harkirk en lui prenant la main. Si vous voulez observer ce qui se passe, je vais vous conduire dans l'une des tours de garde. Elle est actuellement vide, car Robert a ordonné aux hommes de se regrouper dans le donjon. Suivez-moi !

Elle entraîna Laren, contournant la forteresse jusqu'à une petite ouverture dans le mur. Mais avant que Laren n'ait eu le temps de faire un pas de plus, une main s'abattit sur son épaule.

— Callum !

Le jeune homme dévisagea Lady Harkirk d'un regard menaçant. La dame jeta un coup d'œil sur l'arc et les flèches du nouveau venu. Puis elle parut réfléchir et lui adressa un hochement de tête.

— Très bien. Vous pouvez venir aussi.

D'un signe, Callum lui intima de leur montrer le chemin. Ils franchirent la poterne et Callum décocha une flèche à un soldat qui eut le malheur de les apercevoir. L'homme s'affaissa à terre sans proférer un cri. Dieu merci, les autres ne remarquèrent rien.

Ainsi que Lady Harkirk l'avait prédit, la tour de garde était déserte, leur offrant un excellent poste d'observation. Un léger mouvement attira bientôt le regard de Laren, qui aperçut le père Stephen, le faux prêtre, tapi contre le mur extérieur. Il portait une cape sombre et se tenait dans l'ombre, mais elle reconnut ses traits lorsqu'il s'approcha des combattants.

Callum banda son arc, attendant le bon moment pour décocher sa flèche.

— Attendez ! plaida Lady Harkirk. Finian MacLachor peut nous être utile.

Laren en doutait, car l'homme n'était pas armé. Elle ignorait ses intentions, mais s'il était découvert, il aurait au moins l'utilité de faire diversion en détournant sur lui l'attention des soldats de Harkirk.

En dessous, Alex était visiblement déchiré entre Adaira et Harkirk. Il continuait à brandir son écu, mais son regard revenait sans cesse vers sa fille. Laren s'enfonça les ongles dans les paumes, en élevant une silencieuse prière pour la survie d'Adaira.

— Vous avez vraiment cru que je la laisserais partir ? railla Harkirk d'un ton froid. J'ai encore besoin d'elle, figurez-vous.

— Ce n'est qu'un bébé ! grogna Alex. Si vous lui faites le moindre mal, vous irez rôtir en enfer.

Harkirk leva son épée, qu'il pointa sur la gorge d'Alex.

— C'est intéressant de voir ce qu'un père est capable de faire pour sa fille. Il peut tuer. Voler. Se retourner contre ses propres alliés. Et vous, qu'êtes-vous prêt à faire pour la vôtre ? ajouta-t-il avec un sourire torve.

Il adressa un signe à ses hommes, qui s'avancèrent vers Bram.

— Eh bien, quelle vie détient le plus de valeur à vos yeux ? demanda Harkirk. Celle de votre frère ou celle de votre fille ?

Furieux, Alex se rua vers Harkirk, forçant le baron à reculer tout en gardant un œil sur Adaira. Il s'abandonnait à l'ardeur du combat, sans se soucier de ce qui pouvait lui arriver. Tant pis s'il mourait ! Du moins aurait-il frappé avec rage jusqu'à son dernier souffle.

— Tuez-la ! ordonna Harkirk, comme Alex le repoussait vers ses soldats.

Rempli de terreur, Alex perçut au même instant un mouvement dans l'ombre et vit Finian MacLachor s'élancer vers Adaira, une dague à la main. L'homme leva son arme en direction de la fillette et le cœur d'Alex s'arrêta de battre. Jamais il n'arriverait près de sa fille à temps ! La seule pensée de la voir mourir sous ses yeux le révulsait.

Mais au lieu de tuer Adaira, Finian enfonça sa lame dans la gorge du soldat, à qui il arracha l'enfant. Puis il se mit en garde, prêt à défendre la petite au péril de sa vie.

Alex respira plus aisément. Ses renforts envahissaient

la forteresse et les highlanders reprenaient peu à peu le contrôle du combat. En se retournant, Alex constata que Harkirk avait disparu. Le lâche ! Alex ne pouvait pas s'arrêter de combattre pour le chercher maintenant. Ferraillant sans relâche, il continua à lutter aux côtés de ses compagnons, forçant peu à peu les soldats ennemis à reculer. Lorsqu'il arriva enfin près de sa fille, il trouva Finian MacLachor toujours à côté de l'enfant, sa dague à la main.

— Vous l'avez sauvée, s'exclama Alex.

Aucun mot ne pouvait exprimer sa gratitude.

— Sans moi, elle ne se serait jamais trouvée en péril, répondit Finian. J'en suis désolé.

Il s'écarta pour laisser Alex s'approcher de sa fille. Alex souleva l'enfant dans ses bras et Adaira s'accrocha à lui de toute la force de ses menottes. Bien qu'il sût qu'elle n'était pas encore hors de danger, c'était magnifique pour lui de pouvoir étreindre de nouveau son enfant.

— Tout va bien, ma chérie.

Il pressa un baiser dans ses cheveux, en la serrant étroitement contre lui.

— Harkirk s'est enfui, dit-il à Finian. Vous devriez essayer de le retrouver.

Le visage crispé, Finian s'élança à la poursuite du lord anglais. Alex se dirigeait vers le portail, quand il vit approcher Hamish MacPherson. Le sang coulait d'une entaille sur son visage, mais il parut respirer en voyant Adaira.

— Je suis désolé, Alex. Ils ont tué trois de mes hommes. J'ai chevauché aussi vite que j'ai pu, mais ils m'ont rattrapé.

— Elle va bien, le rassura Alex.

Il posa la main sur la tête d'Adaira, la protégeant

ainsi des coups, tandis qu'ils s'éloignaient des derniers soldats.

— Maman ! cria soudain la petite.

Alex se retourna et vit Laren accourir vers eux.

— Mon amour…

Il l'enlaça, la serrant éperdument comme s'il voulait l'absorber tout entière. Sa femme l'étreignit avec force avant de prendre Adaira dans ses bras, leur souriant à tous deux à travers ses larmes. La gorge nouée par l'émotion, Alex les pressa contre lui.

Mais il ne se sentait pas encore en sécurité. Pas tant qu'ils n'auraient pas mis la main sur Harkirk.

— Cherchez le baron, ordonna-t-il à ses hommes. Je veux qu'on le retrouve.

La voix de Finian résonna tout à coup :

— Il est là.

Le chef des MacLachor se tenait en haut de l'escalier menant à la tour, le corps de Lord Harkik gisant à ses pieds.

Une flèche empennée de noir fichée dans la gorge.

Le visage blême, Lady Harkirk se tenait à l'extérieur de la forteresse avec les autres. Les prisonniers écossais avaient été libérés et ils avaient incendié le reste du bâtiment, après avoir évacué les soldats rescapés du combat. Le corps de Lord Harkirk avait été abandonné aux flammes.

Debout à côté de la dame des lieux, Laren ne savait que dire.

— Je me réjouis qu'il soit mort, chuchota Lady Harkirk. Seulement… Je ne sais plus où aller à présent.

Frissonnant dans le froid, elle se frictionna les bras. Laren lui effleura l'épaule.

— Vous n'avez pas de famille auprès de laquelle vous pourriez retourner, peut-être en Angleterre ?

La femme secoua la tête.

— Je n'ai personne.

À cet instant, Laren remarqua une mince silhouette qui observait la scène depuis l'orée des bois. C'était l'enfant qui lui était venu en aide, celui que Lady Harkirk avait caché dans la forêt. Il regardait l'incendie s'étendre, une expression de crainte sur le visage.

La vue du garçonnet parut sortir Lady Harkirk de sa léthargie. Elle se hâta vers les arbres, faisant signe au gamin de les rejoindre.

L'enfant fit quelques pas, d'abord hésitants. Mais tout à coup il changea de tête. Laren suivit son regard : il avait aperçu de loin le chef des MacLachor, et se ruait maintenant vers lui, pour enfin se jeter dans ses bras, le visage ruisselant de larmes. Ce fut alors seulement que Laren comprit. Le gamin qui l'avait conduite à son abri la nuit précédente n'était pas du tout un garçon, mais une fille aux cheveux coupés très court.

Un sourire incrédule illumina le visage de Finian, tandis qu'il étreignait l'enfant.

— Iliana, tu es donc vivante ?

— Oui, papa. C'est elle qui m'a sauvée.

La fillette se serra éperdument contre son père, qui lui caressa les cheveux.

— Je l'ai déguisée en garçon et j'ai fait croire à mon mari qu'elle était morte, expliqua Lady Harkirk.

Et d'ajouter avec un sourire d'excuse :

— Je ne savais pas que c'était votre fille.

Le bras toujours passé autour des épaules de sa fille, Finian saisit la main de Lady Harkirk.

— Il n'y a pas de mots pour exprimer ma gratitude.

La vive rougeur qui empourpra les joues de Lady

Harkirk n'échappa pas à Laren. Peut-être aurait-il mieux valu ne pas s'en mêler, mais elle ne put s'empêcher de demander à Finian :

— Lady Harkirk va devoir trouver un endroit pour vivre à présent. Accepterez-vous de lui fournir une escorte ?

— Bien sûr. Partout où elle voudra !

Alex s'approcha, tenant Adaira par la main. Laren souleva sa fille dans ses bras et embrassa sa joue satinée.

— Et vous, souhaitez-vous que je vous escorte jusqu'à la maison, milady ?

La réponse de Laren prit la forme d'un sourire.

Durant les mois qui avaient suivi, il était devenu impossible à Laren de souffler le verre, car sa grossesse ne lui permettait pas de manier les cannes. Avec l'aide de Ramsay et de Monroe, elle était tout de même parvenue à achever les vitraux. Quinze jours plus tôt, Alex avait livré à l'abbé les panneaux achevés.

Laren se sentait indiciblement soulagée d'en avoir fini avec ce travail, car elle ne pouvait plus supporter la station debout. Elle avait l'impression que son ventre avait démesurément grossi et elle avait dû travailler pieds nus, car ses chaussures ne lui allaient plus. Elle ne dormait pratiquement plus et avait sans cesse mal au dos.

Alex essayait de l'aider, mais il n'y pouvait pas grand-chose. Nairna était la seule à compatir totalement à ses problèmes, car sa propre grossesse avançait. Mais bien que Laren n'eût que quelques semaines d'avance sur elle, son embonpoint surpassait largement celui de Nairna.

— Vous êtes sûre qu'il vous reste encore deux mois

avant le terme ? s'inquiéta Nairna, comme elles se promenaient le long du loch.

Un vent léger agitait la surface de l'eau et Laren appréciait cette brise.

— Oui, confirma-t-elle. Je suis certaine que l'enfant naîtra à l'automne et non cet été.

Elle adressa à sa belle-sœur un sourire hésitant.

— Il faudra bien que je tienne jusque-là, d'une façon ou d'une autre.

Au loin, le château, dont la structure en pierre était presque achevée, brillait dans le soleil. Depuis qu'ils avaient vaincu Lord Harkirk, les MacKinloch étaient davantage soutenus par les clans voisins. Les MacLachor avaient fait fusionner leur clan avec le leur et cet apport d'hommes avait grandement aidé à la reconstruction.

Laren s'était mise à travailler à l'intérieur du château pour rester plus souvent avec Alex. Il lui avait construit une table en pierre et elle passait des heures à découper le verre et rassembler les morceaux avec des lignes de plomb, tandis que Ramsay et Monroe prenaient en charge la fabrication proprement dite. Elle sourit pour elle-même, se rappelant la façon dont son mari saisissait le moindre prétexte pour lui rendre visite, ou juste entrer et lui dérober un baiser.

Sa robe couleur crème tendue sur son ventre, elle marchait dans l'eau fraîche afin de soulager ses chevilles enflées. Comme elles atteignaient l'extrémité du loch, une douleur soudaine lui cisailla le dos, bientôt suivie par une vive contraction des muscles.

Laren s'arrêta, une main pressée sur ses reins. Elle ne voulait pas alarmer Nairna. Après tout, ce n'était pas inhabituel de ressentir des douleurs durant les derniers mois.

Voyant sa belle-sœur inquiète, elle la rassura.

— C'est juste qu'il m'est plus difficile de marcher. L'enfant est positionné si bas ! Il va falloir que je m'arrête un peu. Continuez, si vous voulez, cela ira très bien pour moi.

— Je ne suis pas pressée, affirma Nairna.

Elle attendit près de Laren, qui essayait tant bien que mal de respirer à fond. Chaque pas représentait une torture, mais elle aurait bientôt regagné la maison, se répétait-elle pour se donner du courage. Là, elle pourrait s'allonger et se reposer, les pieds surélevés.

Des points dansaient devant ses yeux. Elle serra la main de Nairna un peu plus fort qu'elle ne l'aurait voulu.

— Vous souffrez, n'est-ce pas ? questionna sa belle-sœur. Ne me mentez pas. Vous avez besoin d'aide.

Laren fit un autre pas et sentit soudain quelque chose d'humide et de chaud couler le long de ses jambes.

Non. Pas cela.

C'était beaucoup trop tôt pour que l'enfant vienne au monde !

Oh ! Seigneur, non, s'il vous plaît !

— Laren ? lâcha Nairna d'une voix faible. Il faut appeler Alex. Votre robe…

— Ce sont les eaux, c'est tout…, balbutia Laren. Il n'y a pas de quoi s'inquiéter.

Elle se raffermit, ne voulant pas effrayer Nairna. Mais elle savait que lorsqu'on perdait les eaux, l'arrivée de l'enfant était imminente.

Nairna lui saisit la main.

— Ce ne sont pas les eaux qui m'inquiètent, Laren. C'est… C'est le sang.

Chapitre 18

— Vous n'êtes pas censé vous trouver là pendant qu'elle accouche ! déclara fermement Grizel.

— C'est ma femme ! protesta Alex.

Il essaya d'écarter sa mère, mais elle se plaça devant la porte de la chambre, lui bloquant le passage.

— Le bébé va naître avant terme, fit-elle d'un ton calme. Il y a peu de chances qu'il soit viable et Laren le sait.

Elle toucha l'épaule d'Alex, le visage soudain assombri.

— Je suis désolée pour vous deux que cela doive encore vous arriver.

Le chagrin de perdre un enfant, c'était là ce qu'Alex ne voulait plus jamais avoir à affronter. Mais il ne pouvait pas non plus laisser Laren seule si cela devait se produire de nouveau.

Poussant sa mère de côté, il ouvrit la porte.

Laren était allongée toute nue sur le lit, tenant son ventre à deux mains. Les paupières étroitement closes, elle tremblait de douleur. Une couverture écartée gisait près d'elle.

Alex remarqua aussitôt l'air soucieux de Nairna et de Vanora et comprit que les choses ne se passaient pas bien. Nairna égrenait un rosaire, priant en silence. Vanora essuyait le front de Laren avec un linge humide.

— Je suis là, *a ghràidh*, murmura Alex.

Il alla s'asseoir près du lit et Laren ouvrit péniblement les yeux.

— Je veux parler à Alex seul, dit-elle aux trois autres femmes.

Elle esquissa un pauvre sourire.

— Cela va prendre encore des heures. Je vous appellerai si j'ai besoin de vous.

Vanora et Nairna obtempérèrent aussitôt. Grizel parut ne pas apprécier d'être congédiée, mais elle se résigna sur un coup d'œil sévère d'Alex.

— J'ai peur, chuchota Laren. Cela arrive trop tôt et… et je saigne.

Elle se mit à pleurer et la vue de ses larmes augmenta les craintes secrètes d'Alex.

Il lui caressa le visage.

— Quoi qu'il arrive, je resterai là avec vous. Je ne partirai pas.

— Je ne pourrai pas endurer cela, gémit Laren.

Elle posa la main sur la sienne et s'assit à grand-peine.

— Je ne veux pas perdre un autre bébé. Pas comme David…

Alex l'aida à s'appuyer contre lui et la prit dans ses bras.

— Ne perdez pas espoir.

— Mais c'est trop tôt pour l'accouchement. Et je ne peux pas arrêter le travail. Plus maintenant.

Il posa les lèvres sur son front. Puis il tira de son aumônière les petites gouttes de verre coloré.

— Vous rappelez-vous quand je vous les ai offertes ?

Elle hocha la tête, caressant du bout des doigts les morceaux de verre.

— Vous vouliez me donner des bijoux, disiez-vous.

— Et je le ferai peut-être un jour.

Il plaça quelques-unes des gouttelettes sur le ventre distendu de Laren, où elles scintillèrent, illuminées par le reflet du feu.

— Mais mon plus grand trésor, c'est vous, reprit-il en repoussant doucement ses cheveux de son visage.

— Restez avec moi, murmura-t-elle.

— Je ne vous quitterai pas, aussi longtemps que durera cette épreuve. Quoi qu'il advienne.

Relevant la courtepointe, il en couvrit Laren, qu'il serra de nouveau dans ses bras.

Le travail de Laren continua toute la nuit et le matin suivant. Alex ne put fermer l'œil un instant. Quand le soleil darda ses rayons à travers les fentes des volets, Vanora et Grizel firent irruption dans la chambre.

— Laren, il y a ici quelqu'un qui veut vous voir.

Une jeune femme aux cheveux aussi roux que la parturiente pénétra dans la pièce. Laren parut à la fois surprise et heureuse en dépit de sa souffrance.

— Suisan, c'est toi ?

Sa sœur s'avança vers elle et lui prit la main.

— J'ai reçu une missive de Grizel. Elle voulait que notre mère vienne aussi, mais Roz n'a pas pu, elle est trop faible pour entreprendre un tel voyage. Alors elle t'envoie cela à la place…

Suisan pressa une petite croix de bois dans la main de sa sœur.

Alex vit Laren s'efforcer de sourire bravement.

— Ainsi, elle est heureuse à Sainte-Anne ? demanda-t-elle.

— Cela fait plusieurs années qu'elle a prononcé ses vœux. Elle se réjouit de vivre là-bas, ainsi que Gara.

Suisan esquissa un sourire espiègle.

— Moi, j'étais la brebis galeuse du couvent ! Je me suis mariée il y a deux ans. Je vis sur l'île de Skye à présent, avec mon époux.

Alex questionna Grizel du regard.

— J'ai pensé que votre femme aimerait avoir sa famille ici, chuchota-t-elle. Mais il m'a fallu du temps pour les retrouver.

Alex ne répondit pas, mais il s'approcha de sa mère et lui étreignit brièvement les épaules.

— Soyez-en remerciée !

Grizel fronça les sourcils.

— Ouste, décampez d'ici à présent ! Une chambre où une femme accouche, ce n'est vraiment pas un endroit pour un homme.

— Je ne bougerai pas d'ici, répliqua fermement Alex.

Même si le pire arrivait, il n'abandonnerait pas Laren en de tels instants. Pas quand elle avait besoin de lui !

— Nairna, vous devriez sortir, intervint soudain Vanora. Allez donc nous chercher de l'eau chaude.

Voyant que la femme de Bram hésitait, Grizel la saisit par le poignet et la poussa dehors sans trop de ménagements.

— Pourquoi renvoyez-vous Nairna ? s'enquit Alex, étonné.

— Ce n'est pas la peine de l'effrayer, alors qu'elle attend elle-même un enfant pour cet hiver, lui expliqua Vanora.

Suisan prit la main de sa sœur en chuchotant des prières. Quelques minutes plus tard, le travail parut s'intensifier et Laren laissa échapper des cris de douleur.

Grizel et Vanora l'examinèrent, affirmant qu'il était temps de pousser.

Alex se plaça à côté de sa femme, la soutenant tandis qu'elle s'accroupissait, position plus propice à l'enfantement. Plusieurs fois, elle respira à fond, luttant pour expulser l'enfant. Alex la tenait fermement, essayant de lui insuffler sa propre force.

Pendant un quart d'heure, Laren endura la douleur, poussant autant qu'elle le pouvait. Suisan s'était retirée dans un coin et chuchotait d'autres prières.

Bientôt, la tête de l'enfant apparut et Grizel aida le minuscule bébé à sortir. Alex entendit s'élever le cri miraculeux du nouveau-né et constata qu'il avait désormais une autre fille. Vanora coupa le cordon et enveloppa la petite dans une couverture bien moelleuse avant de la lui tendre.

Tandis que Laren luttait pour expulser le placenta, Alex s'émerveilla de l'apparence de sa nouvelle fille. Ses grands yeux gris-bleu étaient fixés sur lui et sa menotte n'était pas plus grande que le pouce paternel.

Laissez-la vivre, pria-t-il. *Faites qu'elle prenne des forces !*

Il entendit s'élever la voix de Vanora, qui encourageait la parturiente.

— Continuez à pousser, Laren. Encore ! ordonnait la matrone.

Et soudain, Alex entendit s'élever le cri d'un autre enfant. Abasourdi, il se retourna juste à temps pour voir un minuscule garçon émerger du corps de Laren et exhaler à son tour un petit miaulement.

Son estomac se noua comme s'il venait de recevoir un coup.

— Deux, Laren ?

Il s'assit sur le bord du lit et tendit leur fille à Laren, tandis qu'il prenait dans ses bras le précieux fardeau de leur fils. Il sentit son cœur se serrer et ne put prononcer un mot devant le miracle qu'il tenait dans ses mains.

— Sont-ils vivants ? chuchota sa femme, le regard rivé sur les deux enfants.

— Oui. Ils respirent.

Alex serra son fils contre lui en se jurant de tout faire pour le protéger.

— Ils vont vivre. Tous les deux.

Il déposa les jumeaux dans les bras de Laren et les embrassa tous les trois, avec l'impression qu'on venait enfin de leur donner une deuxième chance.

Laren lui adressa un sourire épuisé.

— Je crains qu'aucun de nous ne puisse beaucoup dormir dans les mois à venir…

— Nous y arriverons, lui promit Alex. Ensemble…

Épilogue

Trois ans plus tard

— Je me sens coupable de laisser ainsi les enfants, avoua Laren.

Main dans la main, Alex et elle se dirigeaient vers le cercle de mégalithes à l'intérieur de la forêt. Le soleil de l'après-midi filtrait à travers les branches, projetant des ombres sur les pierres levées.

Alex la plaqua contre le calcaire, dont elle sentit la fraîcheur dans son dos.

— Voulez-vous que nous retournions ?

— Pas encore…

Elle lui enlaça la nuque pour l'attirer vers elle, communiant avec lui dans un profond baiser.

— Je veux vivre ces instants avec vous.

Dans l'intimité discrète de la forêt, Alex la dévêtit. Le soleil était chaud et Laren s'étendit sur la cape qu'il avait déployée sur le sol. Alex se déshabilla à son tour et s'allongea près d'elle.

— Vos hommes vont se demander où vous êtes, murmura Laren en laissant courir sa main sur la large poitrine de son époux. Vous n'étiez pas censé les entraîner ?

— S'ils savaient que je me trouve avec une belle femme

nue, ils me pardonneraient mon absence. N'importe quel homme comprendrait !

Laren sourit tout contre sa bouche, tandis que les mains d'Alex voyageaient sur elle, semblant explorer avec adoration chaque parcelle de sa peau.

— Je vous aime, Laren, murmura-t-il en traçant avec ses lèvres les douces sinuosités de son ventre et de ses hanches.

— Touchez-moi partout, exigea-t-elle.

Alex prit un air malicieux et posa l'index sur un de ses sourcils.

— Ici ?

Elle secoua la tête avec un sourire, amusée par son humeur joueuse.

— Vous voulez peut-être dire là ? poursuivit-il en lui effleurant le coude.

— Et moi je pourrais vous caresser ici, hein ? fit Laren en lui frottant le menton.

— Hum… À moins que vous n'ayez voulu dire ici ? chuchota-t-il, en introduisant deux doigts dans l'humidité de son sexe.

Cette intrusion inattendue déclencha en elle une vague brûlante de désir et elle lui retourna la caresse, refermant la paume autour de son membre durci. À chaque va-et-vient de sa main, il la récompensait en mouvant ses doigts en elle, suscitant une réponse de plus en plus ardente.

— Ou bien ici ? susurra-t-il en lui frôlant les seins de son index mouillé.

Laren gémit et un frémissement lui parcourut la peau, éveillant en elle une onde de plaisir qui rayonna jusqu'au tréfonds de son corps.

— Embrassez-moi encore ! ordonna-t-elle.

Alex obéit, mais au lieu de s'emparer de sa bouche,

ce fut sur ses seins qu'il sema une pluie de baisers, suçant ses mamelons dressés.

— Ou peut-être là ?

Lentement, il laissa descendre ses lèvres sur le ventre de Laren et le long de sa hanche avant d'introduire sa langue dans les replis les plus secrets de sa féminité, excitant la chair sensible qui s'épanouissait telle une fleur sous ses caresses.

Un frisson de délice la parcourut tandis qu'Alex accélérait le mouvement.

— Ne... vous arrêtez pas, supplia-t-elle, presque incapable d'articuler des mots cohérents.

Les doigts enfoncés dans le sol, Laren se cambra vers lui tandis que déferlaient en elle les sombres vagues de l'extase, la propulsant dans un océan de béatitude où plus rien n'avait d'importance que les sensations débridées de son corps.

— Venez, maintenant, l'implora-t-elle.

Et d'une seule poussée, il s'enfonça en elle, dans la chaude humidité de sa chair. Elle se ploya vers lui, consumée de désir. Son corps parcouru de frissons se donnait tout entier, accueillant celui d'Alex. Il n'observa pas de pause, la pénétrant encore et encore, dans un fébrile crescendo de volupté. Et la jouissance déferla en elle de nouveau, avec une intensité telle qu'elle eut l'impression de ne pas pouvoir en supporter davantage. Mais Alex continua, la martelant sans répit jusqu'à l'instant où il émit un gémissement rauque et jouit enfin à son tour.

— Laren...

Il se laissa retomber sur elle, mêlant sa sueur à la sienne, puis il la fit pivoter sur le côté et l'étreignit doucement. Laren tremblait encore sous l'effet du plaisir. Alex la serra étroitement contre lui, ramenant les deux pans de la cape sur eux pour la réchauffer.

— Eh bien, vous avez aimé ? interrogea-t-il tout contre sa joue, avec un sourire de prédateur.

Laren l'embrassa tendrement.

— Plus que je ne saurais le dire.

Il l'attira plus près, la tête nichée dans son cou.

— Si je pouvais, je resterais ici avec vous et ne rentrerais jamais.

Laren soupira.

— Tôt ou tard, il nous faudra bien aller secourir la pauvre Mairin.

Le sourire d'Alex se fit franchement diabolique.

— Plus tard me plaît bien mieux…

Lorsqu'ils regagnèrent le château au crépuscule, leurs petites invitées les attendaient. Mairin, qui se tenait à l'entrée du logis, parut soulagée de les voir de retour.

— Eve et Kerr n'arrêtent pas de vouloir s'étriper, les informa-t-elle.

— Où sont-ils ? questionna Laren.

Mairin leva les yeux au ciel.

— Adaira et Ramsay sont en train de jouer avec eux, répondit-elle en les conduisant à l'intérieur.

Laren étreignit brièvement sa fille et lui caressa les cheveux. Mairin et Adaira étaient revenues du Nord pour leur rendre visite et Laren ressentait un élancement au cœur à les voir toutes les deux grandir si vite.

Kerr et Eve, les jumeaux de trois ans, jouaient à l'intérieur du château, courant en cercle jusqu'au moment où Ramsay les captura au passage et s'avança vers les nouveaux venus en rougissant, un marmot sous chaque bras.

Laren aperçut à l'autre bout de la salle des visiteurs venus de l'abbaye. Elle héla l'une des servantes et lui ordonna de leur servir nourriture et bière.

Dès qu'il les eut aperçus, Kerr se libéra en gigotant et courut vers Alex, dont il agrippa la jambe. Avec un sourire, Laren regarda son mari soulever leur fils dans ses bras, tandis qu'elle se chargeait de la petite Eve.

— Merci d'avoir veillé sur eux, dit-elle à Ramsay.

Le jeune homme inclina la tête, visiblement impatient de retourner au travail du verre. Son père était mort deux ans plus tôt et Alex avait invité l'adolescent à vivre avec eux au château. Bien qu'elle sût qu'il se sentait plus à l'aise près des fours qu'en compagnie des gens, Laren était heureuse d'avoir pu offrir à son apprenti un véritable foyer.

Elle s'approcha des moines, Alex à son côté.

— Eh bien, appréciez-vous les vitraux de votre église ? leur demanda-t-elle après les salutations d'usage.

Le visage de l'abbé exprima la gêne qu'il éprouvait chaque fois qu'il devait s'entretenir avec elle. Depuis qu'il avait appris qu'elle était l'artiste dont il admirait les œuvres, il n'arrivait pas à surmonter son embarras.

— Beaucoup de pèlerins se sont arrêtés chez nous pour vénérer la Sainte Croix, reconnut-il. Et les vitraux attirent chaque année un peu plus de visiteurs.

Il fit signe à l'un des moines, qui tira de sa manche un rouleau de parchemin.

— L'évêque William de Lamberton m'a prié de commander de sa part une autre fenêtre pour la cathédrale de Saint-Andrews. Je vous ai apporté les plans pour que vous puissiez y réfléchir.

Laren prit le rouleau et inclina la tête.

— Je vais les examiner. Mais c'est Nairna qui négociera les termes.

Nairna adorait par-dessus tout marchander et Laren se réjouissait de lui procurer ce plaisir. Sa belle-sœur avait récemment donné naissance à son deuxième enfant et cette distraction serait la bienvenue pour elle.

Laren invita les prêtres à savourer un léger repas du soir. Lorsque les religieux eurent béni la nourriture, elle installa les jumeaux à une autre table, afin qu'ils se restaurent près de Mairin et d'Adaira.

Puis elle porta les plans sur la table de pierre et déroula le parchemin pour examiner les croquis.

Alex la rejoignit.

— Qu'en pensez-vous ? lui demanda-t-elle.

— C'est à vous de décider. Si vous souhaitez fabriquer ces vitraux, je n'y vois aucune objection.

Laren observa que ces fenêtres seraient bien plus grandes que toutes celles qu'elle avait déjà créées. C'était un défi qui l'obligerait à surpasser son actuel savoir en la matière.

— Je voudrais essayer.

Quittant sa table, Kerr trottina vers eux. Comme il pleurnichait, Laren le souleva dans ses bras. Le petit garçon lui enlaça le cou.

— Bisou, maman.

Elle bécota ses petites lèvres et le reposa par terre. Alex adressa un sourire taquin à Laren.

— Bisou ! pria-t-il à son tour.

Et l'entraînant dans un coin sombre, loin des regards des autres, il lui vola un baiser, promesse des plaisirs qu'ils ne tarderaient pas à partager. Baiser impérieux et évocateur, qui se poursuivit jusqu'au moment où le petit Kerr vint interrompre Alex d'une poussée.

Le jeune garçon lança à son père un regard étincelant.

— C'est *ma* Laren. Pas la vôtre.

Laren ne put s'empêcher de rire devant le caractère

possessif de son fils et cette façon soudaine de l'appeler par son prénom.

— Je suis ta mère, le reprit-elle. Pas Laren !

Alex lui enlaça la taille, tandis qu'ils retournaient vers les autres.

— Tu te trompes, mon fils, déclara-t-il. C'est bien *ma* Laren.

Cette douce affirmation réchauffa le cœur de Laren. Alex se pencha vers elle et déposa un baiser sur sa tempe.

— Je vous aime, chuchota-t-il.

— Moi aussi, Alex, je vous aime.

Posant les mains sur ses épaules, elle lut dans les yeux de son mari un amour et une loyauté à toute épreuve.

Main dans la main, ils marchèrent côte à côte vers l'avenir béni qui les attendait.

lu le 25 novembre 2024